LIESELOTTE ROSITZKA
Hass in meinen Schuhen

Buch
Eine freudlose Kindheit, ein strenger Vater, eine Ehe in der sie durch die Hölle geht. Mehr kann Vanessa nicht verkraften. Sie entwickelt eine unheimliche Härte und trennt sich auf makabre Weise von ihrem Mann Alex. Dann zieht sie nach München. Dort stößt sie auf das Geheimnis der Brüder Mark und Stefan Brückner und deren Geschäftspartner Patrick Neufeld. Sie nutzt ihr Wissen raffiniert aus. Doch ihre Gegner sind hart im Nehmen und suchen nach ihrem Widersacher.
Eine Fülle menschlicher Tiefen tut sich auf. Aber wer wird in diesem Rachefeldzug siegen?

Autorin
Lieselotte Rositzka wurde in Ludwigsthal geboren. In ihrer Kindheit, die sie zum größten Teil in der Nähe von Bad Kissingen verbracht hat, schrieb sie schon Theaterstücke. Als junge Frau zog sie nach Ingolstadt. Dort wurden im Donaukurier ihre Kindergeschichten veröffentlicht. Danach verfasste sie Kriminalromane, unter anderen auch ein Theaterstück, das in Berlin uraufgeführt wurde. Zurzeit lebt die Autorin in Landshut.

Von Lieselotte Rositzka ist außerdem erschienen:
Getriebener Geist. Mystery Krimi Roman

LIESELOTTE ROSITZKA
Hass in meinen Schuhen

Roman

Bibliografische Information der Deutschen Nationalbibliothek:
Die Deutsche Nationalbibliothek verzeichnet diese Publikation
in der Deutschen Nationalbibliografie; detaillierte bibliografische
Daten sind im Internet über http://dnb.dnb.de abrufbar.

©2016 Lieselotte Rositzka

Herstellung und Verlag:
BoD – Books on Demand, Norderstedt

Umschlaggestaltung: Eva Körmer unter Verwendung des
Originalumschlags von Books on Demand, Norderstedt

ISBN: 978-3-7431-4006-6

Vorwort

Dieser psychologische Krimi befasst sich mit einer Frau die ein kindliches Trauma nie so recht überwindet und sich in eine Scheinwelt flüchtet aus der sie in ihrer Ehe hart herausgerissen wird.

Vanessa fährt zu der einsamen Mühle ihres Vaters und hofft dort die Lösung ihrer Probleme zu finden. Doch dort spürt sie in jeder Ecke die Angst die sie vor ihrem harten Vater hatte. Diese Angst verwandelt sich in Wut und unbändigen Hass auf alle Männer.

Nachdem sie sich von ihrem Mann Alex getrennt hat lodert in ihr die Gier nach Geld und Macht. Sie zieht nach München. Dort lernt sie Robert Braun kennen und benutzt ihn für ihre Zwecke. Als sie durch ihn an brisante Daten der Firma Brückner gelangt, erpresst sie die Inhaber.

Doch Mark Brückner ist ein hartgesottener Geschäftsmann, der auch vor einem Mord nicht zurückschreckt.
Er setzt gegen den Erpresser einen Detektiv ein und hetzt einen Killer auf ihn. Vanessa gelingt es den Vedacht auf mehrere Männer zu lenken die alle Opfer dieses Erpressungsfalles werden.

Vanessa glaubt am Ziel ihrer Wünsche zu sein. Doch der Horror nimmt kein Ende.

Vor zwei Jahren war das ihr heute unbegreifliche geschehen. Ein paar Minuten hatten genügt um die starre abweisende Haltung, die sie schon seit ihrer Kindheit Männern gegenüber eingenommen hatte, über Bord zu werfen.

Sie hatte sich eine Hängematte zwischen die Akazien gespannt, die im Garten der alten Mühle ihres Vaters standen. Dann hatte sie sich hineingelegt und vor sich hingeträumt. Der nahe Bach hatte träge vor sich hingeplätschert und selbst die Vögel hatten sich vor der sengenden Sonne leise in den Hecken versteckt. Doch dann hatte das knarren eines Motorrades diese friedliche Stille durchbrochen. Fast feindselig hatte sie sich aufgerichtet und hinüber zur nahen Strasse geschaut. Das Motorrad war näher herangekommen, hatte noch einmal ein lautes Aufheulen von sich gegeben und war dann vor der Mühle stehen geblieben.

Der Fahrer war abgestiegen, hatte seinen Helm abgenommen und ihn an den Lenker gehängt. Dann hatte er sich den Schweiss von der Stirne gewischt, eine Kamera aus seiner Satteltasche geholt und alles was ihn unter die Linse kam, fotografiert.

Ihr erster Gedanke war, "wie kommt dieser Kerl hierher und wer hat ihn erlaubt unsere Mühle von allen Seiten abzulichten?"

Sie war aus ihrer Hängematte gewippt, war mit gekrauster Stirn zum Steg über dem Bach auf ihn zugegangen und kurz vor ihm stehen geblieben.

"Was tun Sie hier?" hatte sie ihn mit erhobener Stimme gefragt und ihn dabei abweisend gemustert.

In dem Moment hatte er die Kamera gesenkt und sie mit einem Lächeln angesehen das sie wie Blitz und Donner zugleich traf. In dem Moment war der Bann gebrochen.

Sie hatte sich sofort in den Mann mit den stahlblauen Augen, die gar nicht so recht zu seinen fast schwarzen wilden Haaren passten, verliebt. Von nun an gab es in ihren Träumen den idealen Mann – Alex.

Er hatte dieses Aufleuchten in ihren Augen gleich richtig erkannt und ihr das Gefühl gegeben ihre Liebe zu erwidern. Dieses knisternd, erotische Gefühl riss sie in einen Taumel des Glücks und des schrecklichen Erwachens.

Jetzt sass sie auf der Terrasse ihrer Wohnung in Würzburg, sah wehmütig über die grünen Weinberge die bis hinunter zum Main führten und dachte daran, dass sie sich wohl bald von diesem idyllischen Platz trennen musste. Einen winzigen Aufschub gönnte sie sich und Alex noch.

Sie ging ins Wohnzimmer und sortierte den Stapel Rechnungen den sie in einer Schublade gefunden hatte. Wieso tat Alex solche Dinge? Hatte er die Rechnungen vor ihr versteckt oder hatte er sie einfach ohne weiter darüber nachzudenken abgelegt? Beides sah ihm ähnlich.

Die Wohnungstür wurde geöffnet. Alex! Er kam mit federnden Schritten mit einer duneklroten Rose bewaffnet herein und hielt sie ihr strahlend entgegen. "Vanessa ich..."

Sie übersah die Rose, deutete auf die Rechnungen und wischte seine gute Laune mit erboster Stimme weg.

"Kannst du mir das erklären?"

Er zog seine Stirne kraus und lächelte verlegen:

"Ich wollte dich nicht damit behelligen. Ich bringe das schon in Ordnung."

Vanessa schüttelte unwillig den Kopf: "Ha, wann und wie willst du das schaffen, wenn ich fragen darf? Seit mein Vater die Unterhaltszahlungen für mich strich, geht es bei uns finanziell drunter und drüber. Mein Sparkonto ist leer und mein Gehalt reicht gerademal für die Nebenkosten und das Essen. Und du machst noch Schulden anstatt dich um einen Job zu kümmern." "Vanessa!" Er ergriff ihren Arm, zog sie an sich.

Sie versuchte sich von ihm los zu lösen.

"Vanessa, bitte höre mir zu, bitte!" Er sah ihr in die Augen – "Ich hab einen Job, sogar einen sehr lukrativen."

Vanessa wandte sich ab: "Das glaube ich dir nicht."

Alex hielt sie noch immer fest. "Und warum nicht? Nur weil ein paarmal etwas schief lief? Diesmal ist es anders. Morgen erhalte ich den Vertrag von einer Werbefirma die in der ganzen Welt Spots dreht. Sie brauchen einen guten Fotografen und der bin ich – oder zweifelst du daran?"

"Nein," sagte sie, "an deinem Können habe ich noch nie gezweifelt aber ich zweifle daran, dass du etwas daraus machst."

Er liess sie los. "Ich bin morgen schon den ganzen Tag bei Probeaufnahmen dabei. Sie geben mir eine reelle Chance, bitte gib auch du sie mir."

Sie sah ihm in seine flehenden Augen und es war wieder um sie geschehen.

"Also gut, aber ich möchte morgen den Vertrag sehen ehe du ihn unterzeichnest."

"Ja, ich weiss," lachte er, die Betriebswirtin will jedes Wort genau prüfen."

Er nahm sie in die Arme, küsste sie und löste ihr zusammengestecktes Haar. "Du weißt," flüsterte er ihr ins Ohr, "wie sehr ich deine lange, seidige Mähne liebe."

In der Nacht träumte Vanessa von ihrem Vater und wachte schweißgebadet auf. Er war so übermächtig und zynisch wie damals als er sie vor Alex gewarnt hatte, im Zimmer gestanden. Sie versuchte die Gedanken daran abzuschütteln. Doch es gelang ihr nicht. Sie sah die Szene von jenem Tag deutlich vor sich.

Damals öffnete sie mit Schwung die Tür. Doch ihr Lächeln erstarb sofort und ihre abwehrende Haltung schien ihrem Vater mehr als tausend Worte zu sagen.

„Willst du mich nicht herein bitten?"

Sie war ihm widerwillig ins Wohnzimmer vorangegangen, hatte zögernd ein Glas aus dem Schrank geholt und ihn gefragt was er trinken möchte.

„Das hat Zeit", winkte er energisch ab. Zuerst möchte ich wissen warum ich dich in den letzten Tagen telefonisch nie erreichen konnte!"

Sie hatte stur an ihm vorbeigesehen und gesagt: „Ich war ein paar Tage verreist."

„Ach, und da hattest du dein Handy stehts ausgeschaltet?"

„Ich hatte es gar nicht dabei."

„Also kommen wir gleich zur Sache. Warum hast du mir nichts von deiner Bekanntschaft mit Alex Winter erzählt?"

„Warum hätte ich das tun sollen? Alex ist sicher nicht der Typ der in dein Weltbild passt."

„Stimmt, deine Menschenkenntnis lässt zu wünschen übrig."

„Bist du nur gekommen um mit mir zu streiten?"

„Natürlich nicht, aber ich möchte dich vor diesem jungen Mann warnen. Er ist in aller ersten Linie hinter unserem Vermögen her."

„Jetzt gehst du zu weit Vater. Alex liebt mich. Ihm ist es egal was ich besitze, denn er verdient selbst genug. Er ist ein erfolgreicher Modefotograf."

„Du willst also diesen Typen wirklich heiraten?"

„Das habe ich schon getan."

„Was? Das glaube ich nicht! Du kennst ihn doch erst drei Monate."
„Na und? Ich liebe ihn eben. Ich habe mir schon gedacht dass du Alex ablehnst ohne ihn zu kennen. Aber dass du mir sogar nachspionierst, das ist das Letzte."
„Ich habe dir nicht nachspioniert,"
„Ach, und woher weißt du dann wie lange ich schon mit Alex zusammen bin?"
„Alex war bei mir, ich habe mit ihm gesprochen."
„Wie, wann soll denn das gewesen sein?"
„Er hat dir nichts von seinem Besuch bei mir in der Mühle gesagt? Das wird ja immer besser."
„Vielleicht wollte er mich nicht beunruhigen, denn ich kann mir schon vorstellen wie euer Gespräch verlaufen ist."
„Gut, dann hat sich dieses Gespräch ja schon erübrigt. Jetzt bist du ja schon seine Frau."
„So ist es und ich bin glücklich mit ihm."
„Dann sollte ich dir eigentlich Glück wünschen. Aber ich hab da so meine Bedenken. Und ich sage dir nocheinmal gib auf dich acht. Er ist hinter deinem Geld her."
„Überlegst du dir überhaupt was du sagst?
„Ich hoffe nur, dass du einen Ehevertrag mit ihm abgeschlossen hast."
„Jetzt reicht es mir. Ich möchte, dass du gehst."
„Wie du willst. Aber wenn dein Mann so gut verdient, benötigst du ja meinen monatlichen Scheck nicht mehr."

Nach diesem Gespräch war ihr Vater gegangen. Seitdem hatten sie sich nicht mehr gesehen.

Vanessa schlüpfte fröstelnd aus dem Bett und zog sich um.

Sie wünschte sich nur noch ein paar Stunden ohne derartige Täume und Gedanken schlafen zu können.

Am Morgen danach verlief wirklich alles anders als an den Tagen zuvor. Alex stand schon früh auf, half Vanessa das Früstück zu zubereiten und war sichtlich nervös.

"Lampenfieber?" fragte sie lächelnd und er nickte.

"Du schaffst es schon." Und dieses mal war sie selbst davon überzeugt.

Vanessa sah immer wieder auf die grosse schwarze Uhr im Büro. Sie hatte gleich am Morgen ihre Chefin darum gebeten früher nach Hause gehen zu dürfen.

Jetzt, kurz vor Dienstschluss kritzelte sie auf einen Zettel alles was sie für den Abend einkaufen wollte. Alex liebte üppige Büffets und heute sollte er es bekommen. Heute wollte sie nicht knausern. Heute wollte sie mit ihm feiern.

Vanessa stellte die vollbepackten Tüten aus dem Supermarkt ab und schloss die Wohnungstür auf. Dann sammelte sie die Tüten wieder ein, ging in die Küche und legte sie auf den Tisch. Als sie die Tüten auspackte bemerkte sie die Unordnung um sich herum und wich erschrocken zurück. Sie hatte am Morgen die Küche sauber aufgeräumt verlassen. Alex konnte um diese Uhrzeit noch nicht zuhause sein. Er arbeitete doch bis zum Abend in dem Werbestudio. Jetzt vernahm sie deutliches Stimmengewirr. Ahnungsvoll verlies sie die Küche und bemerkte, dass die Wohnzimmertür einen spaltbreit offenstand. Sie schob sie weiter auf und starrte stocksteif auf die Szene die sich ihr durch die Nebelschwaden des Zigarrettenrauches bot. Angewidert lehnte sie sich an den Pfosten.

Die Männer droschen ihre Karten auf den Tisch, gaben rauhe Komentare von sich, tranken Bier aus den Flaschen und setzten sie wieder ab. Keiner bemerkte sie.

Als sie so da stand und das Bild, das sich ihr an diesem schwülen Nachmittag bot, in sich aufnahm, starben die letzten Gefühle für Alex in ihr.

Alex schmetterte seine Karten auf den Tisch: "Mir reichts für heute. Meine Alte kommt bald von der Arbeit."

"Vergiss nicht," drohte einer der Männer – dass du uns noch eine Menge Zaster schuldest – Morgen ist Zahltag!"

"Alex stand schwankend auf: "Ich hab's schon nicht vergessen. Morgen verkauf ich meinen Wagen, dann kriegt ihr euer Geld."

"Mein Wagen?" Wie konnte Alex von seinem Wagen sprechen? Seinen Porsche hatte er doch schon längst wieder verkauft. Also konnte er nur ihr Auto zu Geld machen.

Vanessa löste sich aus ihrer starren Haltung.

"Raus! Raus hier!" Ihre Stimme überschlug sich.

Alex stolperte fast über seinen Stuhl und wich erschrocken zurück. "Vanessa – was machst du denn schon hier?"

Seine Kumpels standen teils unverschämt grinsend, teils verwirrt auf und trotteten mit beissenden Kommentaren hinaus. Alex rief: "Wartet ich komm noch mit auf ein Bier."

Er schob sich ohne sie anzusehen an ihr vorbei, dann fiel die Haustür ins Schloss.

Alex hatte also nicht mal den Mum sich mit ihr auseinanderzusetzen. Sie zog den vergilbten Vorhang zurück und öffnete die Terrassentür. Langsam krochen die Rauchschwaden hinaus ins Freie. Am liebsten hätte sie die stinkenden Bierflaschen auch hinaus geschmissen aber was hätte ihr das gebracht? Sie trug sie zum Kasten in der Küche, leerte die überquellenden Aschenbecher aus und wischte den Tisch ab. Die Wut steigerte sich zum maßlosen Zorn über Alex. Sie musste raus aus der Wohnung.

Draussen wurden ihre Schritte immer schneller und schliesslich rannte sie, als ob die wilden Stiere aus der spanischen Arena hinter ihr her wären. Aber wem lief sie eigentlich davon? Sie musste den Spiess umdrehen und den Stier an den Hörnern packen. Als sie im nahen Park angekommen war, setzte sie sich auf die nächste Bank die sich ihr anbot.

Fetzen ihrer verkorksten Ehe flogen an ihr vorbei."Jetzt ist es genug," sagte sie zu sich selbst. "Jetzt muss ich handeln." Sie beschloss beim Morgengrauen mit dem Fahrrad zur Mühle zu fahren.

Die Mühle lag unverändert da, als sei die Zeit in den letzten Jahren hier stehen geblieben. Aber was sollte sich hier auch ändern? Es war das gleiche Tal, die gleichen Akazien und Weiden; nur ein wenig höher gewachsen wie damals, und die Hecken der Buschwindröschen erschienen ihr dichter und durchdringlicher. Dem Gemäuer sah man an, dass es immer wieder restauriert wurde und die Fensterläden zeigten einen neuen Anstrich. Daran merkte sie, dass ihr Vater noch immer seine Sonntage hier draussen verbrachte. Während sie über den Steg lief, der sich über den schmalen Bach spannte und im Hof der Mühle endete, holten sie die ersten Kindheitserinnerungen ein.

Aber sie schob die düsteren Gedanken wieder zurück, schritt entschlossen auf das Wohngebäude zu, nahm den Schlüssel aus ihrem Rucksack und schloss auf. Sie tastete sich durch den dunklen Flur, ging zur Küche und öffnete das Fenster.

Der helle Sonnenschein glitt über die altdeutschen Eichenmöbel, die so fest und stark wie unverrückbar alte Bäume auf sie wirkten. Sie setzte sich auf einen der harten Stühle und fühlte in dieser Atmosphäre die Aura ihres Vaters. Es war nicht nötig die Augen zu schliessen um ihn vor sich zu sehen. Gross, stämmig und knorrig, wie alles hier. Jetzt, da Vanessa so dasass, in mitten dieser Starre und Ruhe, in der selbst das Ticken der Uhr störte, begann sie sich zu fragen ob es richtig war, hier her zu kommen. Sie wusste dass ihr Vater sich an gewöhnlichen Werktagen nie hier aufhielt. Doch das spielte keine Rolle. Er schob sich in ihre Gedanken, verdrängte fast die Probleme mit Alex. Aber sie war doch nur wegen Alex hier her gekommen. Sie versuchte sich auf ihn zu konzentrieren. Doch die schwüle Luft, die trotz dem geöffneten Fenster noch immer im Raum hing, verstärkte ihre aufkommende depressive Stimmung. Sie rieb sich die pochenden Schläfen, die den immerwiederkehrenden Kopfschmerz ankündigten.

"Einfach aufstehen, sich einen neutralen Ort zum Nachdenken suchen, das wäre wohl der beste Weg. Aber es war, als klebe sie auf dem Stuhl fest.
"Hebe deine Schultern hoch – setze dich gerade hin – du lässt deine Arme wieder wie ein Affe bis zum Boden schleifen." Die imaginäre Stimme ihres Vaters drang kritisch aus allen Ecken des Raumes. Sie ertappte sich bei dem Gedanken sich wie früher vor ihm verstecken zu wollen. Oft genug hatte sie dies getan... Sie schauderte und versuchte diesem unheimlichen Gefühl zu entrinnen.
Alles was damals geschah hatte sie bis in ihr tiefstes

Unterbewusstsein verdrängt und wollte es auch niemals wieder hervorholen.

Doch jetzt musste sie an die Zeit nach dem Tod ihrer Mutter denken. Damals war sie mit ihrem Vater Sonntag für Sonntag hier her zur Mühle, in diese Einsamkeit gefahren. Er hatte immer wieder eine Stelle an dem alten Gemäuer gefunden die renoviert werden musste und sich fast verbissen in die Arbeit gestürzt. Und so hatte sie sich in jenen Stunden alleine mit sich selbst beschäftigen müssen. Oft war sie sogar froh darüber gewesen. Beim gemeinsamen Mittagessen waren zwischen ihnen nur wenige lieblose Worte gefallen. Er hatte ihr ruhiges, ernstes Wesen nicht verstanden und sie hatte ihm nicht mehr vertrauen können. Dann, eines Tages hatte er sie in ein Internat abgeschoben. Sie hasste ihn noch heute dafür und für den Tod ihrer Mutter.

Sie wischte sich über die brennenden Augen. Das war doch alles vorbei, war längst Geschichte. Sie war hier um einen Schlussstrich unter die hier verbrachten Jahre und ihre misslungene Ehe zu machen. "Also, Schluss mit all diesen zermürbenden Gedanken an Vater und Alex."
Langsam löste sich das starre Gefühl in ihr. Sie erhob sich, stiess den Stuhl zurück und ging nach draussen.
Eine Weile blieb sie unschlüssig stehen, dann wanderte sie um die Mühle, sah den Vögeln nach, die sich in die Lüfte erhoben und beneidete sie. Warum konnte sie nicht

einfach wie sie davon fliegen? Vielleicht könnte sie es, wenn es diese beiden Männer nicht gäbe?

Vater war zu oft in ihren Gedanken und Alex würde ihr immer auf den Fersen sein, würde sie nie freigeben. Nicht weil er sie liebte. Er wartete auf das Geld das sie erben würde. Viel zu spät hatte sie diese bittere Wahrheit erkannt.

Das Summen der Insekten erinnerte sie an die nahe Imkerei. Dabei fiel ihr ein, dass Alex allergisch auf Bienenstiche reagierte und deshalb panische Angst gegen Bienen entwickelte. Sie grinste spöttisch. Diese kleine Wesen waren das Einzige wovor Alex respektvoll zurückwich und die Flucht ergriff. Das brachte sie auf eine, für sie beruhigende Idee. Sie atmete tief die frische Landluft ein, stiess den Mief der Stadt aus ihren Lungen und spürte das nachlassen der Kopfschmerzen. Langsam schlenderte sie zum Haus zurück und mit jedem Schritt fühlte sie sich gelöster, fast heiter. Ja, es war die richtige Entscheidung gewesen, hier her zu kommen. Hier hatte sie nicht nur viele Stunden ihrer Kindheit und Jugend zugebracht; hier hatte sie auch Alex kennengelernt. Ihre Liebe zu ihm hatte hier begonnen, und sie wollte sie auch hier beenden.

Sie ging ins Haus und holte ihr Handy aus ihrer Tasche.

Während sie die gewünschte Nummer wählte, dachte sie daran, wie sie die vorangegangenen Stunden verbracht hatte.

Zuerst war sie zornig, dann traurig, verzweifelt und wieder wütend auf Alex und sich selber. Wieso war sie Alex gegenüber so blind gewesen? Hatte sie sich immer wieder gefragt. Aber jetzt, da das tuten ihres Telefons von zuhause an ihr Ohr klang, fühlte sie nur noch diese kalte, fremde Leere in sich.

Diese Gleichgültigkeit war ihr neu, erstaunte sie fast.
Aus dem Handy ertönte die verschlafene, alkoholisierte Stimme ihres Mannes: „Hallo, hallo, wer ist denn da? Vanessa – bist du es?"
„Ja!"
„Wo steckst du?"
„Ich bin in der Mühle."
„In der Mühle? Was machst du in der Mühle? Mir brummt der Schädel, komm sofort zurück!"
„Ich komme nicht mehr zurück – es ist vorbei!"
Alex lachte verächtlich: „Ach, die liebende Tochter ist wieder zu ihrem Vater zurück gekehrt – aber daraus wird nichts – nicht so lange wir verheiratet sind."
Abrupt legte Vanessa den Hörer auf. Er wird kommen, dachte sie zynisch, er wird kommen, so wie das Amen in der Kirche.

Alex starrte verärgert auf den Hörer in seiner Hand.
Vanessa war es anscheinend egal wie schlecht er sich fühlte.

„Die kommt zurück, grollte er. Auf Knien kommt sie wieder angerutscht. Die kann ohne mich nicht leben!" Er rieb sich die pochenden Schläfen. „Oder doch?" Schon seit Monaten sprach sie immer wieder vom Weglaufen, ab und zu sogar mal von Scheidung. Aber er hatte ihr Gejammere und ihre drohenden Sprüche nicht wirklich ernst genommen. Wo sollte sie schon hin? Mit ihrem Vater war sie hoffnungslos zerstritten und ihrer Oma in Frankfurt spielte sie immer das heile, glückliche Leben, das sie mit ihm führte, vor. Warum sollte sich dies jetzt ändern? Wegen gestern? Lächerlich. Bisher hatte sie sich noch immer mit ihm versöhnt. Wie kam sie dazu, einfach wegzulaufen? Sollte sie doch in der Mühle warten bis sie schwarz wurde.

Er holte sich das letzte Bier aus dem Kühlschrank und setzte sich in die Nähe des Telefons. „Gleich wird sie anrufen und mich um Verzeihung anwinseln," grinste er verächtlich und nahm einen kräftigen Schluck aus der Flasche.

Dann sann er nach. Zuerst war es für ihn nur eine kurze Romanze gewesen die er jederzeit abbrechen konnte. Ihm hatte das heimliche Treffen mit ihr an den Samstagen in der Mühle gereizt, es hatte ihm Spass gemacht. Er hatte das Verbotene geliebt und er hatte die Art wie sie ihn für seine Wildheit, seinen Freiheitsdrang und seine Begabung als Fotograf bewunderte, genossen. Die Beziehung war enger geworden, aber damals hatte sie ihn noch nicht so bedrückt wie heute. Sogar als sie dann nachWürzburg wo er wohnte und gelegentlich arbeitete, gezogen war um dort ihr Studium zu beenden, war noch alles prächtig verlaufen. Seine Freunde hatten ihn um diese rassige Frau, der man auf den ersten Blick ihre, von der mütterlichen Seite brasilianischen Vorfahren ansah, beneidet. Das hatte ihn zwar geschmeichelt aber das massgebende war für ihn das Finanzielle gewesen.

Ihr Vater hatte ihr eine grosszügige Wohnung mit kleinem Garten am Main gekauft und ihren Unterhalt bezahlt. Er hatte ihr überhaupt alles bezahlt.

Das Studium, den Computer, die Kleidung, den Sportflitzer – sie hatte nie an Geld gedacht. Es war einfach dagewesen. Als er sie danach gefragt hatte, hatte sie abgewunken und gesagt: "Vater fällt es nicht schwer für mich aufzukommen. Schliesslich bin ich seine einzige Tochter und er hat ein schlechtes Gewissen mir gegenüber."

Mehr war nicht von ihr heraus zu holen gewesen und er hatte es dabei belassen, denn er hatte sich in diesem Wohlstand geaalt. Doch leider war er, nach dem sie ihr Studium beendet hatte, auf die Idee gekommen sie auch ohne die Einwilligung ihres Vaters zu heiraten. Ein fataler Fehler, denn nach der Hochzeit hatte sich alles schlagartig geändert. Vanessas Vater hatte sofort, als er von ihrer Heirat erfahren hatte, die Unterhaltszahlungen an sie eingestellt. Zum Glück hatte sie gleich nachdem sie ihr Studium beendet hatte einen gutbezahlten Job im Finanzamt bekommen.

Er atmete tief durch. Trotzdem war die erste Zeit ihrer Ehe finanziell gut gelaufen. Vanessa hatte ihm Kontovollmacht erteilt. So konnte er sich von ihrem Ersparten einen gebrauchten Porsche kaufen, eine neue Fotoausrüstung und vor allen Dingen mit seinem Freund Kevin zum Pokern gehen. Doch dann rann der Spargroschen dahin und Vanessa erkannte die Lage.

Dieses Ende der sorglosen Zeit hatte es mit sich gebracht, dass sie ihm ständig in den Ohren lag sich einen lukrativen Job zu suchen. Aber das ging meistens schief.

Und jetzt gab er ihr in seinem Elend die Schuld daran dass er nach und nach alle wertvollen Dinge die sie besassen verkaufen musste. Sie hätte doch bloß ihre Oma um Geld bitten können.

Er starrte zum Telefon – noch immer gab es keinen Laut von sich. Schon war er bereit selbst bei ihr anzurufen, aber dann zögerte er. Er wusste wie hart ihr das Warten an die Nieren ging. Also musste er sie nur lange genug zappeln lassen. Und wieso kam er dazu seine Zeit mit den Gedanken an die Vergangenheit zu verschwenden? Was hinderte ihn daran zu seinen Kumpels zu gehen?

Vielleicht gewann er ja heute beim Pokern?

Und wenn sie diesmal ernst machte – und wirklich nicht mehr zurück kam? Er begann zu rechnen. Er verlöre viel – viel zu viel. Warum war er auch so töricht gewesen mit ihrem Vater zu streiten? Er hatte sich zu sicher gefühlt, war zu undiplomatisch ihm gegenüber gewesen. Er könnte wie im Schlaraffenland leben, könnte im Geld schwimmen...

Vanessa nahm die runde Blechdose in die sie ein paar Löcher gebohrt hatte und verliess die Mühle. Sie schlenderte den Bach entlang durch die blühende Wiese bis zum Ansatz des Waldes. Summende Bienen schwirrten durch die Luft, tankten den Nektar der Blumen und flogen zurück zu den Bienenstöcken die hier standen als seien sie aus dem Boden gewachsen. Ein ewiges Hin und Her – ruhig und zielbewusst. Sie lächelte beim Anblick der fleissigen Insekten, entfernte den Deckel ihrer mit lockendem süssen Duftstoff getränkten Dose, stellte sie ins Gras und freute sich über jede Biene die sich darin fing. Sie schob den Deckel über die Dose in der nun mehrere Bienen die Freiheit suchten und trug ihren Fang vorsichtig zur Mühle. Sie ging hinein in die Küche und stellte die Dose auf die Anrichte.

Die Pendel der alten Standuhr bewegten sich im schwingenden, behäbigen Rhythmus und liessen den Gong viermal dunkel ertönen. Das dumpfe Schlagen der Uhr sagte ihr, dass Alex eigentlich schon da sein müsste. Langsam ging sie ans Fenster, beugte sich hinaus und lauschte. Aber es war nur das rauschen des Baches, das wispern der Bäume und das zwitschern der Vögeln zu hören.

Eine eigenartige Unruhe erfasste sie, liess den Raum zu eng werden. Sie wandte sich vom Fenster ab, lief zur Tür, riss sie auf und eilte hinaus in den Hof. Erregt sah sie in die Richtung aus der Alex kommen würde. Aber es gab noch nichts was diese entlegene Idylle störte. Der laue Wind fächelte über sie hinweg und lies sie wieder ruhiger werden.

„Nur nicht nervös werden!" sagte sie sich und versuchte für kurze Zeit die Gedanken an Alex zurück zu drängen.

Sie setzte sich auf die steinerne Bank die unter einer Birke stand und versuchte sich zu entspannen. Doch nun erinnerte sie sich an ihren neunzehnten Geburtstag. Sie hatte ihr Abitur gut bestanden und nun war die Internatszeit beendet. Ihr Vater hatte sie zurück ins Dorf geholt. Er hatte gehofft dass sie bald im nahegelegenen Würzburg Medizin studieren und später seine Landarztpraxis übernehmen würde. Am Sonntag waren sie wie gewohnt hier heraus zur Mühle gefahren und sie hatten wieder nur ein paar karge Worte gewechselt. Sie war nach dem Mittagessen in den Hof gelaufen, hatte sich genau wie heute auf diese Bank gesetzt und darüber nachgedacht wie sie mit ihm über ihre eigenen Zukunftspläne sprechen sollte. Auf keinen Fall wollte sie in seine Fussstapfen treten, denn für sie kam nur ein Betriebswirtschaftsstudium in Frage. In diesem Fall hatte sie sich endlich einmal durchgesetzt.

Als ihr Studium schon fast beendet war fuhr sie zur Mühle und versuchte mit ihren Vater über ihre Bewerbungen beim Finanzamt und Steuerberatern zu sprechen. Doch leider kam sie nicht dazu.

Ihr Vater war aus dem Haus gekommen und und hatte gesagt: "Es hat einen Unfall im Dorf gegeben. Ich komme sobald es geht wieder zurück. Aber er war erst wieder am Abend zurückgekommen. Es war der Nachmittag als Alex hier zum ersten mal aufgetaucht war.

Alex – jetzt war sie wieder mit ihren Gedanken bei ihm. Sie sann über ihre Beziehung mit ihm nach und fand es im Nachhinein schrecklich wie sie ihn damals angehimmelt und in ihn alle guten Eigenschaften die ein Mann besitzen kann projiziert hatte. Heute musste sie sich gestehen, dass sie von ihm zu viel verlangt hatte. Denn allzu bald hatte sie erkennen müssen, dass es für ihn unmöglich war, ihren Vorstellungen von Liebe und Zusammenleben gerecht zu werden und sie hatte Abstriche gemacht. Das hatte sie so lange getan bis nichts mehr von ihrem Traum übrig geblieben war. Aber nun spielte dies alles keine Rolle mehr. Jetzt, da sie alle Träume vergraben hatte, wünschte sie sich nur noch diese letzte Auseinandersetzung mit Alex herbei.

Die Sonne stand nun genauso hoch am Himmel wie damals bei ihrer ersten Begegnung hier im Hof. Als nun das Röhren des Motorrades durch die stille Gegend dröhnte, blieb sie auf der Bank sitzen und hielt einen Moment die Augen geschlossen. Sie versuchte sich an jenen Tag zu erinnern, die gleiche erregende Stimmung wie damals hervor zu zaubern aber es gelang ihr nicht mehr.

Das gerattere der Maschine schwoll an und stoppte jäh vor ihr.

„Vanessa! Vanessa – was soll der Unsinn?" Die verärgerte, beleidigte Stimme von Alex drängte sich in ihre Ohren aber sie amüsierte sie nur noch darüber. Langsam öffnete sie die Augen und begutachtete ihn wie einen Fremden. Seine geschwollenen Augenlieder verrieten die durchzechte Nacht aber sonst sah er genauso wild und draufgängerisch aus wie einst. Aber nun, da das romantische Gewebe das sie um ihn gesponnen hatte, zerstört war, sah sie ihn so realistisch wie er eben war. Egoistisch – machomässig und besitzergreifend.

Er stieg von seiner Maschine ab, stampfte auf Vanessa zu und stellte sich wütend vor sie.

„Vanessa, ich warte immer noch auf eine Erklärung von dir!"

Sie blieb ruhig sitzen und sah ihn zynisch an.

"Du verlangst von mir eine Erklärung? Das ist ja lächerlich. Da wärst schon eher du damit an der Reihe. Aber lassen wir das Hickhack. Ich habe mich dazu entschlossen, mich von dir zu trennen."
Er starrte sie einen Moment fassungslos aus zusammen gekniffenen Augen an. Dann spie er ihr entgegen:
„Das kannst du dir aus den Kopf schlagen – ich lasse mich nicht scheiden!"
Sie lachte ironisch: „Du meinst, du willst deinen Goldesel nicht verlieren. Aber keine Bange," kam sie seiner wütenden Entgegnung zuvor, "es wird dir an nichts fehlen.
Ich werde morgen mit meinem Vater über mein mütterliches Erbe sprechen und ihn bitten es mir auszubezahlen."
Sie ging langsam auf die Terrasse zu und Alex trottete, fieberhaft einen Ausweg suchend neben ihr her.
"Ich glaube nicht, sagte er, dass dein alter Herr mit sich reden lässt, oder hast du schon vergessen dass er nach unserer Hochzeit ohne jede Rücksicht alle Unterhaltszahlungen für dich gestrichen hat? Für mich ist er ein unerbittlicher geiziger Knacker."
"Du siehst es eben so. Doch mir ist klar geworden, dass er damals richtig gehandelt hat."
"Richtig?"
"Ja, denn ich musste lernen wie hart es ist sein Leben selbst zu finanzieren. Es war für mich wie ein Sprung ins

kalte Wasser." Alex starrte Vanessa an, als stehe eine völlig fremde Frau vor ihm. Er setzte zu einer Entgegnung an, doch Vanessa winkte ab: "Du brauchst mich gar nicht so vorwurfsvoll ansehen, denn du weißt genau, dass du mir in keiner Weise geholfen hast, das für mich neue, schwierige Leben zu meistern. Meine Achtung und meine Liebe zu dir sind daher längst verflogen."

Jetzt grollte Alex: „Hör bloss auf mit deinen Vorwürfen. Schliesslich warst du nach unserer Hochzeit damit einverstanden, dass ich mich weiterbilde und du in der Zeit die Kohlen herbeischaffst. Du hast mich ja geradezu gedrängt die Kurse zu belegen."

Vanessa sah ihn verächtlich an: "Das stimmt allerdings.

Es gibt aber dabei einen kleinen Unterschied zwischen uns Beiden. Ich habe mich an unsere Abmachung gehalten. Doch du leider nicht. Du hast vergessen, dass du dich gleich nach deinem Abschluss um einen Job bemühen wolltest. Statt dessen hängst du mit deinen Freunden in Spielsalons herum, betrinkst dich über die Masen und schreckst dabei nicht zurück mir in deinem Rausch weh zu tun. Nein danke, mir reichts."

Alex knurrte beleidigt: „Ich hab dir weh getan? Du spinnst wohl! Ab und zu hab ich dich mit einem kleinen Schubs aus dem Weg geräumt weil ich dein Gekeife nicht mehr hören konnte. Wenn du dabei an den Schrank geknallt bist, kann ich doch nichts dafür. Es stimmt auch nicht dass ich mich nicht um einen Job umgesehen habe.

Ich hatte doch einen. Doch mein Chef, dieser Römer hat mich mit vagen Aussagen wieder rausgeschmissen und mich sogar verklagt."

„Ja, und diesen Prozess hast du verloren und ich mußte die Kosten der Regressforderung die er an dich stellte übernehmen. Ich habe meine Wohnung mit einer Hypothek belastet und kann von meinem Verdienst die Raten nicht mehr bezahlen. Wach doch endlich auf! Ach was rege ich mich denn auf. Du willst es nicht kapieren."

„Jetzt sehe es doch nicht so eng. Es gab eben bisher nichts was mich echt interessiert hätte. Alles Kleinbürger! Ich möchte mein eigener Chef sein."

"Ist schon gut!" winkte Vanessa ab, „das hast du mir, wenn du betrunken warst, oft genug vorgejammert. Du hast es zwar nicht verdient aber ich werde dir helfen, dich nach unserer Trennung selbsständig zu machen."

Alex grinste hämisch: "Und wie willst du das auf die Reihe kriegen? Ich denke du hast kein Geld mehr?"

Vanessa liess sich von seinem Spott nicht beeindrucken:

"Du bekommst mein mütterliches Erbteil," sagte sie.

"Hunderttausend Euro. Vater ist zwar hart aber gerecht, er wird mir das Geld für dich geben und mir meinen Fehltritt verzeihen."

„Fehltritt nennst du unsere Ehe?" schrie Alex wütend.

"Pass auf, dass du dein fieses Spiel mit mir nicht zu weit treibst."

Vanessa lächelte ironisch: „So würde ich es nicht nennen. Ich gebe dir nur deine Freiheit zurück."

Alex blieb schweigend stehen. Diese neue Situation überforderte ihn. Bisher war er es immer gewesen, der in dieser Ehe das Sagen hatte. So schnell würde er nicht klein beigeben. Er sah ihr, als sie zum Schuppen ging, sinnend nach und schwieg auch noch als sie mit dem grossen weissen Sonnenschirm auf die Terrasse zurück kam und ihn aufspannte. Als sie wieder vor ihm stand sah sie ihn lächelnd an, als habe es nie Meinungsverschiedenheiten zwischen ihnen gegeben und bat ihn:

"Setz dich bitte zu mir. Hier im Schatten lässt sich's leichter reden".

Als er zögernd stehen blieb, sagte sie: "Ach - Du wirst durstig sein, ich hole dir erst etwas zu trinken. Inzwischen kannst du dir mein Angebot durch den Kopf gehen lassen. Ich sage dir aber gleich, dass es für mich kein Zurück mehr gibt."

Ja, er war durstig, seine Kehle war staubtrocken aber sicher nicht nur von der Hitze. Er nahm einen der Klappstühle die an der Wand lehnten und setzte sich darauf. Der Schatten unter dem Sonnenschirm tat ihm gut. Er sann über sich und Vanessas Vorschlag nach.

Dann stellte er sich die Hunderttausend Euro vor. Für den Anfang wäre es ein ganz schöner Brocken.

Ausserdem wäre es bestimmt gut eine Zeitlang niemanden mehr um sich herumzuhaben, der ihn ständig bevormundet oder vorwurfsvoll anjammert. Und diese Bänker die ihn in letzter Zeit behandelten wie einen Penner. Denen würde er es zeigen. Außerdem wird Vanessa früher oder später sowieso wieder vor meiner Tür stehen und mich betteln wieder zu ihr zurückzukehren. Dann habe ich sie soweit, dass sie das Erbe ihrer Grossmutter mit mir teilt, ganz zu schweigen von dem Besitz ihres Vaters, der ihr ja als seiner einzigen Tochter auch noch zufällt. Wenn sie sich sträubt, weiss ich wie ich sie dazu bringe, noch einen weiteren Batzen springen zu lassen.

So gab er sich der Ruhe und dem lauen Lüftchen das über ihn hinweg zog hin und freute sich auf das angenehme Leben das nun auf ihn zukam.

Ein paar Minuten danach kam Vanessa mit einer Bierflasche um die sie eine Serviette gewickelt hatte zurück.

„Wie immer, ganz Etepetete" grinste er.

Sie reichte ihm mit kaltem Blick sein Lieblingsgetränk und drehte sich um.

Alex setzte die Flasche sofort an den Mund, nahm genüsslich einen kräftigen Schluck daraus und fühlte im nächsten Moment einen stechenden Schmerz.

Vanessa die langsam zur Terrassentür zurück gegangen war, drehte sich um und sah ungerührt zu ihm hinüber.

Er fasste sich an die Kehle und wankte ihr entgegen. Sein Gesicht lief krebsrot an.

Sie aber machte nicht den geringsten Versuch ihm zu helfen. Wieso auch? Die Bienen in der Flasche erfüllten genau den Zweck den sie erfüllen sollten.

Die Vögel zwitscherten weiter in den Hecken und Bäumen durch die der laue Wind fächelte. Im Bach sprudelte das Wasser wie immer seinem Ziel zu. Der Garten, die Mühle, alles sah so unverändert wie am Morgen aus. Nur die Sonne schien sich weiter entfernt zu haben, denn sie brannte nicht mehr so gnadenlos wie vor ein paar Stunden herunter auf den Sterbenden.

Vanessa schien wie ein Teil dieser Ruhe und des langsamen, bedächtigen Weiterstrebens inmitten dieser Einsamkeit. Sie befand sich jetzt in der Küche, nahm die Dose von der Anrichte und legte sie in ihre Tasche. Dann drehte sie sich um und sah nach, ob sie alle Spuren von sich verwischt hatte. Zufrieden wandte sie sich um und ging nach draussen zum Schuppen in dem sie ihr Fahrrad abgestellt hatte und holte es heraus. Dann schob sie das Motorrad von Alex hinein und verschloss den Schuppen wieder. Anschliessend ging sie zu Alex, hob die Serviette auf, die sie benutzt hatte um Fingerabdrücke zu vermeiden. Seelenruhig versteckte sie ihre Haare unter die Kappe mit dem grossen Schild, setzte ihre

Sonnenbrille auf und fuhr mit ihrem Rad Richtung Würzburg.

Als sie ihr Fahrrad in die Garage stellen wollte, gähnte diese ihr leer entgegen. "So ein Schuft!" schimpfte sie vor sich hin, "er hat also tatsächlich mein Auto verkauft."
Mit bitterböser Miene stellte sie ihr Rad ab; aber schon während sie das Garagentor schloss glätteten sich ihr Züge wieder. Das war der letzte Streich den ihr Alex gespielt hatte.

Der wolkenlose Himmel versprach einen von Gewittern und Regen verschonten Tag. Erleichtert stellte Peter Karsten seine Kühlbox in den Kofferraum seines Wagens, stieg ein und fuhr in Richtung Mühle. Er war froh dass es diese friedlichen Sonntage gab. In der vergangenen Woche hatte ihn genug Ärger und Stress begleitet. An diesem Nachmittag würde er, so nahm er sich vor, mal nicht an der Mühle herumreparieren. Er würde sich die Liege aus dem Schuppen holen und unter den Schatten spendenden Bäumen so richtig faulenzen. Die Vorfreude entspannte sein Gemüt.
Die Mühle lag nur zwei Kilometer von seinem Haus entfernt und so rollte er schon nach kurzer Fahrt in deren Hof. Er stieg aus, holte die Kühlbox aus dem Wagen und ging zur Mühle. Dann sah er die weit geöffnete Wohnzimmertür. Überrascht blieb er stehen und überlegte

ob er die Tür bei seinem letzten Besuch vergessen hatte zu schliessen. Dann schüttelte er den Kopf. "Nein so schusselig bin ich nicht." Vanessa fiel ihm ein. Sie war die einzige die ausser ihm einen Schlüssel für die Mühle besass. Doch diesen Gedanken verscheuchte er gleich wieder. Sie war schon seit Jahren nicht mehr hier gewesen und sie würde auch nicht mehr freiwillig hier her kommen. Aber wer sollte dann...?"

Als er sich der Terrasse näherte sah er dort einen Mann in gekrümmter Haltung liegen. Sofort eilte er zu ihm, hoffte ihm helfen zu können, doch als er ihn umdrehte fuhr er wie elektrisiert zurück. Alex starrte ihn aus herausgequollenen Augen an. Sein Körper fühlte sich eiskalt an und er wusste sofort dass er schon stundenlang so dalag. Zwar konnte er ihn zu Lebzeiten nicht leiden – aber so einen Tod – nein, den wünschte man nicht einmal seinen ärgsten Feind.

„Vanessa "– scholl die besorgte Stimme ihres Vaters aus dem Hörer. "Du musst sofort hierher zur Mühle kommen. Es ist etwas schreckliches passiert."

"Hattest du einen Unfall?"

„Nein, dein Mann ist hier."

„ Alex? Ich verstehe nicht ganz. Er woltte doch nach Bad Kissingen fahren."

„Ich sagte doch, er ist hier..."

"Vielleicht hat er einen Zwischenstopp bei der Mühle eingelegt. Habt ihr euch gestritten – oder hast du ihn gar verletzt?"

„Nein!"

„Weshalb spricht er dann nicht selbst mit mir?"

„Es geht nicht, aber am Telefon möchte ich nicht mit dir darüber sprechen."

„Dann eben nicht!" sagte sie patzig.

„Vanessa du verstehst mich schon wieder falsch. Lege bitte nicht auf, es ist – Alex ist tot. Er ist erstickt."

„Erstickt sagst du? Aber wie ist so etwas möglich?" Sie gab ein paar verzweifelte Schluchzer von sich und sagte im weinerlichen Ton: "Ich komme so bald es geht."

"Was heisst hier, sobald es geht?"

"Wir haben unser Auto verkauft. Ich komme mit dem Zug." "Gut," sagte ihr Vater überrascht, "nehm dir dann am Bahnhof ein Taxi hier her."

"Ja, das werde ich tun."

Noch ehe ihr Vater weitere Fragen stellen konnte, beendete sie das Gespräch. Sie stellte sich zynisch lächelnd sein erschrockenes Gesicht vor. Ihm wird der Anblick seines ungewollten Schwiegersohnes nicht mehr so schnell aus dem Sinn gehen und er wird nie erfahren dass er mit seinen abfälligen Prognosen über ihn recht behalten hatte. Vater klang, als er mit ihr sprach, entsetzt und ratlos und das schien ihr nur gerecht – er sollte entsetzt und ratlos sein. Langsam schritt sie zum

Kleiderschrank, wählte einen dunklen Hosenanzug für die Fahrt zur Mühle aus. Dann nahm sie ihre Reisetasche und packte die nötigsten Dinge ein. Sicher musste sie ein paar Tage im Dorf bleiben.

Als Vanessa aus dem Taxi stieg, lief ihr Vater mit ernster Miene auf sie zu: "Es ist schrecklich," sagte er, "dass wir uns unter solchen Umständen wiedersehen."

"Wo ist Alex?" stammelte sie unter Tränen.

"Man hat ihn schon zur Leichenhalle gebracht. Ein Kriminalbeamter ist noch hier. Er möchte dir ein paar Fragen stellen."

"Warum?"

"Routine," sagte eine dunkle, feste Stimme hinter ihr. Sie drehte sich langsam um und musterte den Fremden abschätzend.

"Inspektor Brunner", stellte er sich vor. "Mein aufrichtiges Beileid Frau Winter."

"Danke." Sie nahm ein Tempo aus ihrer Tasche und wischte eine Träne fort. "Wissen Sie schon wie mein Mann starb?"

"Ich erklärte Dir doch schon am Telefon dass Alex erstickt ist," sagte ihr Vater.

"Ja, natürlich, aber wie kam es dazu?"

"Eine Biene muss in seine Bierflasche gefallen sein.
Jedenfalls erstickte er durch einen Bienenstich im Rachen."

"Du lieber Himmel! Wie konnte denn das passieren? Alex floh doch vor jeder Biene oder Wespe."

Inspektor Weber schien es, als bestehe das Gesicht der Frau vor ihm nur noch aus zwei grossen braunen traurigen Augen.

"War ihr Mann allergisch gegen Bienengift?"
fragte er sie.

"Ja, normalerweise führte er stets einen Ausweis bei sich um sofort behandelt werden zu können. Haben Sie ihn nicht bei ihm gefunden?"

"Nein, tut mir leid aber in dieser Einsamkeit hätte er ihm auch nichts genützt. Ihr Vater sagte dass er ihren Mann erst heute gefunden hat. Er meint, dass der Tod aber schon gestern eingetroffen ist. Haben Sie ihren Mann nicht vermisst?"

"Nein, mein Mann ist Fotograf. Er wollte gestern nach Bad Kissingen fahren und dort Aufnahmen vom Rakozifest machen. Ich wusste, dass er dort oder irgendwo in der Rhön übernachten wollte."

"Und Sie blieben zuhause?" "Ja, wenn er beruflich unterwegs ist begleite ich ihn selten, das ist mir zu stressig. Ausserdem bin ich kein grosser Motorradfan."

"Aber wie erklären Sie sich seinen Aufenthalt in der Mühle?" "Ich weiss es nicht. Vielleicht war es ihm zu heiss und er wollte bei der Mühle eine Pause einlegen. Sie ist nur zwei Kilometer von der Strecke nach Bad Kissingen entfernt."

"Besass er einen Schlüssel für das Wohngebäude der Mühle?" "Ja, vielleicht wollte er auch noch einen kurzen Besuch bei meinen Vater machen."

Peter Karsten sah seine Tochter an, als falle er aus allen Wolken, sagte aber nichts.

Der Kommissar übersah die merkwürdige Reaktion von Herrn Karsten. Er beschäftigte sich in diesem Moment nur mit Vanessa. So jung und schon Witwe. Wie zart und zerbrechlich sie ist. Oder täuschte er sich in ihr? Hielt sie sich doch zum Zeitpunkt des Todes ihres Mannes hier auf? War ihre Trauer nur gespielt?

"Vom Anruf ihres Vaters bis zu ihrer Ankunft hier ist eine verhältnismässig lange Zeit verstrichen," sagte er.

"Ja, ich musste mit der Bahn hier her kommen, denn wir besitzen momentan kein Auto."

Der Kommissar betrachte sie einen Moment nachdenklich. Wenn sie gestern auch mit dem Zug hier her gefahren wäre, hätte sie damit rechnen müssen dass sie jemand erkennt. Schliesslich ist sie die Tochter des Landarztes, dachte er, und atmete auf. " Gut, ich habe keine Fragen mehr. Entschuldigen Sie bitte dass ich Sie in ihrer Trauer so belästigen musste. Aber wir müssen auch bei einem Unglücksfall alle Fakten die dazu führten, genau überprüfen. Ich werde heute noch mein Protokoll schreiben."

Er reichte ihr die Hand. "Auf Wiedersehen Frau Winter. Auf Wiedersehen Herr Karsten." Er gab auch ihm die

Hand, dann wandte er sich ab und eilte zu seinem Wagen.

Vanessa sah ihn fast bedauernd nach. Sie fröstelte in der Sonne. Er hatte sie mit ihrem Vater allein gelassen. Sie fürchtete sich vor dessen durchdringenden Blick und vor den Fragen, die er jetzt sicher an sie stellen würde. In ihren Ohren begann es zu saussen und sie fühlte sich wie auf einem schwankendem Schiff über dem ein Orkan wütet.

Ihr Vater stand eine Weile steif neben ihr, dann fragte er: "Soll ich dich zur Leichenhalle fahren?" "Nein!" wehrte sie ab, "ich möchte wieder nach Hause fahren."

"Du meinst nach Würzburg? Das lasse ich nicht zu. Steig bitte in meinen Wagen. Wir fahren ins Dorf. Sofie wird sich um dich kümmern."

Sie zuckte ergeben mit den Schultern und schritt schweigend neben ihm her zum Auto. Er öffnete ihr die Wagentür und lies sie einsteigen, dann sagte er: "Ich muss nur noch das Haus zuschliessen.

Sie sah starr durch die Autoscheibe auf den Hof. Sofie sollte sich um sie kümmern. Was hiess das schon. Sie war so lange sie denken konnte bei ihnen zuhause und führte ihren Vater den Haushalt. Für ihn war sie perfekt; aber sie selbst hatte nie einen persönlichen Kontakt zu ihr herstellen können.

Ihr Vater kam zurück, setzte sich ans Steuer und fuhr los.

"Du möchtest Alex also nicht nocheinmal sehen?" fragte er sie. "Nein, ich kann das nicht. Ich will ihn so in Erinnerung behalten wie er lebte."

Sofie begrüsste sie zurückhaltend wie früher, aber befangener. "Es tut mir leid..." stammelte sie.

"Dann hat es sich schon im Dorf herum gesprochen. Das hätte ich mir denken können," knurrte Peter Karsten.

Sofie nickte, "ja, es ist so tragisch in ihrer Familie..."

"Lassen Sie das Getratsche," unterbrach er sie barsch.

Bringen Sie meiner Tochter und mir einen Orangensaft und richten Sie etwas zu essen her."

Sofie drehte sich wortlos um und ging in die Küche.

Vanessa folgte ihrem Vater zögernd ins Wohnzimmer und blieb steif stehen.

"Setz dich bitte und benimm dich nicht wie eine Fremde," sagte ihr Vater.

Sie wandte sich von der kahlen Wand ab, an der früher ein paar Familienfotos gehangen hatten.

"Ich fühle mich aber hier wie eine Fremde. Es ist alles so steril wie in deiner Praxis, selbst die Luft im Raum riecht nach Krankheit. Wie kannst du nur so leben?"

"Du übertreibst, aber ich schreibe es deinem Schmerz zu.", sagte er. "Es tut mir leid dass wir so grundverschieden sind und nie das passende Wort für einander finden."

Vanessa sah an ihm vorbei: "Du hast es nie versucht mich zu verstehen und bei Alex war es das Gleiche. Du hättest ihm wenigstens die Chance geben können, ihn näher kennen zu lernen."

"Du hast ja recht! Ich hätte mich damals nicht gleich gegen deinen Mann stellen sollen aber man kann nichts ungeschehen machen. Wie stehst du zu seiner Familie? Wir müssen sie benachrichtigen."

Sofie brachte den Orangensaft und Vanessa wartete mit der Antwort bis sie das Zimmer wieder verlassen hatte.

"Ich kenne die Familie von Alex nicht. Wir haben uns nie gesehen."

"Aber die Adresse hast du doch oder?" fragte er fassungslos.

"Nein, Alex sprach nie über seine Familie. Er stammt aus Norddeutschland. Wir waren eben beide nur für einander da."

Peter Karsten nahm sein Glas, trank es auf einen Zug leer, dann stellte er es klirrend auf den Tisch. "Und wer soll zur Beerdigung von Alex kommen?"

"Ich weiss," sagte Vanessa bitter," wie sehr du in die Traditionen dieses Dorfes eingebunden bist und wie wichtig dir eine grosse Trauerfeier wäre. Aber ich brauche diesen falschen Schein nicht und Alex hätte dies auch nicht gewollt. Ich werde ihn verbrennen lassen und ihn still und leise in Würzburg in ein Urnengrab legen lassen."

"Nun gut," sagte er abweisend. "Wenn du so eine trostlose Beerdigung für richtig hälst, muss ich es eben so akzeptieren." Seine Blicke ruhten jetzt nachdenklich auf ihr und die Spannung zwischen ihnen schien zum platzen.

"Alex war also beruflich unterwegs," sagte er mit dunkler Stimme. "War er irgendwo angestellt oder arbeitete er freiberuflich?"

Nervös strich sie sich die Haare aus dem Gesicht und starrte aus dem Fenster als glaube sie, Alex käme jeden Moment auf das Haus zu. Aber sie wurde immer nervöser. Es schien ihr, als beobachte ihr Vater sie aus allen Ecken. Fühlte er was sie getan hatte? Verdächtigte er sie etwa? Sie warf ihren Kopf ins Genick. Nein, das konnte er nicht. Sie hatte keine Spuren hinterlassen.

"Er arbeitete freiberuflich," sagte sie trotzig wie ein Kind und "ja, ich liebte ihn noch, wir waren glücklich miteinander oder was willst du sonst noch alles von mir wissen was dich die ganzen Jahre über nicht interessiert hat?"

"Vanessa bitte! Wir müssen jetzt endlich vernünftig miteinander reden. Ich weiss, dein Schmerz über den Tod deines Mannes ist im Moment gross, aber das Leben geht weiter. Es erscheint dir sicher zu früh, doch ich finde Du musst darüber nachdenken wie deine Zukunft aussehen soll. Willst du weiterhin in Würzburg wohnen oder...?"

"Was oder? Meinst du ich ziehe hier wieder ein?" Jetzt sah sie ihn abweisend an und jetzt fiehl ihr der bittere Zug, der sich in den letzten Jahren um seine Mundwinkel gegraben hatte auf und er kam ihr plötzlich alt vor. Die gehässigen Worte, die sie soeben noch auf der Zunge liegen hatte, blieben ihr im Halse stecken.

"Ich bin mir noch nicht sicher ob ich in Würzburg bleibe," sagte sie verhalten.

Sofie kam herein und servierte das Essen. Sie schielte von einem zum anderen, wartete auf ein Wort von ihnen und fragte Vanessa schliesslich: "Soll ich dein Zimmer herrichten?"

Vanessa nickte steif: "Ja bitte, tun Sie das."

Als Sofie das Zimmer wieder verlassen hatte, war es wieder so wie damals in der Mühle. Vater und Tochter sassen sich gegenüber, assen ohne jeden Appetit und brachten keinen einzigen versöhnlichen Satz mehr über ihre Lippen.

Schliesslich stand Vanessa auf und sagte: "Heute ist zuviel auf mich eingestürzt. Ich möchte jetzt gerne in mein Zimmer gehen und für mich alleine sein. Morgen fahre ich erstmal zurück nach Würzburg."

"Morgen schon?" fragte ihr Vater. Findest du dies nicht ein wenig zu früh?"

"Nein," erwiderte Vanessa, es gibt sehr viel zu regeln."

Peter Karsten starrte seiner Tochter bitter nach. Vanessa war und blieb ihm ein Rätsel. Er fand keinen Weg zu ihr.

Würzburg empfing Vanessa mit einem schmudeligen Nieselwetter. Es passte zu ihrer faden Stimmung, die sie ihrem Vater zuschob. Seltsamer Weise hatte er sie ohne viel Widerstand ziehen lassen. Er hatte ihr sogar versprochen sich um die Überführung von Alex ins Krematorium zu kümmern. Ausserdem hatte er ihr noch einen Scheck für die Unkosten die sie in der nächsten Zeit haben würde in die Hand gedrückt. Über all dies hätte sie sich doch freuen, oder zumindest erleichtert sein können. Aber sie traute ihrem Vater nicht. Versuchte er auf diese besorgte Tour sie wieder fester an sich zu binden? Sie hatte sich von Alex getrennt – aber von ihrem Vater?

Als sie ihre Wohnungstür aufschloss wich sie einen Moment angewidert zurück. Der schale Geruch von Alkohol und Rauch hing noch immer in allen Ecken. Sie stellte ihre Reisetasche in das Schlafzimmer. Dann kippte sie die Fenster und riss die Gardinen herab. Sie steckte sie in einen Müllsack. Aber das war ihr noch nicht genug.

Es mussten noch mehr Müllsäcke her. Den Gardinen folgten sämtliche Kleidungsstücke von Alex und alle Dinge die er angesammelt hatte. Als sie die Fotos von ihm von den Wänden riss, fielen ihr die kahlen Wände bei ihrem Vater ein. Es gab im ganzen Haus kein einziges Foto von ihrer Mutter. Warum?

Die Türklingel schrillte einmal. zweimal, immer und immer wieder. Sie wollte niemand sehen aber der hartnäckige Ton nervte sie. Als sie öffnete, standen zwei Freunde von Alex vor ihr und fragten nach ihm. "Alex hatte einen Unfall, sagte sie knapp, "er ist tot."

Ohne weiter auf die erschrockenen Gesichter zu achten schloss sie die Tür. In dem Moment ahnte sie, dass noch mehr Leute hier auftauchen würden die ihn suchten. Das war das letzte was sie gebrauchen konnte. Sie lehnte an der Wand und dachte über einen Ausweg nach. Dabei fiel ihr der Scheck ihres Vaters ein. Warum sollte sie ihn nicht nutzen? Sie packte ihre wichtigsten Dinge in einen Koffer und stellte ihn neben die noch volle Reisetasche. Dann grief sie zum Telefon um sich ein Taxi zu bestellen. Doch schon im nächsten Moment entschied sie sich anders.

Erst das Geld abholen. Sie holte ihr Fahrad aus der Garage und fuhr zur Bank.

Der junge Mann grüßte sie knapp und schrieb den Scheck ihrem Konto gut. Dann sah er sie unpersöhnlich an: „Kann ich sonst noch etwas für sie tun?"

Vanessa sah in ungeduldig an: „Ja natürlich. Zahlen sie mir bitte den Betrag des Schecks bar aus."

„Das kann ich nicht machen. Es ist ein Verrechnungsscheck."Vanessa nervte die hochnäsige Art des Angestellten.

„Ich weiß natürlich, dass es ein Verrechnungsscheck ist. Aber das Geld ist doch nun auf meinem Konto. Heben sie es davon ab."

Der Blick des Angestellten wurde noch eine Nuance abweisender. „Ihr Konto ist gesperrt", näselte er.

„Das kann nicht sein", erregte sich Vanessa. „Ich möchte den Geschäftsführer sprechen."

Das Gesicht des Angestellten lief rot an: „Ich weiß nicht ob Herr Baumann im Hause ist."

In Vanessa brodrelte es. So einfach wollte sie sich nicht abfertigen lassen. Empört wandte sie sich um und lief auf das Büro des Filialleiters zu. Mit einem Ruck riss sie dessen Tür auf und stürmte auf ihn zu.

„Wie kommen sie dazu mein Konto zu sperren?"

Herr Baumann starrte sie überrascht an. Doch er fasste sich schnell und sagte mit ruhigen abweisenden Ton.

„Guten Tag Frau Winter. Anscheinend haben sie den Brief von der Bank nicht gelesen."

„Welchen Brief?", fragte sie verblüfft. Erst dann fiel ihr ein, dass sie die Post nach ihrer Rückkehr von ihrem Vater achtlos zur Seite gelegt hatte.

Die Stimme von Herrn Baumann hämmerte unerbittlich auf sie ein.

Wir haben ihnen mitgeteilt dass wir alle Kredite von ihnen aufgekündigt haben und die Rückzahlung binnen zwei Wochen erwarten.

Vanessa sah Herrn Baumann perplex an: „Dass können sie doch nicht machen. Sie wissen dass ich einen sicheren Arbeitsplatz habe. Die Kreditraten werden doch von meinem Gehalt abgezogen."

Herr Baumann wiegte den Kopf: „Das ist leider nicht mehr gewährleistet. Der pfändbare Teil ihres Gehaltes wurde vom Gericht beschlagnahmt."

„Das ist nicht wahr!"

Herr Baumann grinste herablassend. „Lesen sie ihre Post nicht? Ich kann ihnen nur raten mit ihrem Mann zu sprechen. Er muß mit einer Anzeige wegen Betrugs rechnen."

Vanessa sank in sich zusammen: „Mein Mann ist vor ein paar Tagen verstorben."

Jetzt zeigte sich doch eine Regung im Gesicht von Herrn Baumann: „Oh, mein Beileid."

Vanessa fasste sich wieder. „Ich werde also meine Wohnung verkaufen müssen."

Herr Baumann räusperte sich: „Das wird die Bank übernehmen. Sie wissen ja, dass schon eine Hypothek auf ihrer Wohnung lastet. Aber ich denke dass der übrig bleibende Teil vom Ertrag des Verkaufes der Wohnung ausreicht ihre Schulden bei uns zu tilgen."

Vanessa achtete nicht mehr auf seine weiteren Worte.

Sie stand auf und schritt steif wie eine Marionette aus dem Büro und verlies die Bank.

Das feiste Gesicht von Herrn Baumann verfolgte sie bis nach Hause. Wie hatte er früher, als sie noch bei Kasse war, vor ihr gedienert. Diese falsche Höflichkeit widerte sie an. Aber sie war ja so dumm gewesen ihm zu vertrauen.Wieder so einer, den man am Besten gleich abhaken sollte. Aber so einfach war das leider nicht mit dem Abhaken.

Inzwischen war sie vor ihrer Wohnungstür angekommen und schloss sie auf. Ihre Wut auf die Situation in die sie Alex gebracht hatte, stieg und stieg. Sie knallte ihre Handtasche in die Ecke. Es war nicht allein die Schuld von Alex. Dieser fiese Bänker hätte ihn stoppen, oder zumindest warnen müssen. Er hatte erst gehandelt, als es gewiss war, dass es nichts mehr von ihr zu holen gab.

Alex musste alle Briefe von der Bank und vom Gerichtsvollzieher vernichtet haben. Und die Briefe aus den letzten Tagen hatte sie noch nicht gelesen. Doch jetzt verspürte sie auch keine Lust dazu das nachzuholen. Unruhig ging sie auf und ab. Solchen Männern musste das Handwerk gelegt werden. Doch im Moment konnte sie nichts unternehmen. Höchstens die Wand anschreien.

Aber aus ihrer Kehle kamen nur krächzende Laute. Und prompt musste sie wieder an ihren Vater denken. Wenn er sie jetzt in diesem kläglichen Zustand sehen könnte, würde er sicher besserwisserisch daherreden und über ihre Niederlage triumphieren. Dann würde er, wenn sie ihn um Hilfe bitten würde, großzügig sein Scheckheft zücken. Aber lieber würde sie Kitt kauen, als ihm ihre Misere zu beichten. Blieb nur noch ihre Oma. Sie würde ihr sicher aus der Patsche helfen. Doch so einfach wollte sie es sich nicht machen. Sie sah sich in ihrer Wohnung um.

Ihre Möbel waren teuer und gediegen. Sie würde zwar

nur einen Bruchteil ihres Wertes dafür erhalten. Aber besser als betteln zu gehen. Kurz entschlossen rief sie einen Gebrauchtwarenhändler an.

Ein paar Tage später bestand ihr ganzes Hab und Gut aus einer Matratze mit Decke, einer Kaffeemaschine, einer tragbaren Herdplatte, einem kleinem Tisch, dem nötigsten Geschirr und ihren Kleidern, die auf einem Wäscheständer hingen. Alles um sie herum wirkte trostlos und verlassen, aber sie besaß nun wenigstens das nötige Geld zum Leben.

An dem Morgen, an dem Vanessa zum ersten Mal nach dem Tod von Alex ihr Büro im Finanzamt wieder betrat, wurde sie zu ihrem Chef beordert. Als sie bei ihm eintrat glitt einen Moment lang ein mitleidiges Lächeln über das Gesicht des untersetzen Amtsleiters. „Es tut mir leid", sagte er. Dass Sie auf so tragische Weise ihren Mann verloren haben."

Doch dann straffte sich seine Miene. „Sie wurden sicher schon davon unterrichtet, dass eine Lohnpfändung gegen sie läuft. Das ist ein schlechtes Renommee für eine Finanzbeamtin. Ich rate Ihnen diese Angelegenheit so schnell als möglich zu bereinigen."

Vanessa hatte sich nach den Erfahrungen, die sie in der letzten Zeit in Punkto Geldangelegenheiten gemacht hatte, für so einen Empfang gewappnet. So konnte sie ihren Chef jetzt gespielt ruhig sagen, dass sie schon dabei war, ihre

Finanzen zu ordnen. Dann fasste sie noch dazu den Mut, ihn um eine Versetzung in eine andere Stadt zu bitten.
 Ihr Chef schüttelte unmutig den Kopf: „Das ist nicht möglich."
 „Gut, dann möchte ich kündigen."
 Das Gesicht ihres Chefs lief nun rot an: „Ich werde Sie nicht daran hindern und erwarte Ihre schriftliche Kündigung. Aber ich nehme an, Sie wissen, was das in Ihrer jetzigen Lage bedeutet."

Die nächsten Tage eilten für Vanessa viel zu schnell dahin. Abend für Abend suchte sie im Internet nach einer Arbeitsstelle in ihrem Fachbereich. Doch bisher hatte sie noch nichts Passendes gefunden. Dazu rückte die Zwangsversteigerung ihrer Wohnung unaufhaltbar näher.
 Ihre Gedanken wurden immer düsterer. Was taten andere Menschen in ihrer Situation? Wie überheblich hatte sie früher über Leute geurteilt, die ständig auf der Suche nach Geld und Prestige waren. Sie war ja nie in die Lage versetzt worden, sich ums Überleben Sorgen machen zu müssen. Jetzt hatte sie bitter erfahren, wie herablassend man sich gegen Menschen ohne genügend Einkommen verhielt. Geld macht nicht glücklich, hieß es. Nein, das machte es auch nicht. Aber ohne Geld könnte sie höchstens auf einer einsamen Insel oder im Obdachlosenheim leben. Aber sie war nicht der Typ, der so einfach aufgab.
 Ihre Lippen wurden schmal und ihre Augen blickten hart

in die Ferne. Sie sah die Reihe der Männer vor sich, die sie entweder bitter enttäuscht oder erniedrigt hatten. „Das werde ich nie mehr zulassen", murmelte sie entschlossen.
 Dann suchte sie erneut im Internet nach einer Arbeitsstelle. In München wurde eine Betriebswirtin für eine Steuerkanzlei gesucht. Aber München? Ihr Vater würde Kopfstehen. Na und? Sollte er sich doch ärgern. München war weit genug von ihm und der Erinnerung an Alex entfernt. Kurz entschlossen setzte sie die Bewerbung für die Kanzlei auf. Dann kam ihr der nächste gute Gedanke. Sie griff zum Telefon und erzählte ihrer Oma, dass sie nach München ziehen möchte, weil sie sich an einer Steuerkanzlei beteiligen möchte.

Es bedurfte drei endlos lange Monate bis Vanessa alle Vorbereitungen für ihren Umzug nach Müchnen unter Dach und Fach hatte. Nun lag alles hinter ihr. Sogar ihr früheres Aussehen. Sie hatte sich ihre schwarzen Haare und ihre Augenbrauen blondieren lassen und ihre braunen Augen verbarg sie nun unter blauen Kontaktlinsen. Nicht einmal ihr Vater würde sie erkennen.
 Sie hatte sich ein einfaches Apartment in der Nähe des Olympiazentrums gemietet, denn Ihr gefiel die Anonymität in diesem Hochhaus, in dem keiner auf den anderen achtete.
 Ihre einzigen Freunde waren Bücher. Und zur Zeit gab es darunter ein paar Favoriten. Sie standen auf dem

Regal an der weissen Wand und ihre Titel strahlten ihr entgegen. –

Die Selbstverwirklichung der Frau – Die richtige Rhetorik – Wie werde ich reich? usw. Alles Bücher die ihr dabei helfen sollten sicher und fest in dieser materiellen Welt zu bestehen.

Ehe sie zu Alex gezogen war, hatte sie nie über die Wichtigkeit des Geldes nachgedacht. Doch dann hatte sie erkennen müssen wieviel Macht daran hing.

Alex war zu schwach gewesen. Ihm war das Geld unter den Fingern zerflossen. Sie hätte ihn damit vollpumpen können und trotzdem wäre er immer in der Kreide bei seinen Kumpeln gestanden. Sie hätten ihn gnadenlos verfolgt. Deshalb war sie froh, es rechtzeitig erkannt zu haben, dass ihm eine Scheidung von ihr auch nichts helfen würde. Im Nu wären die Hunderttausend die sie ihm angeboten hatte, wieder in irgendwelchen Spielsaloons und Kneipen versandet. Sie hätte ihm ganz gewiss nichts mehr gegeben und er wäre langsam in der Gosse gelandet. Davor hatte sie ihn bewahrt.

Bei ihr selbst stand finanziell alles im besten Lot. Sie brauchte momentan noch nicht einmal auf die Hunderttausend, über die sie jederzeit verfügen konnte, zurückgreifen. Nicht umsonst war sie Betriebswirtin geworden. Zahlen übten auf sie ein magnetische Wirkung aus und sie hatte die Begabung aus wenig Geld in kürzester Zeit viel Geld zu machen. Es gab für sie keinen

Grund sich von irgendwem abhängig zu machen. Und sollte wider Erwarten doch noch einmal ein Mann in ihrem Leben eine Rolle spielen, musste er genauso zäh und hart sein wie sie. Dafür würde sie ihn auf Herz und Nieren prüfen.

Wieder einmal verspürte der Steuergehilfe Robert Braun dieses beengende Gefühl als schnüre ihm der Kragen die Kehle zu. Er lockerte seine Krawatte, sah hoch und fing den strengen Blick von Emmi Foss auf. Obwohl er wusste dass sie ein paar Mal am Tag die ganze Belegschaft durch die Glaswand die ihr Büro abgrenzte, beobachtete, nervte es ihn. "Wie im Käfig", dachte er mürrisch, senkte dann aber doch seinen Kopf noch tiefer über die zu bearbeitenden Papiere. Diese Bewegung alarmierte seinen Kollegen Rainer Merz, der gerade mit der Buchhalterin Beate Kern ein paar scherzhafte Worte wechselte. Er hielt mitten im Satz inne und die Buchhalterin schielte nervös zur Glaswand. Nur die Auszubildende Sandra tat als bemerke sie diese Kettenreaktion nicht.

„Dieses freche Ding wird auch noch den richtigen Umgang mit mir lernen", sagte sich Emmi Foss, die Chefsekretärin und Verlobte des Kanzleiinhabers Thomas Schmitt. Im Moment bescherten ihr aber ganz andere Dinge Sorgen. Thomas hatte sich zu seiner Verstärkung vorgenommen, eine Betriebswirtin einzustellen und eine

Anzeige gestartet. Aus all den vielen Bewerbungen hatte er ausgerechnet eine junge, nach dem Foto, sehr attraktive Frau gewählt. Er hatte ihr die Reverenzen von Frau Winter gezeigt und gesagt: "Ich glaube, die ist die Richtige für unsere Kanzlei. Sie hat schon in Würzburg in einer Steuerkanzlei gearbeitet und verfügt neben dem Rechnungswesen auch über ein fundiertes Computerwissen." Ob dies alles war, was ihn veranlasste sie den älteren Bewerberinnen vorzuziehen? Sie erinnerte sich noch wie sie vor acht Jahren hier antrat. Vielleicht war Sie damals noch ein wenig naiv, aber sie war jung, ehrgeizig und hübsch. Sie fand schnell heraus wie sie mit dem Chef umgehen musste und nach zwei Jahren konnte sie damit rechnen als seine Frau an seiner Seite zu stehen. Doch nun war das Zusammenleben Gewohnheit und sie fürchtete den Verlust ihrer Macht. Was tat sie nicht alles um das perfekte Aussehen zu erhalten.

Natürlich war sie noch jung mit ihren fünfunddreissig Jahren, aber zeigten sich nicht schon die ersten Fältchen um die Augen und fiel es ihr nicht immer schwerer die ständigen Diäten einzuhalten? Sie musste Thomas unbedingt die baldige Hochzeit schmackhaft machen. Sie wandte sich von der Belegschaft ab, ging in das Büro von Thomas Schmitt und setzte sich hinter dessen Schreibtisch.

Vanessa klopfte kurz an der Bürotür mit dem Namensschild Dr. Thomas Schmitt und trat entschlossen ein. Sie hatte sich auf Thomas Schmitt eingestellt, hatte sich schon ein paar passende Worte zur Begrüssung zurechtgelegt und nun sah sie eine aufgesteilte, modische Frau vor sich, die sie abweisend musterte. Es war so eine Art Schreckminute in der beide Frauen sofort erkannten dass sie sich wohl nie gut verstehen würden. Schon jetzt legten sie eine Art Kampfhaltung an den Tag.

"Guten Morgen. Mein Name ist Vanessa Winter", stellte Vanessa sich vor. "Ich möchte gerne Herrn Schmitt sprechen." "Guten Morgen." Emmi Foss trat hoheitsvoll hinter dem Schreibtisch hervor. Sie reichte Vanessa spitz die Hand und zog sie schnell wieder zurück. "

"Ich bin Emmi Foss, die Chefsekretärin und zuständig für das Personal. Im Moment vertrete ich meinen Verlobten, Herrn Schmitt. Er musste dringend verreisen und hat mich beauftragt sie in ihren neuen Arbeitsbereich einzuführen. Ich werde Ihnen zuerst unsere Angestellten vorstellen."

Vanessa lies das spreizige Gehabe von Emmi Foss völlig kalt. Sie war von Thomas Schmitt als seine rechte Hand angagiert worden und sie würde sich von seiner Sekretärin ganz gewiss nicht kommandieren lassen. Wortlos folgte sie ihr in das Büro ihrer neuen Arbeitskollegen.

Beate Kern wurde ihr von Frau Foss als erste vorgestellt. Sie hatte einen festen kameradschaftlichen

Händedruck aber Vanessa konnte sich dabei den Eindruck nicht verwehren, dass die zukünftige Kollegin versuchte Emmi Foss in ihrem Outfit nachzueifern, was ihr aber kläglich misslang. Alles an ihr schien übertrieben.

Die flippige Kleidung. Ihre von schwarz getünchten Wimpern umrahmten Augen und das starke Rouge auf ihren Wangen liessen erst recht erkennen, dass sie nicht mehr so taufrisch war, wie sie sich darstellen wollte.

Emmi Foss drängte Vanessa gleich weiter zu den beiden Steuergehilfen Robert Braun und Rainer Merz. Sie waren beide um die Dreissig. Vanessa ordnete sie in die Kategorie des Durchschnittmannes ein und lächelte ihnen zuvorkommend entgegen. Es konnte nie schaden die Kollegen gleich für sich zu gewinnen. Die Auszubildende Sandra begrüsste Vanessa mit einer offenen freundlichen Art die ihr imponierte. Und schon war die Zeremonie des Vorstellens zu Ende.

Emmi Foss schob sich unsacht an Vanessas Seite und sagte: "Ich zeige Ihnen jetzt ihr Büro."

Die Sekretärin fühlte sich an diesem Vormittag so gar nicht wohl in ihrer Haut. Trotz ihrer hohen Absätze reichte sie der neuen nur bis zu den Schultern. Sie hasste es zu einer Frau aufzublicken. Und diese Frau war nicht nur gross, sie sah auch noch besser aus als auf ihrem Bewerbungsfoto auf dem der bronzefarbene Teint nicht zur Geltung gekommen war. "Sicher geht sie jeden Tag ins Sonnenstudio," dachte sie neidig. Sie selbst konnte dies nicht tun, denn ihre empfindliche Haut liess das nicht zu. Sie blieb stehen und öffnete eine Tür.

"Das ist Ihr Büro," sagte sie. "Thomas hat die Akten der Klienten, die er an Sie weitergibt in Ihr Regal stellen lassen. Weitere Unterlagen finden Sie auf ihrem Schreibtisch. Falls Sie Hilfe benötigen müssen Sie sich an Herrn Braun wenden. Er ist ab sofort für Sie zuständig.

Gibt es noch weitere Fragen?"

"Nein danke," wehrte Vanessa kühl ab und ging auf ihren Schreibtisch zu.

Emmi Foss wandte sich um und schloss die Tür mit einem harten Ruck.

Vanessa betrachtete das höchstens zwölf Quadratmeter grosse Büro, in dem sie in der nächsten Zeit arbeiten würde. Die dunklen Regale verkleinerten es noch und bestärkten das wiederstrebende Gefühl das sie gegen enge Räume hatte. Sie atmete tief durch. Dies alles hier, war ja nur Mittel zum Zweck. Erwartungsvoll nahm sie einen Aktenordner in die Hand und blätterte ihn durch.

Aber es waren nur die steuerlichen Unterlagen eines Malermeisters. Sie stellte ihn wieder zurück und nahm sich einen Ordner nach dem anderen vor. Als sie den letzten Ordner wieder ins Regal stellte war die Enttäuschung gross. Herr Schmitt hatte ihr nur Klienten mit mittlerem Einkommen überlassen. Ungeduldig trommelte sie mit ihren Fingern auf die Schreibtischplatte.

So krass hatte sie sich das nicht vorgestellt. Nicht eine

einzige finanzkräftige Firma dabei. Wie sollte sie da an die Daten reicher Münchner herankommen? Sie nahm sich missmutig eine Akte mit einem Dringlichkeisvermerk vor und begann sie zu bearbeiten. Die Zeit schwand zäh dahin und die Luft wurde langsam schwer.

Als der Zeiger der Uhr die 12 knapp überschritten hatte, klopfte es zaghaft an ihre Tür. Beate Kern steckte ihren Kopf herein.

"Mahlzeit", sagte sie, essen Sie auswärts oder gehen Sie mit in unsere kleine Kantine?"

"Kantine? Frau Foss hat mir nichts von einer Kantine erzählt," sagte Vanessa erstaunt.

Beate lächelte verlegen "Das wird Frau Foss wohl vergessen haben. Sie benutzt die Kantine nur zum Kaffeezubereiten. Naja, es ist kein Luxusrestaurant aber man kann zusammensitzen, einen guten Kaffee trinken, ein paar kleine Happen essen und ein bisschen plaudern."

"Gut," lachte Vanessa, "diese Argumente sprechen für sich. Ich komme gerne mit."

Die kleine Küche entpuppte sich als eine Art grosser Wohnküche. Neben einer langen Essgruppe gab es einen Herd, eine Mikrowelle, Einbauschränke mit Spüle, Gefrier- und Kühlschrank und die Kaffeemaschine.

Als Vanessa mit Beate Kern eintrat, bediente Sandra gerade die Kaffemaschine. Robert Braun und Rainer Merz sassen mit ihren Getränken und ein paar Brote schon am Tisch und unterhielten sich. Robert Braun sagte gerade: "Die Foss hat heute wiedermal den Teufel in sich, bin ich froh wenn der Chef wieder da ist. Rainer Merz verschluckte seine Antwort und brachte stattdessen ein kratziges "Mahlzeit hervor. Vanessa tat, als hätte sie die letzten Worte von Robert Braun nicht gehört. Sie lächelte den beiden Kollegen zu und wünschte ihnen einen guten Appetit. Dann setzte sie sich zusammen mit Beate Kern an das andere Tischende. Sandra kam mit der vollen Kanne auf sie zu: "Trinken Sie einen Kaffee mit uns?" fragte sie.

"O ja gerne," sagte Vanessa. "

"Ich hab auch noch eine Pizza übrig. Ich schieb sie schnell in die Mikrowelle," sagte Sandra und ging auf den Gefrierschrank zu um sie herauszuholen.

"Danke," sagte Vanessa. "Morgen revanchiere ich mich."

Beate Kern hatte heute ihren Obsttag und die beiden Kollegen drückten ein paar Wiener hinunter.

Sandra schielte zu den beiden Steuergehilfen hinüber und ulkte "Hi Robby! Hat dein Koch dich heute versetzt?"

Robby wischte sich mit der Serviette den Senf vom Mund.

"Meinst du, Werner hat jeden Tag Zeit für mich?"

"Der muss doch wieder neue Computerteile für Robby herbeischaffen," rief Rainer grinsend dazwischen. Sein Haus ist noch nicht voll genug damit."

Beate verteidigte Robby "immerhin hat Robby schon einige Computer erfolgreich zusammengebaut."

"Du sagst es," ereiferte sich Robby. "Ich horte die Computerteile zwar, aber ich verwende sie auch ab und zu sinnvoll. Es ist eben mein Hobby."

"Ja, das ist inzwischen bei uns angekommen," hänselte Sandra. "Dein Lieblingsthema wächst uns schon aus den Ohren."

"Na toll – und wer hat mir vorgejammert dass die Festplatte von ihrem Computer im Eimer ist? Du doch wohl. Gestern Abend habe ich sie bei Werner gekauft.

Soll ich sie dir in den Computer einbauen oder nicht?"

"Du hast die Festplatte schon? Bist du dir auch sicher dass sie funktioniert?"

Robby blitzte Sandra leicht verärgert an: "Werner verkauft mir keinen Schrott."

Sandra lenkte ein: "So war das auch nicht gemeint."

"Gut," sagte Robby, "dann bring ich dich nach Feierabend nach Hause und nehme deinen Rechner gleich mit."

"Ok." freute sich Sandra und wandte sich Vanessa zu: "Schmeckt die Pizza?"

"Ja danke," sagte Vanessa versonnen und ass ruhig weiter. Robert Braun, genannt Robby, hatte durch sein Computerwissen ihr Interesse geweckt. Sie sah nachdenklich zu ihm rüber und traf seinen verlegenen Blick, der ihr mehr sagte wie viele Worte.

Eine Weile hörte sie noch dem Geplänkel der Kollegen zu. Dann nahm sie ihren Teller und ihr Glas, ging zur Spüle, reinigte beide Teile und stellte sie in den Schrank. Anschliessend wandte sie sich an Robby.
"Herr Braun, ich erwarte sie nach der Mittagspause in meinem Büro."
Dieser eine kühle Satz beendete die vertraute Stimmung. Robert Braun sagte nur knapp "ja" und alle sahen ihr still distanziert nach als sie den Raum verliess.
Vanessa setzte sich wieder vor ihren Schreibtisch und versuchte sich auf die Akten zu konzentrieren. Sie hatte doch gewusst was sie in einer Steuerkanzlei erwartet.
Warum war sie dann so unzufrieden? War es die Monotonie in diesem Büro oder die Erkenntniss dass sie wahrscheinlich den falschen Weg gegangen war um ihr Ziel zu erreichen? Sie fühlte sich einsamer denn je und trotzdem scheute sie es, Kollegen um sich zu haben. Gut, sie musste versuchen mit ihnen klarzukommen und den ersten Anlauf hatte sie ja schon gemacht. Aber mit welchem Resultat? Ihre Freundlichkeit war einem Befehlston gewichen. Dies war genau in dem Moment geschehen als sie erkannt hatte, dass sie einen der männlichen Kollegen für sich gewinnen musste. Doch sie hasste jede Art von Männer und dieser Hass steckte tief in ihrer Seele. Manchmal sah sie Alex vor sich wie er nach Luft rang. Sie hätte sie ihm schon viel früher abschneiden sollen.

Es klopfte kurz an ihre Tür und nach einem knappen
"Ja bitte," von ihr, betrat Robby ihr Büro. Er bemühte sich forsch aufzutreten.

"Also, hier bin ich, was kann ich für Sie tun?"

Vanessa musterte ihn steif.

"Frau Foss sagte mir, dass Sie mir in der nächsten Zeit einige Arbeit abnehmen werden. Hat Herr Schmitt Sie vor seiner Abreise darüber informiert oder ist das die alleinige Entscheidung von Frau Foss?"

"Herr Schmitt hat mir gesagt dass ich Ihnen einige Stunden am Tag helfen soll", erwiderte Robby, "aber die übrige Arbeitseinteilung liegt bei Frau Foss."

"Also auf eine gute Zusammenarbeit," sagte Vanessa und überreichte ihm die Akten, die sie am Vormittag bearbeitet hatte. "Die Steuererklärung der Firma Köhler ist fertig. Geben Sie diese bitte ans Finanzamt weiter und erstellen Sie eine Zweitschrift für Herrn Köhler. Hier ist die CD."

"Wärs das?" fragte Robby. Er war enttäuscht über ihre kühle Art und hatte die Befürchtung eine zweite Foss über sich zu haben.

"Ja, das wärs im Moment oder warten Sie, ich habe noch eine Frage. Sind Sie mit den Firmen die mir Herr Schmitt überlassen hat, vertraut?"

"Moment!" Robby ging ans Regal und besah sich die Akten, dann wandte er sich ihr wieder zu.

"Ja," sagte er, "diese Firmen lagen schon lange in meinem Arbeits-bereich."

"Gut," sagte Vanessa, "dann möchte ich, dass Sie ab morgen jeden Vormittag bei mir im Büro arbeiten."

"Wenn Sie es wünschen..."

"Das klingt ja nicht gerade euphorisch," sagte sie lächelnd, "aber wir werden uns schon verstehen, zumal ich in der Kantine von Ihrer Computerleidenschaft gehört habe. Dieses Hobby teile ich voll und ganz mit Ihnen."

"Ehrlich?" Robby atmete erleichtert auf und über sein Gesicht zog ein breites Lachen. "Danke, das freut mich."

Vanessa lächelte kameradschaftlich: "Wer ist eigentlich Werner?"

"Das ist mein Freund", sagte Robby. "Er betreibt einen Computersecondhandladen gleich um die Ecke von hier."

"Ah, interessant."

Robby wurde mutig. "Ich besuche ihn oft in der Mittagszeit. Er kocht leidenschaftlich gerne und ich esse gerne bei ihm." "Sie sind also noch beide Singels?", fragte Vanessa. Robby nickte:

"Allerdings. Wir sind viel zu sehr mit unseren Computern beschäftigt. Das mögen die meistens Frauen nicht."

Vanessa lachte: "Deshalb hat Sandra über sie beide gewitzelt."

"Ja", gab Robby zu. "Sie weiss wie chaotisch es in meinem Haus aussieht und Werner mir auch ab und zu hilft alles wieder auf Fordermann zu bringen; aber dafür helfe ich ihm auch so oft ich kann in seinem Laden." "Das ist sicher eine interessante Abwechslung zu der Arbeit hier," sagte Vanessa. "Ich kann mir auch gut vorstellen dass sie die Mittagszeit nicht nur zum Essen nutzen."

"Das kann man wohl sagen. Wir fachsimpeln auch gerne."

Robby fand Vanessa von Satz zu Satz sympathischer. Er sah sie mit einem gewinnenden Lächeln an und fragte:

"Würden Sie mal in der Mittagszeit mit mir zu ihm gehen?"

"Mal sehen," sagte sie, "das hört sich ja alles gut an, aber jetzt sollten wir uns wieder der Arbeit widmen."

"Ja gerne." Mit federnden Schritten verliess er ihr Büro.

In diesem Moment war Vanessa ein Quäntchen mehr mit sich zufrieden.

Das kleine Einfamilienhaus das Robert Braun sich vor ein paar Jahren gekauft hatte, lag weit draussen am Stadt-rand. Er mochte dieses alte Gemäuer in dem er hausen konnte wie er wollte. Im Parterre lag sein Wohnbereich und unter dem Dach seine Hobbywerkstatt. Dreiviertel seiner Freizeit verbrachte er hier oben zwischen ganzen und zerlegten Computern. Für einen Unbedarften sah es wie das perfekte Chaos aus, er aber fand jedes gewünschte Teil auf Anhieb. An diesem Abend baute er die Festplatte, die sein Freund Werner für ihn organisierte hatte, in dem vor ihm stehenden Computer ein.

Da war sie wieder, diese eigenartige kribbelnde Spannung, die ihn immer wieder zu dieser Art Arbeit trieb. Funktioniert die Festplatte, ist sie leer oder befinden sich noch irgendwelche Daten darauf? Neugierig startete er den Computer im DOS Modus. Nichts – die Platte schien leer zu sein. Aber so schnell gab er nicht auf. Vielleicht gelang es ihm mit dem Befehl undelete noch intakte gelöschte Dateien zu finden. Diese Überlegung war goldrichtig. Er fand tatsächlich noch einige Dateien die sich wieder herstellen liessen und las diese mit dem Editor durch. Was er da zu Tage brachte verschlug ihm den Atem. Das ist ja eine hochbrisante Geschichte, überlegte er, wenn das in falsche Hände gelänge! Er nahm einen Stick und speicherte die Daten ab. Man konnte ja nie wissen für was man sie noch brauchte. Das schrille klingeln des Telefons unterbrach seine Gedanken an diese Daten. Seine Schwester war an der Strippe:

„Hast du meinen Geburtstag vergessen?" fragte sie ihn vorwurfsvoll und erinnerte ihn an sein Versprechen diesen Abend mit ihr und ihrer Familie zu verbringen. "Oh, es tut mir leid Vera," entschuldigte er sich zerknirrscht, "ich mache mich sofort auf den Weg." Er schaltete den Computer aus und spurtete die Treppe hinunter.

Schon am frühen Morgen zeigte sich der Himmel über München im tiefsten azurblau und die Sonne geizte nicht mit ihren Strahlen. Doch zugleich spürten wetterfühlige Menschen zu denen auch Vanessa zählte, den Föhn der von den Bergen herannahte. Die tiefen blauen Ringe unter ihren Augen verrieten die starken Kopfschmerzen, die sie in der vergangenen Nacht überfallen hatten. Sie war schweissgebadet, von abscheulichen Alpträumen gerüttelt, erwacht und ins Bad gegangen um eine Tablette einzunehmen. Doch danach hatte sie sich immer noch zu nervös gefühlt um wieder einschlafen zu können. Sie hatte sich an ihren Schreibtisch gesetzt und ihren Computer eingeschaltet. Dann hatte sie alle Daten die sie über reiche Münchner Männer eingespeichert hatte, hervorgeholt. Aber es war keiner dabei, der sie interessierte. Somit hatte das tippen am Computer auch nichts gebracht. Verstimmt hatte sie ihn ausgeschaltet und war zurück ins noch warme Bett gekrochen. Jetzt am Morgen fühlte sie sich wie gerädert und dachte mit Missmut an die Arbeit.

Im Büro herrschte dicke Luft. Es war, als sei der Föhn durch alle Ritze gekrochen und habe den Menschen bleierne Müdigkeit verpasst. Emmi Foss schien am allermeisten darunter zu leiden. Sie zeigte eine schier unerträgliche Gereiztheit und benötigte dringend einen Blitzableiter. Vanessa schien ihr hierfür am besten geeignet. Sie stürmte in deren Büro und schimpfte:

"Wieso sitzt Herr Braun bei Ihnen und nicht an seinem Arbeitsplatz? Führen Sie jetzt eigenhändig neue Methoden ein?"

"Warum nicht? Sie selbst haben mir Herrn Braun als Hilfe zugeteilt. Wo er mir diese Hilfe leistet ist wohl meine Sache," wehrte Vanessa die boshafte Attacke der Sekretärin ab.

Emmi Foss ähnelte plötzlich einen nach Luft schnappenden Fisch. Wutentbrant drehte sie sich um und schmiss krachend die Tür hinter sich zu.

Robby sah etwas unglücklich drein. "Jetzt wird sie ihren Frust bei den Kollegen rauslassen."

"Sie werden es überleben," sagte Vanessa genervt.

"Sehen wir die Akte Müller durch. Da stimmt meiner Ansicht nach die ganze Buchführung nicht überein."

Robby nahm den Ordner vom Regal und sagte: "Da steckt sicher eine Menge Arbeit dahinter. Ich könnte alles in meinen Rechner eingeben."

"Das gleiche können Sie hier auch tun," widersprach ihm Vanessa. Robby zuckte die Schulter und setzte sich ergeben an den Rechner.

Etwa eine Stunde waren sie schweigsam in ihre Arbeit vertieft. Dann hob Robby den Kopf. "Ich habe den Fehler gefunden," sagte er. "Hier sind ein paar Sollbuchungen versehentlich ins Habenkonto eingetragen worden."

Vanessa kräuselte die Stirn. "Schlamperei! Da müssen wir uns mit dem Zuständigen der Buchhaltung von der Firma Müller auseinandersetzen."

Robby sagte zögernd: "Die Firma Müller besitzt keinen eigenen Buchhalter. Herr Müller sammelt alle Unterlagen des Monats und gibt sie uns weiter zur Bearbeitung. Wahrscheinlich hat Beate da ein paar Belege durcheinandergebracht. Aber bitte, sie arbeitet sonst sehr korrekt."

"Schön, dass Sie Ihre Kollegin gleich verteidigen, aber solche Fehler dürfen ihr einfach nicht unterlaufen," wies Vanessa Robby zurecht.

Robby gab sich nicht gleich geschlagen. "Ja," sagte er, "das sollte eigentlich nicht vorkommen aber wir standen in den letzten Tagen sehr unter Zeitdruck. Herr Schmitt ist nicht da und Frau Foss..."

"Gut, ich kann mich in ihre Lage versetzen," unterbrach Vanessa Robby. "Wir müssen ein ausgeglicheneres System in die Kanzlei bringen. Ich denke Herr Schmitt wird mit meinen Änderungen zufrieden sein und auf Ihre Hilfe kann ich mich doch verlassen oder?"

"Natürlich!" ereiferte sich Robby, "womit kann ich beginnen?"

"Erstellen Sie mir bitte eine Liste über sämtliche Firmen für die wir arbeiten. Unterteilen sie diese in grössenmäßige Kategorien."

"Ja, aber soll ich nicht erst die Papiere der Firma Müller in Ordnung bringen?"

"Nein," sagte Vanessa bestimmt. "Lassen Sie Frau Kern die Buchungen berichtigen. Inzwischen können Sie die Liste anfertigen. Sobald alles erledigt ist, erwarte ich Sie wieder in meinem Büro."

Als Robby gegangen war, rieb Vanessa sich die pochenden Schläfen. Fühlte sie sich wegen der vergangenen schlaflosen Nacht, dem Föhn oder der nahen Anwesenheit eines Mannes so schlecht? Sie öffnete das Fenster und lies den Duft seines Rasierwassers entfliehen. Er schien ja einer der harmloseren Spezies seines Geschlechts zu sein. Er rauchte nicht und er hatte sich gleich schützend vor seine Kollegin gestellt. Aber konnte man hinter seine Larve sehen? War es überhaupt wichtig sich über ihn Gedanken zu machen? Dies hier sollte keine Ewigkeitsstellung sein. Vielleicht gab sie hier in München nur ein Gastspiel und dieser Computerfreak war eine ihrer Marionetten in einer kleinen Nebenrolle.

Der Stadtlärm tobte am Fenster laut vorbei und sie schloss es wieder. Trippelnde Schritte nahten sich ihrer Tür, machten davor Halt und nach einem kurzen Klopfen wurde sie energisch aufgerissen. Emmi Foss stand mit geröteten Wangen vor ihr.

"Weshalb nehmen Sie die Buchhalterin in Beschlag? Bis jetzt habe noch immer ich zu sagen was im Büro getan werden muss."

"Lächerlich!", sagte Vanessa. "Ich werde mir ganz sicher nicht bei jeder Korrektur die ich in der Buchhaltung vornehmen lassen muss, erst die Erlaubnis dafür bei Ihnen einholen."

"Sie überrschreiten Ihre Kompetenzen," zischte Frau Foss.

"Das sehe ich nicht so, aber wenn Sie schon mal hier sind können Sie mir sicher sagen weswegen kein Telefon in meinem Büro installiert ist."

Emmi Foss sah sie mit sprühenden Augen an: "Das Telefon wird morgen angeschlossen, und glauben Sie ja nicht, hier die Chefin herauskehren zu können." Sie drehte sich auf dem Absatz um und schmiss die Tür hinter sich zu.

Kurz darauf kam Robby zurück. Er legte Vanessa die Liste hin und sagte: "Beate ist noch nicht ganz fertig mit der Umbuchung aber hier ist schon mal die Liste unserer Klienten."

"Danke Herr Braun."

Vanessa nahm die Liste und legte sie auf ihren Schreibtisch.

"Würden Sie mir einen Gefallen tun?"

"Ja bitte." Robby sah sie skeptisch an, so als wollte er sagen, gibt es wieder etwas zu regeln was die Foss auf die Palme bringt?

Vanessa musste lächeln: "Es geht nur um die Pizza, die ich Sandra gestern versprochen habe. Würden Sie ihr bitte eine bestellen?"

"Gerne," sagte Robby, "aber Sandra ist heute nicht da. Sie ist in der Berufsschule."

"Na gut, dann vertagen wir das. Ist morgen die ganze Mannschaft zugegen?"

Robby dachte kurz nach. "Ich glaube schon. Haben Sie etwas bestimmtes vor?"

Vanessa nickte, "ja, ich möchte meinen Einstand geben."

"Das finde ich gut," meinte Robby und sah sie forschend an: "Gehen Sie heute wieder in die Kantine?"

"Ich weiss noch nicht so recht," sagte Vanessa zögernd.

"Ich habe wieder vergessen etwas essbares von zuhause mitzunehmen. Gibt es hier in der Nähe ein gutes Speiselokal?"

Robby überlegte kurz. Das war sein Chance mit ihr persönlicher ins Gespräch zu kommen. Dass sie keine zweite Foss war, hatte er längst bemerkt aber die Kühle zwischen ihr und ihm gefiel ihm nicht. "Naja," sagte er gedehnt, "ein paar Meter müssten Sie schon gehen bis Sie das nächste Lokal finden. Aber erinnern Sie sich noch an mein Angebot von gestern?"

"Das schon," erwiderte Vanessa "aber ihr Freund wird nicht gerade begeistert sein von meinem plötzlichen Besuch."

"Quatsch" winkte Robby ab, "er wird sich freuen."

Dabei sah er sie so überzeugt und erwartungsvoll an, dass sie lachen musste.

"Also gut," sagte sie, "aber nur auf ihre Verantwortung hin."

"Sie sollten sich das Leben nicht unnötig schwer machen," riet er ihr und wagte sich noch eine kleine Kritik hinzuzufügen.

"Sie geben sich viel zu ernst und unnahbar."

"So sehen Sie mich also. Vielleicht haben Sie sogar recht damit. Aber ich muss mich erst an dieses Team gewöhnen. Zudem habe ich nicht die Absicht vor Frau Foss so zu kuschen wie Sie und Ihre Kollegen."

"Ja toll," muckte er auf. "Sie haben das natürlich nicht nötig. Sie nehmen beim Chef eine ganz andere Stellung ein wie wir. Ausser Sandra arbeiten wir schon lange Jahre hier in der Firma und wir wissen dass gegen die Foss kein Kraut gewachsen ist. Der Chef glaubt ihr jedes Wort und wenn sie einen von uns anschwärzt wird ihm womöglich gekündigt und das bei dem Arbeitsmarkt zur Zeit, nein danke."

"Tut mir leid," entschuldigte sich Vanessa. "So habe ich das noch nicht gesehen. Mich regen eben solche unkollegialen Methoden wie sie Frau Foss drauf hat, auf.

Daher hat es mich sehr genervt wie sie und ihre Kollegen das so stoisch ertragen. Aber gut, schliessen wir die Akten und gehen zu Ihrem Freund. Ich bin schon gespannt auf sein Geschäft. Vielleicht hat er den passenden Drucker für mich. Ich überlege mir schon seit längerer Zeit meinen alten zu entsorgen."

Werner stand schon an der Tür und wartete auf Robby.
Er war gerademal einssiebzig gross und seine Jeans wurde von einem breiten Gürtel um die schlaksige Tallie festgehalten. In dem Moment, als er Robby und Vanessa auf sich zukommen sah, streckte er seinen Kopf mit dem dichten roten Haaren nach vorne und beobachtete die Beiden neugierig. Hatte Robby nicht erst vor kurzem noch behauptet Frauen seien in nächster Zeit tabu für ihn?
Robby schmunzelte über das erstaunte Gesicht seines Freundes und stellte ihm Vanessa als seine neue Kollegin vor. Werner musterte Vanessa kurz und streckte ihr die Hand entgegen. "Sicher interessieren Sie sich auch für Computer."
"Ja, allerdings, gab ihm Vanessa recht, "und ich möchte mich gerne mal in Ihrem Laden umsehen."
"Schön," freute sich Werner, "aber das hat Zeit. Jetzt wird erstmal gegessen." Er führte Vanessa und Robby nach hinten in einen kleinen Nebenraum. Dort hatte er den Tisch schon für zwei Personen gedeckt. Jetzt holte er

kurzerhand einen dritten Teller aus dem Schrank." Sie essen doch mit oder? Es gibt Gulasch mit Spätzle."

"Ja danke," sagte sie erfreut und setzte sich mit an den Tisch.

"Also dann, wünsche ich euch einen guten Appetit," sagte Werner.

"Danke ebenso," sagte Vanessa und als sie die ersten Bissen gegessen hatte, lobte sie Werner. "Ihr Gulasch schmeckt vorzüglich, wie bringen Sie es bloss fertig, hier so ein aufwändiges Essen zu zubereiten?"

Über Werners Gesicht zog sich ein breites Lächeln. "Ich wohne gleich einen Stock über dem Geschäft und da ich sowieso ein Frühaufsteher bin bereite ich das Essen schon am Morgen vor. Mittag wärme ich es nur auf."

"Das ist natürlich praktisch," fand Vanessa. "Ausserdem kommt es für Ihren Freund Robby wohl auch sehr gelegen."

Werner nickte verlegen und Robby strich sich eine Strähne seines blonden Haares aus dem Gesicht und brachte ein Lachen zustande das selbst Vanessa sympatisch fand. "Klar," sagte er. "Ich bin eben ein Glückspilz."

Vanessa sah ihn prüfend an: "Und es gibt keinen Wermutstropfen in ihrem Leben?"

Robbys Stimme wurde eine Nuance dunkler. "Doch," sagte er, "die Foss, aber ausserhalb des Büros streiche ich sie so gut es geht aus meinen Gedanken."

"Dann war es jetzt ungeschickt von mir, Sie jetzt an sie zu erinnern," entschuldigte sich Vanessa.

Robby winkte ab: "Schon vergessen."

Vanessa schob ihren leergegessenen Teller zurück und fragte Werner: "Darf ich mich ein wenig im Laden umsehen?"

"Wenn Sie es alleine tun, gerne," sagte Werner. "Ich möchte jetzt noch ein bisschen was mit Robby besprechen. Aber rufen Sie mich bitte wenn Sie Hilfe brauchen."

"Danke, das werde ich," sagte Vanessa, stand auf und ging in den Laden. Die beiden Männer vertieften sich sofort in ein Gespräch und bemerkten nicht, dass Vanessa die Tür vom Nebenraum nur anlehnte.

So hörte sie jedes Wort. Werner fragte Robby

"Bist du gestern dazugekommen deine Computerteile zu ordnen?"

"Ach, erinnere mich bloss nicht an mein Chaos im Haus," wehrte Robby ab. Angefangen hab ich schon, aber du weißt doch dass ich Sandra versprochen habe die Festplatte einzubauen."

"Stimmt ja," sagte Werner.

"Und alles palletti?"

"Ja, alles ok. „

"Und ist es dir wieder gelungen ein paar Daten zu aktivieren?" Werners Stimme klang gespannt.

"Ja, allerdings. Ich weiss auch nicht was mich da immer reitet."

"Ich schon," grinste Werner. "Du denkst an die Leute, die ihre Daten auf die Festplatte getippt haben und es reizt dich nachzusehen ob sie wirklich alles gelöscht haben, ehe sie den Rechner entsorgen liessen."

"Ja, irgendwie hast du recht", sagte Robby. "Ich stelle mir immer vor, was die für Augen machen würden, wenn sie wüssten dass ich ihre Dateien wieder aktiviere. Das gibt mir jedesmal nen besonderen Kick."

Werner lachte: "Naja, solange du die Dateien dann wieder löscht und nicht weiter verwendest ist es ja ok. Jeder hat halt einen anderen Spleen." Vanessa hielt den Atem an. Das war ja höchst interessant was Robby da von sich gab aber warum sprach er nicht weiter?

"Was ist? Warum bist du plötzlich so nachdenklich?" fragte Werner.

Vanessa vernahm wie Robby seinen Stuhl zurück schob und aufstand. Sie wich ein paar Schritte weiter in den Laden hinein. Hatte Robby gemerkt dass sie ihn belauschte? Aber wie?

Jetzt sprach Robby wieder weiter.

"Gestern," sagte er, "habe ich zum ersten mal die Daten die ich gefunden habe auf einen Stick gespeichert. Sie waren einfach so interessant und ich hatte noch keine Zeit sie richtig zu deuten, denn als ich gerade dabei war die Daten zu enträtseln rief mich Vera an. Sie war ziemlich sauer auf mich weil ich ihren Geburtstag vergessen hatte. Also fuhr ich schnell zu ihr. Doch wenn ich mich nicht täusche bin ich auf eine heisse Sache gestossen. Bei der nächsten Gelegenheit werde ich sie mir mal unter die Lupe nehmen."

Werner schien von dem was ihn sein Freund da auftischte nicht gerade begeistert zu sein. Er warnte Robby: "Lass lieber die Finger davon!"

Robby lachte: "Sei kein Frosch. Die Sache ist doch viel zu spannend..."

"Aber auch gefährlich.", knurrte Werner. "Du könntest leicht in Versuchung kommen aus Deinem Wissen Kapital zu schlagen."

"Jetzt mach mal halblang," regte sich Robby auf. "Du kennst mich doch. Ich würde die Daten nie für kriminelle Dinge nutzen. Also gibt es auch keinen Grund zur Panik, heute treffe ich Sandra zwar nicht mehr, aber ehe ich ihr den Rechner zurückgebe lösche ich natürlich die Daten unwiderbringlich."

Werner atmete auf: "Na gut. Und den Stick?"

"Den Stick vernichte ich wenn ich weiss was die Daten bedeuten," antwortete Robby.

"Du musst es wissen," sagte Werner mit leichtem Zweifel in der Stimme. "Aber spiel nicht mit dem Feuer."

"Ja, ja, lass es gut sein, wehrte Robby genervt ab.

"Gibt's sonst nichts neues?"

"Das schon," sagte Werner. "Ich bekomme heute Nachmittag eine neue Lieferung und da könnte ich deine Hilfe gebrauchen. Hast du am Abend Zeit?"
"Hm," zögerte Robby, "eigentlich wollte ich den Computer für Max zusammenbauen. Der Junge ist total versessen auf den PC und ein neuer ist Vera zu teuer. Aber einen Tag hin oder her...." "Dann kann ich also mit dir rechnen?"
"Klar," sagte Robby.
Vanessa hatte genug gehört und suchte die Drucker.
Dann rief sie nach Werner. Werner schob seinen Stuhl zurück und ging in den Laden. Robby folgte ihm.
"Ich glaube, ich entscheide mich für diesen Drucker," sagte Vanessa. "Es ist das neuere Modell von dem, den ich besitze."
"Danke," sagte Werner. "Möchten Sie ihn testen ob er funktioniert?" "Nein danke," winkte Vanessa ab. "Ich vertraue Ihnen. Allerdings möchte ich ihn gleich bezahlen aber erst in ein paar Tagen abholen. Ist das möglich?"
"Natürlich," lachte Werner. Sie können ihn jederzeit abholen."
Robby sah auf seine Armbanduhr: "Ich glaube es wird Zeit wieder ins Büro zu gehen."

Am Nachmittag knallte Emmi Foss einen Stapel Papiere auf Vanessas Schreibtisch und ordnete an was am dringendsten bearbeitet werden musste. Dann rauschte sie hoheitsvoll davon. Vanessa schob den Stapel ungerührt zur Seite. Welche Akten sie sich zu erst vornehmen würde war immer noch ihre Sache. Ausserdem spukten ihr im Moment ganz andere Dinge im Kopf herum. Sie fragte sich, von wem die Dateien stammen von denen Robby sprach und welcher Art sie waren. Je länger sie darüber nachdachte, desdo fester wurde ihr Entschluss der Sache auf den Grund zu gehen.

Kurz vor Dienstschluss rief sie Robby noch einmal zu sich und fragte ihn süss: „Robby haben Sie heute Abend schon etwas vor?"

„Wieso?" fragte er erstaunt und sah ihr in die Augen.

Dabei verlor sich seine forsche Art mit der er ihr bisher begegnet war.

Vanessa lächelte ihn an: „Ich würde mich gerne für heute Mittag revanchieren und Sie am Abend zum Essen einladen."

Robbys Gesicht rötete sich bis unter die Haarspitzen.

"Danke," sagte er bedauernd, "aber es geht leider nicht. Werner wartet auf mich. Er erhält heute noch eine Ladung gebrauchter Computer und ich habe ihm versprochen beim Aussortieren und Überprüfen zu helfen.

Das geht bestimmt bis in die späte Nacht."

"Ach so", sagte sie enttäuscht, "das geht natürlich vor.

„Ich wünsche Ihnen trotzdem einen schönen Abend und viel Spass beim Sortieren."

"Danke," grinste Robby verlegen. "Wir können das Essen ja an einen anderen Abend nachholen."

Vanessa hatte am Nachmittag die Personalakten ihrer Kollegen am Computer durchgelesen und sich dabei die Adresse von Robby aufgeschrieben. Jetzt musste sie nur noch den Stadtplan zu Hilfe nehmen um Robbys Viertel und die Strasse in der er wohnte, zu finden. Sie stellte fest, dass sie von ihrer Wohnung bis zu Robbys Haus wenigstens eine halbe Stunde fahren musste. „Ganz schön weit draussen", murmelte sie und sah auf die Uhr. Es war noch zu früh um zu Robbys Haus zu fahren. Sie legte den Plan wieder auf seinen Platz und ging in die Küche.
Ihr blieb noch genügend Zeit ihren knurrenden Magen zu beruhigen. Während sie sich ein Spiegelei bruzzelte überlegte sie was sie für ihren Ausflug zu Robby alles benötigte. Vor allen Dingen einen Dietrich, eine Taschenlampe, Handschuhe und eine CD. Nach dem Essen packte sie diese Utensilien in die Tasche, dann ging sie auf den Balkon und stellte befriedigt fest, das es inzwischen dunkel genug geworden war um die Fahrt zu Robby antreten zu können. Sie bestellte sich ein Taxi. Danach schlüpfte sie in einen schwarzen Trenchcoat, setzte sich ein Kopftuch auf und verliess das Haus. Der Taxifahrer grüsste sie kurz und fragte sie nach ihrem Ziel. Er

wirkte abgespannt, schien einen schweren Tag hinter sich zu haben. Vanessa kuschelte sich in die weichen Polster des Auto's. Sie war froh dass der Fahrer sich so wenig für sie interessierte und sich wortkarg gab. Ihr war es recht. Er würde sich, falls was schief gehen sollte, höchsten an eine dunkel gekleidete Frau erinnern. Sie dachte an das Gespräch zwischen Werner und Robby in dem sie erfahren hatte, dass in dem Haus ein wahres Computerchaos herschen sollte und hoffte nun, sich darin auch zurecht zu finden. Von aussen würde sie es sicher leicht erkennen.

Einige Meter vor ihrem eigentlichen Ziel bat sie den Fahrer zu stoppen. Sie stieg aus und bog, nach dem das Taxi nicht mehr zu sehen war, in eine kärglich beleuchtete Seitenstrasse ein. Hier draussen spürte sie nichts mehr von der Hektik der Stadt. Still lagen die Häuser, von grossen Gärten umrahmt, an der menschenleeren Strasse. Vanessa tastete sich mit ihren Blicken an den Hausnummern der Häuser voran, bis sie an der Nr. 30 angekommen war. Die Scheinwerfer eines Wagens blendeten sie kurz und verschwanden wieder in der Dunkelheit. Sie wartete einen Moment lang, versicherte sich, dass sie niemand beobachtete, dann öffnete sie das nur leicht angelehnte Gartentor. Sachte, um keinen unnötigen Lärm auf den kiesbedeckten Weg zu machen, schlich sie sich zur Haustür. Hier wurde es ihr nicht so einfach wie bei dem Gartentor gemacht. Das Sicherheitsschloss sass tief in der massiven Tür. So eine begnadete Einbrecherin war sie nun auch wieder nicht, um hier ohne Mühe herein zu kommen. Es musste einen anderen Weg geben. Vielleicht hatte Robby irgendwo ein Fenster vergessen zu schliessen. Vorsichtig kämpfte sie sich durch das Gestrüpp und beschimpfte Robby leise als einen miesen Gärtner. An der hinteren Seite des Hauses knipste sie ihre Taschenlampe an und entdeckte eine alte Holztür. „Sicher die Kellertür," dachte sie erfreut und kramte den Dietrich aus der Tasche. Wie erwartet liess sich das einfache Schloss ohne Probleme knacken.

Danach stülpte sie bedächtig ihre Handschuhe über, tappte vorsichtig durch den Keller und fand schliesslich die Treppe nach oben. Der untere Teil des Hauses interessierte sie nicht. Aber eine wilde Spannung trieb sie hinauf ins Dachgeschoss.

Robby hatte nicht übertrieben. Der ganze Raum glich einer Computerwerkstatt. Doch sie hielt sich nicht lange damit auf dieses Durcheinander zu bewundern, sondern steuerte zielstrebig auf den Computer zu, der auf Robby's Schreibtisch stand. Einige Sticks lagen verstreut auf dem Tisch und einer steckte im PC. Robby hatte erwähnt dass er seit dem Anruf einer gewissen Vera nicht mehr am Computer gearbeitet hatte. Also lag es nahe dass es sich im PC um die von ihr gesuchte Diskette handelte.

Neugierig schaltete sie den Computer ein. Es erschien

ihr wie eine Ewigkeit ehe der Rechner hochgefahren war und sie den Stick überprüfen konnte. Doch gleich, nachdem sie ein paar Bruchstücke des Textes überflogen hatte, erkannte sie deren Brisanz. Grinsend lehnte sie sich zurück. So etwas nannte man Glück. Gut dass sie sofort gehandelt hatte und gleich an diesem Abend hier heraus gefahren war. Nicht auszudenken wenn Robby diese Daten noch vor ihrem Besuch hier gelöscht hätte.

Sie kopierte sie auf ihren eigenen Stick. Danach vergewisserte sie sich dass auf dem Schreibtisch alles so lag wie sie es vorgefunden hatte und verlies mit hoch zufriedenem Gefühl den Raum. Kein Mensch würde auf die Idee kommen dass sie hier gewesen war.

Von Tag zu Tag fiel es Mark Brückner schwerer mit seiner Frau ungezwungen am Frühstückstisch zu sitzen.

Er verabscheute den Rollstuhl in dem sie ihm nun seit ihrer Entlassung aus der Klinik jeden Morgen mit verkrampften Lächeln gegenübersass. In diesem Stuhl wirkte ihre grosse, schlanke Gestalt klein und verkümmert. So wie ihre früheren munteren Gesprächen verkümmerten. Es gab nur noch höfliche Floskeln. Er faltete die Zeitung, die für ihn zum Schutzschild geworden war, zusammen und verabschiedete sich steif: „Ich absolviere jetzt noch mein morgendliches Fitnessprogramm und danach fahre ich gleich in die Firma. Es wird sicher später Abend bis ich nach Hause komme." Er hauchte ihr einen leichten Kuss auf die Wange und ging. Im Fitnessraum sah er sich mit gemischten Gefühlen um.

Vor zwei Monaten hatten Bettina und er sich hier unten noch regelrechte Wettkämpfe geliefert. Das heitere frische Lachen seiner Frau hing noch zwischen den Geräten und er sah ihre spöttisch funkelten Augen vor sich. Es hatte tatsächlich Dinge gegeben, in denen Bettina ausdauernder war wie er. Er versuchte seine Gedanken auf die Gegenwart zu lenken und begann zu trainieren. Er kämpfte sich so lange ab bis ihm der Schweiss aus allen Poren lief, dann ging er unter die Dusche. Später, als er sich abfrottierte dachte er wieder an den Autounfall, der ihr gemeinsames Leben total verändert hatte. Warum musste sie auf der regennassen Strasse die Kurven so schnell nehmen? Er glaubte den Ärzten nicht, dass sie jemals wieder so fit wie früher werden würde.

Schwester Ina half Bettina vom Rollstuhl in die bereitgestellte Gehhilfe. Bettina stützte sich so fest darauf, dass ihre Knöchel weiss hervor traten. Sie hing in dem Gerät wie ein leerer Sack. Am liebsten hätte sie sich fallen lassen. Aber da klang die ermunternde Stimme der Schwester neben ihr: „Nur nicht kneifen, Schultern hoch und langsam einen Fuss nach dem anderen auf den Boden stellen. Denken sie an ihren Mann... „Ich denke doch ständig an ihn, sagte sie gequält. In jedem

Augenblick in dem er mich ansieht spüre ich seine Abneigung gegen alle meine Hilfsmittel."

„Eben, und genau deshalb werden sie trainieren. Dann sagen sie in ein paar Wochen ihren Rollstuhl und den Krücken ade." Ja, sie wollte dies erreichen. Schritt für Schritt schaffte sie etwa zwei Meter. Danach atmete sie so schwer, als habe sie die Zugspitze erklommen. Doch trotz der Schmerzen und der Beklemmung war sie froh, denn sie spürte, dass die tägliche Gymnastik und das Gehen üben sich lohnten.

Seit Vanessas nächtlichem Besuch in Robby's Haus waren schon zwei Tage vergangen. Tagsüber hatte sie ihre Arbeit wie in Trance verrichtet und am Abend war sie gespannt vor ihrem Computer gesessen Jetzt lagen die ungeschminkten Daten vor ihr und sie waren keine Hirngespinnste, es war die blanke Realität. Die fieberhafte Stimmung wich einer stoischen Ruhe. Robby hatte nicht übertrieben. Mit diesen Daten konnte man so einiges anstellen. Für sie war es, als habe sie einen Goldschatz entdeckt. Aber mit dem entdecken allein war noch nichts erreicht. Sie musste jetzt überlegt handeln, durfte keine Fehler begehen. Das Wissen allein über die Praktiken dieser Firma reichte nicht aus. Sie musste tiefer gehen, musste alles über die Brüder Brückner und ihren Partner erfahren. Sie lächelte über diese seltsame Fügung. Nur um an die Adressen und Konten reicher Münchner heran zu kommen hatte sie die Stelle in der Kanzlei angenommen und jetzt? Jetzt benötigte sie praktisch diese Arbeit nicht mehr. Doch bis ihr richtiger Plan ausgereift war, musste sie den Schein bewahren.

Ein paar Stunden Recherche im Internet und das Lesen der entsprechenden Wirtschaftszeitungen genügten um das Wesentliche über die Firma und das Privatleben der Brüder zu erfahren. Die Beschreibung ihrer wirtschaftlichen Lage klang gut. Sie verfügten über Dreiundzwanzig Bau- und Hobbymärkte. Zudem besass die Frau einer der Brüder ein Immobiliengeschäft das Filialen in Luxemburg, der Schweiz und in Spanien betrieb. Soweit klang alles vielversprechend. Der einzige Haken an der Geschichte war, dass beide Brüder verheiratet waren und Patrick Neufeld, der Partner der noch ledig war, interessierte sie nicht. Seine Einlagen waren viel zu gering. Vanessas Gedanken schweiften zu Robby. Sie sah sein harmloses Gesicht vor sich und lächelte. Er hatte keine Ahnung von ihren Aktivitäten. Inzwischen war es zur Gewohnheit geworden in der Mittagspause zusammen zu sitzen und zu plaudern. Sie ging freundschaftlich, fast liebevoll mit ihm um, denn bisher hatte sich dies als äusserst nützlich für sie erwiesen. Vielleicht hatte er diese Freundlichkeit auch verdient. Schliesslich war er der Lieferant ihres zukünftigen Glücks.

Bettina wartete wie jeden Morgen geduldig auf Mark. Sie sah auf die Uhr und dachte daran wie wenig Zeit er sich für sie nahm. Es war hart, aber sie konnte die alte Vertrautheit und die heitere Art wie sie früher mit einander umgingen nur wieder hervor holen, wenn sie ihren Körper wieder in den Griff bekam. Dies bedeutete noch härter zu trainieren. So jedenfalls konnte es nicht weiter gehen. Sie konnte seine abweisende harte Miene kaum noch ertragen. Erwartend blickte sie zur sich öffnenden Tür und glaubte fast an eine Fata Morgana. Mark schritt gemächlicher als sonst und mit einem freundlichen Lächeln auf sie zu. Dann nahm er ihr gegenüber Platz und erkundigte sich nach ihrem Befinden.

"Ist heute ein besonderer Tag?", fragte sie verwundert.

Einen winzigen Moment trafen sich ihre Blicke und erschrocken stellte sie fest, dass das Lächeln um den Mundwinkel seine Augen nicht erreichte. „Ja, irgendwie schon," erwiderte er, und zögerte kurz. "Es betrifft die Firma. Kann ich mit dir ein paar geschäftliche Dinge besprechen?"

Das war es also. „Natürlich" sagte sie matt.

Er verstand ihre Enttäuschung falsch und versuchte sie zu beruhigen: "Ich verspreche es kurz zu machen, denn ich weiss dass es dich im Moment zu sehr anstrengt sich um die geschäftlichen Belange zu kümmern. Es ist auch nicht nötig dich grossartig mit Zahlen und Fakten, die dir eh bekannt sind, zu konfrontieren. Er nahm einen Ordner aus seiner Mappe und blätterte nervös in den Akten als suche er ein bestimmtes Schreiben.

Ärger stieg in ihr hoch: „Bitte Mark, es ist doch sonst nicht deine Art so um den heissen Brei herum zu reden. Ich bin nicht aus Glas und mein Geschäftssinn ist durch meinen Unfall auch nicht verloren gegangen. Es verletzt mich sehr, dass du mich die ganze Zeit wie ein rohes Ei behandelst und mich an deinem Leben und am Geschäft überhaupt nicht mehr teilnehmen lässt." Sie atmete befreit aus. Diese Worte wären schon lange notwendig gewesen.

Mark erschrak über ihren Gemütsausbruch. Gerade heute durfte er sich ihr gegenüber keinen Fehler erlauben. So zwang er sich ihr in die Augen zu sehen und sagte: "Verzeih bitte, aber ich nahm an, dass es dir im Moment lieber wäre, wenn ich dich nicht mit den geschäftlichen Dingen belaste. Ausserdem glaubte ich, die alltäglichen Probleme von dir fern halten zu müssen."

Er stand auf, nahm sie sachte in den Arm und küsste sie. Als er sich wieder von ihr löste, versprach er ihr: "Ich werde mich in Zukunft bessern und mit dir wieder mehr über die Belange der Firma sprechen."

Bettina atmete erleichtert auf: "Danke," sagte sie, "du weißt ja nicht wie grau und eintönig das Leben ist, wenn man so von der Welt abgeschieden ist."

Mark setzte sich wieder und räumte ein: "Ich versuche mich in deine Lage zu versetzen. Troztdem solltest du

nicht gleich zuviel von mir erwarten. Ich möchte auf keinen Fall deine Gesundung gefärden."
Bettina fiel ein Stein vom Herzen. Es war sicher ihrer Langeweile zu zurechnen, dass sie in letzter Zeit Marks Liebe zu ihr bezweifelt hatte. "Schon gut," erwiderte sie, "aber wolltest du nicht etwas mit mir besprechen?"
Mark sah sie nachdenklich an und fragte: " Was hälst du davon aus unserer Firma eine AG zu machen?"
"Eine AG?" das war es also. Mark benötigte dazu ihre Einwilligung. Aber weshalb druckste er nur so herum? Sie fand es gut eine AG zu gründen.
Jetzt war es heraus und Mark versuchte sie zu überzeugen: " Wir Drei- Stefan, Patrick und ich sind der Meinung, dass dies von Vorteil für die Firma wäre. Wir stehen zwar gut da, aber wir könnten dann zusätzlich
in Norddeutschland ein paar grössere Märkte übernehmen..."
„Oh natürlich, ich finde die Idee mit der AG auch gut",unterbrach sie ihn lächelnd." Nur, die Immobilien bleiben nach wie vor in meiner Hand."
"Selbstverständlich," sicherte er ihr zu: "werden nur die Baumärkte in eine AG umgewandelt."
Sie spürte seine Eile und sagte mit leicht ironischem Unterton: "Wie ich dich kenne hast du die Verträge die ich unterschreiben soll schon in der Tasche."
Jetzt endlich zeigte er sein breites, sympathisches Lächeln von früher.

„Du hast es erraten!" Erleichtert wischte er sich die Schweissperlen von seiner Stirn, holte seinen eleganten Kuli hervor und lies sie die erforder-lichen Dokumente unterschreiben. Trotz seines schnellen Erfolges ärgerte er sich, denn er benahm sich ihr gegen-über wie ein unreifer Junge.

Eine Stunde später sassen die Brüder Brückner mit Patrick Neufeld zusammen und diskutierten über die Umstrukturierung ihrer Firma.

„Ich glaube sagte Stefan, es ist genau der richtige Zeitpunkt an die Börse zu gehen. Aber was sagt Bettina dazu? Hat sie die Papiere unterzeichnet?"

„Ja, alles o.k." sagte Mark. "Allerdings gilt dies nur für die Baumärkte. Die Immobilienfirma möchte sie nach ihrer Genesung wieder selber leiten."

„Kann ich verstehen, sagte Patrick. Eine Frau wie Bettina braucht unbedingt eine Aufgabe."

Das klingeln des Telefons riss die drei Männer aus ihrem Gespräch. Verärgert hob Mark den Hörer ab: „Frau Kiesel," schnautzte er seine Sekretärin an, "ich habe Sie doch darum gebeten uns während der Sitzung nicht zu stören!"

„Ja, natürlich Herr Brückner, entschuldigte sich Frau Kiesel, aber der Bote hat mir erklärt, Sie würden das Päckchen mit dem Stick sofort benötigen."

„Was für ein Stick? Einen Moment Frau Kiesel..." Mark legte den Hörer zur Seite und sah fragend in die Runde: „Hat einer von Euch einen Stick bestellt?"

Patrick verneinte sofort und Stefan ulkte: „Da erlaubt sich wohl jemand einen Scherz."

Doch Mark wiegte nachdenklich den Kopf. „Ein Scherz? Nein das glaube ich nicht, wir sollten der Sache auf den Grund gehen." Er hob den Hörer wieder auf und befahl Frau Kiesel das Päckchen herüber zu bringen.

Einen Moment später trat die Sekretärin mit dem unerwünschten Stick ein und legte ihn auf den Tisch.

Mark sah kurz darauf und bat Frau Kiesel: "Bitte schicken sie Herrn Engels zu uns ins Büro."

Frau Kiesel zögerte: "Aber Herr Engels war nicht der Überbringer. Es war ein fremder Bote."

„Ein Fremder?" fragte Mark irritiert. "Wie sah er aus?"

"Entschuldigen Sie bitte, stotterte Frau Kiesel, der junge Mann hatte es so eilig und ich habe mehr auf das Päckchen als auf ihn geachtet."

Mark reagierte ungeduldig: „Er war doch in ihrem Büro, stand vor ihnen...!"

„Ja natürlich, aber wie gesagt..." Mit zugekniffenen Augen versuchte sie die Details zu schildern. „Es war noch ein sehr junger, braunhaariger Bursche mit Sonnenbrille, Jeansjacke, Turnschuhe, tut mir leid, mehr weiss ich nicht."

„Danke, Sie können gehen."

Die Sekretärin wandte sich mit gemischten Gefühlen zur Tür. Als sie schon die Türklinke im Griff hatte, riss sie die sarkastische Stimme ihres Chefs zurück. „Noch was Frau Kiesel, sollte sich wieder einmal ein fremder Bote bei uns einschleichen, wünsche ich sofort informiert zu werden.

Haben Sie noch nie von Briefbomben oder ähnlichen Anschlägen gehört?"

Frau Kiesel zuckte erschrocken zusammen und verlies fast fluchtartig das Büro.

Mark öffnete vorsichtig den Umschlag des Päckchens.

Der Stick glitt langsam heraus und lag nun ohne irgend einen Hinweis auf den Absender vor ihnen. Doch dann, entdeckte er im Päckchen einen kleinen Zettel auf dem nur die zwei Worte standen – temporäre Datei. Noch immer unschlüssig was er von der Sache halten sollte, reichte er den Stick an Patrick weiter.

Patrick, dem noch ein anderer wichtiger Termin im Nacken hing, war verärgert über die Unterbrechung ihrer geschäftlichen Besprechung. Er sah auf das kleine Ding in seiner Hand und sagte: „Da ist sicher ein Bluffer am Werk. Ich finde die Zeit zu kostbar um sich über solche Kindereien Gedanken zu machen. Gehen wir lieber zum nächsten Punkt der Tagesordnung über." „Eigentlich hast du recht, sagte Mark. Wir haben noch verschiedene wichtigere Dinge zu klären. Wo waren wir stehen geblieben?"

Sie nahmen wieder in den breiten Ledersesseln Platz, beugten sich über die Papiere und versuchten sich auf die Arbeit zu konzentrieren. Doch die vorher so optimistische Stimmung schlug nach und nach in eine fast unerträgliche Spannung um. Stefan schob das Blatt vor sich zur Seite: „Es lässt mir einfach keine Ruhe. Ich finde, wir sollten den Stick überprüfen. Zwar ist es unwahrscheinlich dass er irgendwelche Daten über uns enthält aber so einfach ignorieren – Ich weiss nicht?"

Mark sah seinen Bruder nachdenklich an: "Ich glaube, in dem Fall hast du recht. Irgend etwas ist faul an der Sache. Es gibt genügend verrückte Kerle denen weiss Gott was einfällt."

Patrick sah skeptisch auf seine Armbanduhr. „Es ist schon viertel vor zwölf. Ich habe noch eine kurze Besprechung mit einem guten Anlagekunden. Treffen wir uns doch nach der Mittagspause bei mir im Büro. "Dann werde ich dieses Ding auf Herz und Nieren prüfen und ich glaube fest, das es danach im Abfall landet". Er griff hastig nach dem Stick und ließ ihn in seine Jackentasche gleiten. „Also, bis später."

Robby wurde langsam unruhig. Wenn Vanessa nicht bald zurück kommt, dachte er resigniert, muss ich die Mittags-pause alleine verbringen. Alleine? Das stimmte ja gar nicht. Falls er zu bequem war zu Werner zu gehen, konnte er sich doch zu seinen Kollegen gesellen.

Irgendwie spielten seine Gefühle verrückt. Warum fühlte er sich ohne Vanessa so einsam? Er kannte sie doch erst eine Weile. "Es ist nur die Sorge um sie," redete er sich ein.

Es war ein Morgen wie jeder andere gewesen. Sie hatte ihn wie immer freundlich begrüsst und war gleich an ihren Arbeitsplatz gegangen. Doch eine knappe Stunde danach hatte man ihr angesehen, dass sie starke Schmerzen hat.

Sie war mühselig aufgestanden und hinüber zur Foss gegangen. Seitdem hatte er sie nicht mehr gesehen. Er nahm an, dass sie zum Arzt gegangen war und hoffte dass es sich um keine ernst zunehmende Krankheit handele. „Was bin ich doch für ein Trottel," schalt er sich.

"Tagelang habe ich mit ihr nur über Computer geredet."

Jetzt da sich ihm so viele Fragen aufdrängten, die er Vanessa gerne gestellt hätte, fiel ihm ein, dass er nicht einmal ihre Adresse oder Telefonnummer kannte.

Noch waren die drei Wirtschaftsbosse guter Dinge, denn Keiner von ihnen dachte an eine echte Bedrohung. Sie hatten wie schon so oft, vorzüglich im Gasthaus Glockenbach gespeist und dabei war die gespannte Stimmung die nach dem seltsamen Vorfall in den Morgenstunden zwischen ihnen herrschte, verflogen.

Als sie nun Patricks Büro betraten, scherzte dieser:

"Jetzt genehmigen wir uns noch einen Schluck Whisky und danach testen wir das geheimnisvolle Ding."

Zwei- drei Minuten später steckt er den Stick in den Computer und suchte nach der Datei. Stefan und Mark sassen in den Ledersesseln und beobachteten Patrick bei der Arbeit. Als dann die Zahlen und Anweisungen, die ihnen sehr wohl bekannt waren auf dem Monitor erschienen, sanken sie wie vom Blitz getroffen tiefer in die Sessel.

Mark begriff als erster was dies bedeutete: „Verdammt!, zischte er wütend, wie kommt jemand ausser uns Dreien an diese Daten?"

Stefan fischte sich eine Zigarette aus dem Etui und sah Patrick vorwurfsvoll an: „Du hast uns doch damals versichert, dass es für Aussenstehende unmöglich ist an die Daten unserer Aktionen heran zukommen."

Patrick sah verständnislos von Stefan zu Mark und wieder zum Monitor. „Ich verstehe es nicht, ich verstehe es selbst nicht. Es gibt keine plausible Erklärung dafür.

Aber ihr habt doch bemerkt dass sich auf dem Stick nur ein paar wenige Angaben befinden. Die reichen doch niemals für konkrete Beweise gegen uns aus."

Mark sah ihn zweifelnd an und sagte verstimmt: "Ich glaube du nimmst die Sache zu sehr auf die leichte Schulter und ich muss dich vor einer Fehleinschätzung der Lage warnen. Diese Daten sagen genügend aus."

„Finde ich nicht", widersprach Patrick patzig."

„Halte es wie du willst, ärgerte sich Mark. Ich jedoch bleibe dabei, dass uns der Besitzer des Sticks mit seinem

Wissen in Teufels Küche bringen kann, denn wer sagt uns dass dieser Informant nicht noch mehr Belastungsmaterial über uns auf Lager hat?"

Stefans Teint wurde während Mark das aussprach was er selbst dachte, eine Nuance blasser. „Meiner Meinung nach sitzen wir tief in der Sch...!"

Patrick versuchte die Sache weiter herunter zu spielen: "Wie gesagt, der Versender von dem Stick weiss bestimmt sehr wenig über uns. Wir sollten uns von ihm nicht verunsichern lassen und erst mal auf die nächste Aktion von ihm warten."

"Warten! Natürlich müssen wir warten," erboste sich Mark. "Welche andere Möglichkeit gäbe es sonst? Es gibt nicht den geringsten Hinweis auf den Absender."

Stefan sah von Mark zu Patrick und seine Phantasie machte dabei Sprünge: „Ich kenne Leute deren Spielereien mit der Steuer harmlose Kinkerlitzchen gegen unsere Verschiebungen waren und ihr wisst...!"

Patrick fühlte wie die ersten brennenden roten Flecke sich über sein Gesicht verteilten. Ein Zeichen seiner Nervosität. Marks Verhalten enttäuschte ihn masslos. Wo blieb dessen Überlegenheit? Bisher war er sich sicher dass Mark alle möglichen Tricks und Ideen nur so aus den Ärmel schütteln kann. Stefan hingegen hatte er ja schon immer insgeheim als keine besonders grosse Leuchte eingeschätzt. Deshalb wunderte er sich auch nicht dass er in Marks Fahrwasser schwamm. Nur sollte er sich hüten, den Wert des Sticks aufzubauschen. Langsam kroch wieder der bittere, trockene Geschmack über seine Zunge und er schielte zur Bar, wandte sich aber wieder von ihr ab und sagte:

"Ihr reagiert viel zu kopflos. Das ist im Moment wirklich das Letzte was wir uns leisten können."

"Kopflos nennst du uns?" erzürnte sich Mark. "Und was bist du? Ich glaube du vergisst dass du uns diese Suppe eingebrockt hast. Die Daten können nur von deinem Büro aus unter die Leute geraten sein. Wir haben dir vertraut..."

"Schon gut! Ich such doch selbst nach einer Erklärung." Patricks Finger begannen zu zittern. Sein Blick wanderte erneut zur Bar.

Mark beobachte ihn angewidert. "Alkohol bringt dich auch nicht weiter. Damit willst du dich nur der Verantwortung entziehen. Oder hast du eine Lösung für unser Problem?" Patrick ignorierte Marks vorwursvollen Ton. Er stand auf und wunderte sich über das Quietschen seines Drehsessels. Warum hatte er diesen qäulenden Ton vorher nie bemerkt? Die stummen Blicke der Brüder verfolgten ihn und es kam ihm vor als hänge eine Gaswolke im Raum die in den nächsten Minuten eine Explosion entfachen würde. Natürlich gaben sie ihm die Schuld aber Schuldzuweisungen waren jetzt völlig sinnlos, denn wo lag seine Schuld? Er öffnete den Barschrank, goss sich einen Whisky ins Glas und trank es auf Ex, dann wandte er sich um und sagte: " Warum greift ihr mich so an? Ich hänge doch im gleichen Ausmass wie ihr in der Sache mit drin. Wenn eine Lösung gefunden werden muss, dann von uns allen. Das heisst – ich hätte da schon eine Idee!"

"Gut – dann spuck sie aus", forderte ihn Mark gereizt auf. Patrick lies sich mit seiner Antwort Zeit. Sein Ärger sass zu tief. Damals, als er den gewinnbringenden Plan für sie ausgearbeitet hatte waren sie ohne wenn und aber dabei und nun? Nun erwarteten sie, dass er alleine die Kastanien aus dem Feuer holen sollte.

Stefan hielt dieses Schweigen nicht länger aus: "Rück endlich raus mit deinem Patentrezept! Oder ist dein Gerede nur leerer Schaum?"

Patrick kanzelte ihn ab: "Du kannst dir deine Ironie sparen, denn im Gegensatz zu dir strenge ich meine grauen Gehirnzellen an..."

"Schluss jetzt!" forderte Mark. " Bleiben wir bei den Fakten, und Fakt ist, dass es Jemandem gelungen ist an unsere Daten heranzukommen. Wie lautet also dein konkreter Vorschlag?"

Patrick sagte nur ein Wort "Greg!"

Mark fuhr wie elektrisiert hoch. Er hätte selbst auf ihn kommen können. Wenn einer es schaffen sollte sie aus dieser mieslichen Lage zu befreien, dann er. "Greg," das war das Zauberwort. Sie wussten alle dass er nie halbe Sachen machte. „Einverstanden!" sagte er kurz.

Auch Stefan musste eingestehen dass Patricks Idee, Greg einzuschalten hervorragend war.

„Also gut," versprach Patrick. "Ich werde mich mit Greg in Verbindung setzen."

Die Stimmung der beiden Brüder lockerte sich auf. Sie kannten Gregs Erfolgsquote.

Der Himmel bedeckte sich allmählich und bescherte der Stadt einen tristen Nachmittag. Vanessa zog ihren wetterfesten Anorak an und verliess die Wohnung. Sie brauchte jetzt die Weite der Natur und da war ihr jedes Wetter recht. Es gab Zeiten, in denen sie es nicht mehr in geschlossenen Räumen aushielt. Sie fuhr mit der Strassenbahn hinaus zum englischen Garten. Der Regen wurde stärker. Er triefte an ihr herunter aber es gefiel ihr, denn bei diesem Wetter waren wenige Menschen zu einem Spaziergang bereit. Sie tänzelte um die Pfützen und lachte. Nach dem heutigen Morgen war sie sich sicher, dass alles was sie für ihre Zukunft geplant hatte geradewegs wie eine angezündete Lunte ihrem Ziel entgegen lief. Sie atmete die frische Luft tief ein und setzte zu einem Dauerlauf an bis ihre Kräfte nachliessen und es ihr wieder leichter fiel in ihr kleines Apartment zurück zu kehren.

Während sie zur Strassenbahn lief, dachte sie an die Vorstellung die sie heute Morgen als fast zusammenbrechende Kranke im Büro gegeben hatte. Sie kicherte bei dem Gedanken an Robbys entsetzter Miene, die mitleidigen Blicke der Kollegen und an den Moment an dem sie sogar Emmi Foss zu einem besorgten Stirnrunzeln bewegt hatte. Später war noch die gelungene Verwandlung in einen jungen Boten dazu gekommen – alles Top! Und nun tickte die Bombe.

Luisa Brückner leistete an diesem Abend ihrer Schwägerin Bettina Gesellschaft. Unruhig nippte sie an ihren Orangensaft und mäkelte: "Unsere Männer werden sich nie an eine gewisse Pünktlichkeit gewöhnen. Wenn ich da an meinen Vater denke..."
„Wenn du nur einmal leise denken würdest", dachte Bettina und ertappte sich dabei dass sie die Anwesenheit Luisas nervös und gereizt werden liess. Weshalb nur?
Früher hatte sie ihre Schwägerin als unbekümmert, fröhlich bezeichnet. Eine, die eben alles auf der Zunge trug, die ihren Ärger sofort Luft machte. Aber nun erschien es Bettina, als spräche Luisa mit sich selbst. Ihr fiel auf, dass deren Worte ständig wie ein Quell ohne viel Überlegung aus ihr heraus sprudelten. Sie wartete auf keine Antwort. Sie war ihr eigenes Echo. Ihr Ego verlangte nach unaufhörlicher Aufmerksamkeit ihrer Mitmenschen. Im Moment sprach sie davon wie lange sie nach der passenden Garderobe für diesen Abend, an dem sie eigentlich mit ihrem Mann Stefan ausgehen wollte, gesucht hatte. Und nun? Sie trat vor den grossen

Kristallspiegel und bewunderte sich selbst. Ihr zartes, von schwarzen Locken umrahmtes Gesicht glühte. Dann wandte sie sich wieder zu Bettina und schmollte:
„Stefan muss sich endlich mehr Zeit für mich nehmen."
„Sie ist schön, dachte Bettina, aber sie ist ein Narzis."
Luisa plauderte ohne Bettinas genervte Miene zu beachten weiter: "Wenn ich da an meinen Vater denke..."
Bettina unterbrach sie hart: "Deinen berühmten Satz kenne ich schon zur Genüge aber du solltest mehr an Stefan denken als an deinen Vater. Unsere Männer hatten heute ein paar sehr wichtige Termine zu bewältigen. Wenn du dich ab und zu mal für die Arbeit der Beiden interessieren würdest, wüsstest du dass es manchmal unmöglich ist pünktlich nach Hause zufahren."
Luisa entfernte sich vom Spiegel und betrachtete Bettina als habe sie ihr soeben eine Horrorgeschichte erzählt.
„Ist das dein Ernst? Ich soll mich um den geschäftlichen Kram kümmern? Wozu haben wir dann die Männer? Ich bin doch keine karrieresüchtige...."
Der Satz blieb unvollendet, denn Stefan und Mark betraten das Zimmer. Sie grüssten Bettina und Luisa so galant wie immer. Aber während Luisa schon wieder flott darauf los plauderte, fühlte Bettina die kritische Stimmung die zwischen den Brüdern hing. „Gab es Schwierigkeiten mit der AG?" fragte sie Mark. Doch er winkte betont lässig ab: „Nein, natürlich nicht. Es ist alles bestens angelaufen.

Wir hatten nur noch ein paar dringende Aufträge zu erledigen."

Er wich ihren besorgten Augen aus und fragte: „Hattet ihr einen schönen Tag?"

Bettina nickte mechanisch.

Stefan zog Luisa an sich und gab ihr einen Kuss: "Nicht böse sein," sagte er dann, "davon bekommt man Falten und vergiss deine Handtasche nicht."

Luisa blieb einen Moment still und suchte die Tasche.

Mark flachste: "Ja, ja du vergisst nochmal deinen Kopf."

Eine harmlose alltägliche Szene. Doch vor Bettinas inneren Auge verwandelten sich die zwei Männer in glitschige Aale. Sie ahnte dass an diesem Tag etwas vorgefallen war das sie nicht erfahren durfte – aber was?

Auf den Gedanken dass es in dieser Stadt jemanden geben könnte, der die Beiden mit seinem gefährlichen Wissen bedrohte, wäre sie allerdings nicht gekommen.

Kurz bevor sich Luisa und Stefan verabschiedeten rief Patrick an. Mark hielt den Hörer wie ein giftiges Reptil von sich: „Greg, sagte er zu Stefan, ist nicht zu erreichen."

Bettina fing diesen undefinierbaren Blick der eine
Sekunde zwischen den Brüdern hing auf und es lief ihr dabei ein eiskalter Schauer über den Rücken. „Wer ist Greg?" Ihre Frage blieb unausgesprochen.

Gregor Kratzer, genannt Greg, kehrte spät am Abend aus Brüssel zurück. Er stellte seine Reisetasche in der

Garderobe ab, streifte die Slipper von den Füssen, angelte nach den Hausschuhen und drängte seinen muskulösen Körper ins rustikal eingerichtete Wohnzimmer. Alles in seiner Umgebung war massiv und stark. Es war sein absolut persönliches Reich, in dem er ausser seinen Freund Patrick, keine Menschenseele empfing. Doch heute wünschte er nicht einmal ihn zu sehen. Während er müde an die gut bestückte Hausbar ging, dachte er mit Schaudern an den vergangenen regnerischen Tag in Brüssel. Zum ersten Mal in seiner „Detektiv" Karriere hatte er fast einen Auftrag vermasselt.

„Ich konnte doch nicht ahnen dass..." Er liess den Drink wie Öl durch seine trockene Kehle rinnen. Nein dafür durfte es keine Entschuldigung geben. Sie musste er schon im Keim ersticken. Ein einziger Fehler und... er schnippte mit den Finger, dann wär's aus und vorbei. Ein zweiter Drink folgte dem Ersten. Danach zog ihn sein lederner Sessel magisch an und als er die bequemste Haltung darin gefunden hatte, schaltete er seine Mailbox ein. Patricks Stimme erklang. Er sagte nur: „Du wirst gebraucht." „Verdammt," fluchte Greg, denn diese drei Worte sagten ihm dass die Sache höchst brisant war.

Trotzdem schlug er die Beine übereinander und brummte vor sich hin: "Heute kriegst Du mich nicht mehr."

Normalerweise sprang er sofort wenn Patrick pfiff; und umgekehrt war es genauso denn sie wussten zuviel von einander, aber an diesem Abend musste er total abschalten. Er durfte nicht nervös werden. Seine Finger glitten zur Fernsteuerung, schalteten den Musiksender ein und während er sich vom Blues wohlig berieseln liess, kehrte seine innere Ruhe wieder zurück. „Morgen ist auch noch ein Tag," sagte er sich.

Vanessa setzte sich auf den Drehstuhl vor ihrem Schreibtisch und schaltete den Computer ein. Sie hatte sich für den Clou mit den Brüdern Brückner einen genauen Plan erstellt. Er glich einen Wanderweg der bis hoch zum Bergesgipfel reichte. Die Strecke, die sie schon erklommen hatte, hatte sie mit dicken Punkten gekennzeichnet. Sie hatten sich schon erheblich vermehrt und wälzten sich lockend dem Ziel entgegen. Einen Moment betrachtete sie zufrieden ihr Werk, kam aber dann doch ins Sinnen. Hatte sie sich die Sache mit der Geldübergabe etwas zu leicht vorgestellt? Ihr Hochgefühl sank um einige Nuancen. Sie las nocheinmal alles durch.
 Dabei steigerte sich ihr Unbehagen. Es lag an dem Teil des Planes, der nun an die Reihe kam. Wenn der nicht klappte! Diese gerissenen Geschäftsleute mit denen sie es aufnehmen wollte, würden keine Mühe scheuen um ihr auf die Schliche zu kommen. Sicher liefen sie wegen diesem Stick nicht gleich Amok aber sie lagen auf der Lauer. Sie steckten in einem Dilemma. Die Polizei konnten sie nicht einschalten.

„Also werden mir die feinen Herren einen Detektiv auf den Hals hetzen," dachte Vanessa. Aber das war es nicht, was sie beunruhigte. Diese Aktion hatte sie schon längst einkalkuliert. Noch ehe es den Herren gelingen würde sich auf ihre Fährte zu stürzen, würde sie schon alle Spuren in die von ihr geplante Richtung verstreut haben.

Das Katz und Maus Spiel konnte beginnen und es würde ihr diebisches Vergnügen bereiten. Sie überflog noch einmal Punkt für Punkt ihres erstellten Planes. Und dann fand sie den Haken. Es lag an der Geldübergabe. Sie hatte sich alles so einfach ausgemalt. Wozu besass sie denn ihr Nummernkonto in Frankfurt? Die Herren sollten ihr das Geld dorthin überweisen. So gibt es keinen Treffpunkt und keine Gefahr erwischt zu werden. Doch nun plagten sie Zweifel über die anschliessenden Schwierigkeiten. Die Bank war verpflichtet einen so hohen Betrag dem Finanzamt zu melden und wie sollte sie der Behörde erklären wie sie zu dem plötzlichen Reichtum gekommen war? Verärgert furchte sie die Stirn. Ihre einfache Masche an das Geld zu gelangen zerplatzte vor ihren Augen wie eine Seifenblase. Sie benötigte doch eine direkte Übergabe. Also musste sie sich schnellstens etwas anderes einfallen lassen. So ein Mist! Mit so einer Vorbereitung würde ihr eine Menge Zeit verloren gehen.

Schon am frühen Morgen drehte Greg seine Joggingrunde. Anschliessend trainierte er seine Muskeln mit Hanteln und Liegestützen und fühlte sich nach der kalten Dusche und einem ausgewogenen Frühstück fit für neue Taten. Die Abgeschlagenheit des vergangenen Abends war wie weggeblasen und er erinnerte sich an den Anruf von Patrick. Er hängte sich an die Strippe und meldete sich bei ihm. Sie benutzten bestimmte Codsätze und so wusste Greg schon nach ein paar knappen Worten dass Patrick in der Klemme sass. Greg's Boxerstirn zog sich in Falten, er durfte keine Zeit verlieren.

Nach dem Anruf von Greg atmete Patrick erleichtert auf. Er wusste dass sein Freund gleich zur Stelle sein würde.
Deshalb alarmierte er Mark und Stefan und bat sie zu ihm ins Büro zu kommen.
Eine Stunde später sassen die vier Männer mit rauchenden Köpfen zusammen.
Mark schimpfte: "Jetzt ist es ganz sicher, dass es um Erpressung geht. Heute morgen rief mich dieser windige Kerl an und forderte eine Million für die verfänglichen Unterlagen die er von uns besitzt."
„Unterlagen allein, ist gut gesagt, knurrte Stefan, er wird jede Menge Kopien davon besitzen und uns immer wieder damit erpressen."
 Patrick versuchte die beiden Brüder zu beschwichtigen:
„Deshalb ist Greg doch hier. Er wird dies zu verhindern wissen." Alle Augen richteten sich auf Greg.

„Und wie willst du es verhindern? fragte Mark. "Du weißt doch gar nichts von dem Erpresser."

„Natürlich weiss ich nichts von ihm und ich kenne auch nur Bruchstücke von dieser Geschichte. Deswegen solltet ihr mir alles von A-Z berichten."

"Klar", brummte Mark und begann ihm die Lage zu schildern. Greg sah, während er mit unbeweglicher Miene die wenigen Details die er über den Epresser erfuhr in sich aufsog, von Einem zum Anderen, prägte sich jede Kleinigkeit ein und stellte nachdem Mark seinen Bericht beendet hatte, fest: „Also – der Erpresser scheint zwar ein gewiefter Hund zu sein, aber ein Profi ist er nicht. Er kann über die Höhe eurer Steuerhinterziehung nicht informiert sein und eure finanziellen Verhältnisse nicht im vollen Umfang kennen, sonst würde er sich nicht mit einer Million zufrieden geben. Die von ihm gesandten Daten sind zu gering um erkennen zu lassen wieviel er über euch weiss. Sie enthalten nur ein paar Bruchstücke über eure Transaktionen. Natürlich kann er auch noch einiges mehr auf Lager haben. Aber das glaube ich nicht. Mir scheint es so, als wäre er nur durch Zufall an dieses Wissen herangekommen. Als erstes müssen wir herausfinden wie und wo dies geschehen konnte. So eine Spur lässt sich meistens leicht verfolgen."

„Dein Wort in Gottes Ohren, brummte Mark, bis jetzt haben wir doch ausser der kläglichen Beschreibung des Boten der den Stick brachte, keinerlei Hinweise auf ihn."

„Und die Stimme?" fragte Greg.

„Negativ, sagte Mark, die klang verzerrt. Sicher hielt er ein Tuch oder etwas ähnliches über die Muschel."

„Wir werden ihm also eine Falle stellen," sagte Greg.

„Aber wie soll das geschehen?" fragte Stefan und wie sollen wir das tun ohne die Million zu berappen?"

Greg lächelte kalt: „Ich würde erst mal auf seine Forderung eingehen. Falls er wirklich so geschickt ist und sich bei der Geldübergabe nicht erwischen lässt, könnt ihr euch auf mich verlassen dass er nicht weit mit dem Zaster kommt."

„Ich weiss nicht, zweifelte Mark, ob es nicht doch besser wäre ihn schon vor der Übergabe zu schnappen."

„Klar, wäre es optimal den Kerl gleich zu erwischen" gab ihm Greg recht, fragte aber zweifelnd "aber wie möchtet ihr das ohne Köder schaffen?"

Allgemeines Achselzucken! Greg sah seine drei Freunde der Reihe nach an und sagte dann: "Lasst es mit Ruhe angehen. Während ihr wartet bis er euch den Treffpunkt angibt, laufen meine Nachforschungen auf Hochtouren."

Mark hob die Schulter: „Du magst recht haben, wir können im Moment nichts anderes tun als auf seinen nächsten Anruf zu warten."

Stefan zögerte eine Weile, doch dann unterliess er es doch noch weiter über die Sache zu debattieren. Das beste war wieder an die gewohnte Arbeit zu gehen. Und so überliessen es die Brüder Brückner, Patrick und Greg die Lösung des Problems zu finden.

Patrick sah auf die Tür, die sich hinter den Beiden geschlossen hatte und fühlte den Schweiss unter seinen Achseln. Er streifte das Jackett ab und ging unruhig auf und ab.

„Ich verstehe es nicht," sagte er zu Greg, "ich verstehe einfach nicht wie dieser Mensch an die Daten gekommen ist." Seine Hände ballten sich in der Hosentasche zu Fäusten und seine Miene glich der eines wütenden Boxers. "Wenn ich den erwische! Aber wie bloss? Ausser uns Dreien hatte doch niemand zu dem Computer in dem die Daten gespeichert waren Zugang."

Auf Gregs Stirn kräuselten sich die Falten: „Du bist dir also absolut sicher dass keiner von deinem Personal in Frage kommt?"

Absolut!" versicherte Patrick. Es ist alles total gesichert. Allerdings handelt es sich auf dem Stick des Erpressers auch nicht um die neuesten Daten. Sie sind exakt zwei Jahre alt." Greg schüttelte den Kopf: "Zwei Jahre? Ich verstehe nicht ganz."

"Ich erklärs dir gleich„ sagte Patrick. "Vielleicht erinnerst du dich noch an Mark's Hochzeit?"

„Schon," gab Greg zu, "aber was soll dies mit der Erpressung zu tun haben?"

„Wart's ab. Wie du weißt war diese Heirat das Ereignis des Jahres! Der gutbetuchte Baumarkt Händler Brückner und die einzige Tochter des mächtigen Bankiers Hattinger. Ich glaube heute noch dass es für Mark bei dem ganzen Spektakel allein um Bettinas Mitgift ging. Ein gut florierendes Immobiliengeschäft mit Niederlassungen in Luxemburg, der Schweiz und Spanien. Eine wahrhaft tolle Sache."

Greg unterbrach ihn schroff „Du kommst vom Thema ab," Patrick schüttelte heftig den Kopf „Nein, im Gegenteil, diese Heirat war doch das Ausschlaggebende an der Sache. Wir kamen damals auf die Idee eine Reihe steuerlicher Transaktionen über die neue Firma laufen zu lassen. Es schien uns fantastisch einfach. Du weißt ja – Luxemburg!"

Greg pfiff durch die Zähne: „Verstehe – aber wusste Bettina von euren Aktionen?" Patrick sah Greg abwehrend an: „Nein, natürlich nicht. Sie war unheimlich stolz auf Mark, denn er erweiterte ihre eingebrachte Firma in kürzester Zeit erfolgreicher als je zuvor im internationalen Immobilienmarkt. Sie kümmerte sich zwar um das Geschäft aber Mark verstand es, ihr soviel Repräsentationspflichten aufzubürden, dass sie nicht auch noch Zeit für die Buchhaltung und Steuersachen aufbringen konnte. Sie vertraut Mark unumwunden."

Greg sah Patrick überlegend an: "Also darf Bettina nichts von der Geldwäsche erfahren und die Polizei ist auch fehl am Platz. Ziemlich verfahrene Sache, die demnach nur auf meine Art erledigt werden kann."

„Stimmt!" nickte Patrick grimmig. Danach entkrampfte er sich ein wenig und ging an die Bar um für Greg und sich einen Drink zu mixen. „Wo wirst du mit deinen Recherchen beginnen" fragte er ihn.

Greg nahm das Glas entgegen und sagte bestimmt: " Wir beginnen mit der Suche am besten am Ursprung der Datei und das ist soviel ich jetzt weiss, hier in deinem Büro. Hier habt ihr alles besprochen und hier in deinem Computer wurde alles gespeichert. Sind euch vielleicht mal Sticks abhanden gekommen?"

Patrick sah Greg an, als spreche er eine andere Sprache.

"Das ist völlig unmöglich. Ich habe keine der Transaktionen auf Sticks gespeichert. Alle verfänglichen Daten sind nur auf der gesicherten Festplatte und die habe ich nach der Beendigung der Aktionen wieder gelöscht."

Greg blieb hartnäckig: "Es wäre trotzdem interessant die Festplatte zu überprüfen. Vielleicht gibt es wichtige Restdaten die du übersehen hast und die jemand geknackt hat."

„Das ist sinnlos," erwiderte Patrick. "Vor ein paar Wochen habe ich mir eine neue Computeranlage zugelegt und die alte entsorgt."

Greg schnellte aus seinem Sessel hoch: Nicht zu fassen! Und wo hast du den Computer entsorgt?"

„Ich habe ihn von einem Secondhandladenbesitzer abholen lassen. Aber mit dem machen wir schon seit Jahren Geschäfte, der ist sauber."

„Das glaubst du, " schnaufte Greg . „Vertrauen ist gut- überprüfen ist besser. Zumindest zeigt sich hier ein kleiner Strohhalm den wir ergreifen müssen."

„Ich weiss nicht, zweifelte Patrick, das scheint mir zu vage. Zumindest steht Verdacht gegen Verdacht. Es betrifft beide gleich. Secondhändler oder einen meiner Angestellten." Er sah nachdenklich zum Computer und fuhr sich mit der rechten Hand über sein schon etwas schütteres braunes Haar: „Ich weiss natürlich dass du mit deinen Prognosen immer sehr nahe an der Wahrheit liegst aber wenn schon Überprüfung, dann möchte ich doch dass du zuerst meine Angestellten unter die Lupe nimmst. Es ist mir unangenehm in einem Umfeld zu arbeiten, in dem ich jeden misstrauen muss."

"Wie du willst." Greg trank sein Glas aus, lies sich die Unterlagen des Personals geben und verabschiedete sich kurz.

Robby glaubte er wäre der glücklichste Mensch auf der Welt. Er besass hier in München einen guten Job, ein tolles Hobby, gute Freunde, seine Schwester Vera und deren Familie, bei der er jederzeit willkommen war und nun schwebte er auf Wolke sieben. An diesem Morgen

als er Vanessa wieder gesund und munter im Büro angetroffen hatte, war ihm bewusst geworden, dass er über beide Ohren in sie verliebt war. Wie lieb sie ihn angelächelt hatte. Es gab nichts an ihr, das nicht schöner und besser war, als bei den Frauen die ihm bisher über den Weg gelaufen waren. Vanessa hatte eine besonders nette kameradschaftliche Art an sich und war die erste Frau die sich für sein liebstes Hobby, dem Computer, interessierte. Doch trotzdem sie inzwischen schon beim vertraulichen Du angekommen waren, fand er es noch ein wenig verfrüht ihr seine Gefühle für sie zu gestehen. "Was war denn gestern los mit dir?" fragte er sie besorgt
Vanessa lächelte Robby verhalten an: "Ich hatte höllische Bauchschmerzen aber zum Glück hat der Arzt nur eine Blinddarmreizung festgestellt. Er hat mir eine Spritze verpasst. Heute zieht es immer noch ein wenig in der Leistengegend aber es ist erträglich. Jetzt schau doch nicht so ängstlich, dazu gibt es keinen Grund. Wenn dieses unwichtige Teil in meinem Körper mir wieder Ärger bereitet, wird es eben entfernt."

Robby sah sie noch immer besorgt an: „Ich hoffe dass es nicht so weit kommt."

Vanessa nahm eine Mappe zur Hand und reichte sie Robby. "Und jetzt zur Arbeit. Diese Akten müssen bearbeitet werden. Erledige das bitte an deinem Arbeitsplatz. Ich habe hier ein paar wichtige Gespräche zu führen."

Robby nahm die Mappe und ging enttäuscht zur Tür. "Also dann, bis später."

Vanessa begann zu telefonieren, dann stürtzte sie sich in die übliche Büroarbeit. Aber immerwieder spukte ihr die Geldübergabe im Kopf herum.

Kurz vor der Mittagspause kam Robby mit den erledigten Akten zurück. "Da hast du mir aber eine Menge Arbeit aufgebrummt," murrte er. "Ich habe es gerade so geschafft noch vor Mittag damit fertig zu werden."

Vanessa zeigte auf ihren Schreibtisch: "Ich hatte auch genügend zu tun. Du weißt ja wie es ist, wenn die Arbeit einen Tag liegen bleibt. Also nimms nicht gleich persönlich."

Robby sah sie versöhnt an: "Aber jetzt ist Mittag. Hast du etwas besonderes vor oder gehst du wieder mit mir zu Werner."

Vanessa zögerte, "ich hätte hier noch einiges zu erledigen – aber gut, gehen wir zu Werner."

Werner freute sich, als er Vanessa sah. "Na, alles wieder ok.?"

"Fast alles," lachte Vanessa.

Es verlief alles wie gehabt. Werner tischte auf, machte seine Spässchen dabei und kam dann an sein Lieblingsthema (die Computer).

Vanessa fragte: "Wo bekommst du deine Ware her?"

Werner lachte: "Naja, da gibt es genügend Leute die sich die neuesten Modelle kaufen und ihre alten loswerden wollen."

"Aber neulich Abend hast du doch eine ganze Ladung bekommen," sagte Vanessa.

"Stimmt," bestätigte Werner. Ich habe ausser den normalen Kunden auch grössere Firmen, die ihre Rechner erneuern. Da kommt so allerhand zusammen."

Vanessa lachte: "Und da brauchst du Robby."

"Ja," sagte Werner dankbar. "Ich bin sehr froh, dass Robby mir soviel hilft."

"Ja, das finde ich auch gut," sagte Vanessa und fragte Werner: "Musst du die Ware auch manchmal selber abholen?" "Klar," antwortete er, "aber da fahre ich nur hin, wenn es sich für mich auch lohnt."

Vanessa sah ihn prüfend an: "Und – lohnt es sich wirklich? Oder kommst du mal so gerade über die Runden?"

"Es geht," erwiderte Werner zögernd, manchmal besser, manchmal schlechter. Man kämpft sich so durchs Leben. Aber mir ist es eben wichtig mein eigener Herr zu sein. So wie ihr könnte ich nicht leben."

In Robbys Seele schwang ein Hauch von Eifersucht.

"Euer Essen wird kalt," knurrte er.

"Oh, tatsächlich," sagte Vanessa. "Wir haben uns jetzt verquatscht. "Dein Teller ist ja schon fast leer."

Werner grinste: "Wir veranstalten doch hier kein Wettessen."
Robby fasste sich wieder. Werner würde ihm nie eine Frau ausspannen. Als Vanessa und er wieder auf dem Weg ins Büro waren bat er sie, den Abend mit ihm zu verbringen. Sie sagte ohne Zögern zu.

Nachdem Greg Patricks Büro verlassen hatte, ging er zur nächsten U-Bahn. Er besass kein Auto, denn für ihn war es ein Sicherheitsfaktor. Irgendwo musste er es parken und wie leicht konnte er in einen Unfall verwickelt werden oder gar in eine Polizeikontrolle geraten. Für ihn galt es jedoch so unauffällig wie möglich zu existieren. Sein wahres gutes Leben würde erst in ein paar Jahren auf einer Südseeinsel beginnen. Bis dahin gab es noch ein paar Fälle zu knacken. Die Stationen flogen an ihm vorbei und er dachte an das Gespräch mit Patrick. Dabei nistete sich ein leichtes enttäuschtes Gefühl in seine Gedanken. Bisher hatte er Patrick für ebenbürtig gehalten. Eiskalt und berechnend. Aber heute hatte er ihm gegenüber einige Schwächen gezeigt. Wie konnte er nur annehmen der Käufer des Computers hätte nichts mit der Sache zu tun? Greg stufte den Händler als Hauptverdächtigen ein. Für ihn schien es glasklar dass dieser die Festplatte überprüft hatte und dabei auf die Daten gestossen war. Und nun fragte sich Greg was so ein kleiner Laden wohl schon einbringt. Die Versuchung war doch gross die Daten zu verwerten und sich an dem Kuchen der Reichen etwas ab zu schneiden. Weshalb sollte ausgerechnet dieser kleine Händler der Verlockung widerstehen?"

Es wurde Zeit die U-Bahn zu verlassen. Er klemmte sich die Aktenmappe unter den Arm und ging zu seiner Wohnung. Es war schon später Nachmittag und er hätte am liebsten gleich den Secondhandladen besichtigt aber Patrick wollte es eben anders. Also genehmigte er sich einen Kaffee und setzte sich danach missmutig an seinen Schreibtisch. Er breitete die Akten der Angestellten vor sich aus und begann mit der Arbeit die ihm am wenigsten lag.

Nach Dienstschluss präsentierte Robby Vanessa seinen neuen Golf. „Was sagst du zu meiner Luxuskarre?"
Sie ging um das Auto wie ein Gutachter der nach Fehlern sucht. „Ja, ich finde, er passt zu dir. Solide und gradlinig. Nur dieses knallharte Rot. Es steht doch eigentlich für Aggressivität..." „Kann schon sein," lachte er, "vielleicht bin ich ein verkappter Macho? Aber keine Bange! Ich tendiere eher zur chinesischen Philosophie.
Da ist die Farbe rot das Sinnbild für Kraft und Energie."
Schon lag ihr eine spöttische Bemerkung auf der Zunge, doch sie hielt sich vorsorglich damit zurück.

Robby öffnete ihr galant die Tür zum Beifahrersitz und liess sie einsteigen. Er schwang sich neben sie, startete seinen Wagen, fuhr aus der Tiefgarage und fädelte sich in den zähfliessenden Verkehr der Stadt ein.

Während er sie kreuz und quer durch München schleusste, liess sie ihre Gedanken baumeln. Sie mochte in diesen Minuten weder wissen wie Robby sich diesen Abend mit ihr vorstellte, geschweige denn was er für die Zukunft für sie beide plante. Er war offensichtlich in sie verliebt. Ein Zustand der nicht in ihr Konzept passte.

Robby sang in bester Laune den Schlager mit, der von der eingelegten CD dröhnte.

Am liebsten hätte Vanessa sich die Ohren zugehalten aber zum Glück schienen sie an Robby's Ziel angelangt zu sein.

Er parkte das Auto und beendete das Singen. Ein paar Minuten später betraten sie das Musikkaffee Mariandl. Ihm schien das romantische Ambiente zu gefallen – ihr nicht.

Robby zündete gleich nach dem sie an einem der kleinen Tische Platz genommen hatten, die darauf stehenden Kerzen an. Er sah ihr über den flackernden Schein hinweg verliebt in die Augen. Aber dieser Blick traf ihre Seele nicht. Der Kellner kam mit der Getränkekarte und Robby bestellte eine Flasche Wein. Und dann lag eine beklemmende Stille zwischen ihnen die sich erst wieder löste als der Wein in den Gläsern perlte. „Lass uns auf unsere Zukunft anstossen", bat Robby.

„Ja, auf die Zukunft. Sie hielt ihm scheu lächelnd das Glas entgegen. Doch dieses Lächeln galt nicht ihm.

Der Piano-Spieler hämmerte auf seine Tasten. Aber die Klänge rauschten ebenso an ihr vorüber wie Robby's Worte. Er sprach über seine Kindheit und seine Jugend.

Doch das einzige was in ihr nachhallte war die Erwähnung seines Hauses und der Vorschlag mit ihm darin zu wohnen. Es riss sie aus den Gedanken an den Plan der Geldübergabe für den sie Robby noch brauchte. Er schwärmte von seiner alten Hütte wie von einer Villa und sie wusste doch wie beengend die kleinen Räume darin waren. Sie stellte sich vor, dort leben zu müssen.

Vielleicht noch mit einer Schar Kinder die sie betreuen müsste während er als Pascha oben bei seinen Computern sitzen würde. Trotz der Wärme im Lokal überrieselte sie ein kalter Schauer. Robby's Gesicht verblasste und die Konturen von Alex nahmen von ihm Besitz. Aus seinem Lächeln wurde ein machomässiges Grinsen.

„Nein, sagte sie plötzlich hart, nein ich..."

Das Bild von Alex verblasste wieder und sie bemerkte wie erschrocken Robby auf ihre Antwort reagierte.

„Vanessa ich..."

„Es tut mir leid Robby, sagte sie, deine optimistischen Pläne verwirren mich. Das heisst nicht, dass ich dich nicht gerne hätte – aber eine neue Bindung wäre noch zu früh für mich. Ich habe erst vor wenigen Monaten meinen Mann durch einen Unfall verloren."

Robby biss sich auf die Lippen. Das war es also. Deshalb benahm sich Vanessa manchmal so seltsam und er hatte sich ihr gegenüber wie ein Elefant im Porzelanladen benommen.

Vanessa verstand sein Schweigen falsch. Sie ärgerte sich über sich selbst. Fast hätte sie ihren schönen Plan vermasselt. Robby vor dem Kopf zu stossen war jetzt wohl das Dümmste was sie tun konnte. Sie sah ihn bittend an: „Lass mir ein bisschen Zeit Robby."

Er atmete befreit auf: „Natürlich Vanessa, ich kann warten."

Etwa eine Stunde später drückte Vanessa ihre Wohnungstür ins Schloss und lehnte sich einen Moment dagegen. Ihre Handtasche glitt achtlos auf den Boden.

Sie war wie ein gehetztes Reh die vielen Stufen bis zum vierten Stock hoch gerannt. Dabei gab es doch gar keinen Grund für diese Panik. Langsam beruhigte sich ihr schwerer Atem und sie setzte sich in ihren Sessel. Für eine andere Frau wäre das zwar ein verkorkster aber harmloser Abend gewesen. Aber nicht für Vanessa. Sie fühlte sich, als wolle man sie mit einem Kescher einfangen. Erregt schloss sie die Augen, dachte noch einmal über jedes Wort von Robby nach. Es war ärgerlich. Gerade jetzt, da sie ihn als Kumpel recht sympathisch fand, was bei ihr sehr selten vorkam, entpuppte er sich als verliebter Mann. Und ein verliebter Mann würde fordernd sein. Sie in all ihren Plänen einschränken. Noch war sein Blick zärtlich aber sie erinnerte sich an die Sekunde als sie glaubte Alex sässe vor ihr.

Doch das übelste an der Geschichte war, dass Robby fast die gleiche Haltung am Tisch eingenommen hatte wie ihr Vater. Gross, mächtig, bestimmend, als sei sie schon ein Teil seines Lebens, war er ihr gegenüber gesessen.

Er wäre zu Beginn seines Gespräches überhaupt nicht auf die Idee gekommen, dass sie anders als er empfinden könnte. Sie befand sich in einer heiklen Situation. Auf der einen Seite würde es ihr schwer fallen seine Nähe zu ertragen, aber auf der anderen Seite sollte sie ihm zumindest in den nächsten paar Tagen Hoffnung auf eine gemeinsame Zukunft machen. Sie musste mehr Ruhe bewahren und sie nahm sich vor, ihr Konzentrationstraining zu vertiefen. Warum, so fragte sie sich, schlich sich immer wieder ihre unerfreuliche Vergangenheit in ihre Gedanken. Es müsste doch möglich sein diese Erinnerung abzuschütteln. Sie kramte das alte Spiel ihrer Kindheit hervor, indem alle Menschen mit denen sie es zu tun hatte, Marionetten wurden. Dabei erheiterte sich ihr Gemüt, denn alle sassen oder standen genau auf dem Fleck, an dem sie ihrer Meinung nach hingehörten. Sie liess sie reden, lachen, fluchen, verzweifeln. Ein jeder nach seiner Art und Einsatz und ein jeder tat trotz Gegenwehr alles was sie sich wünschte. Dieses Spiel zeigte ihr den Weg zu ihrem nächsten Schritt.

Am nächsten Morgen fühlte sich Vanessa so frisch und ausgeschlafen wie schon lange nicht mehr. Die Auseinandersetzung am Abend zuvor mit sich selbst und ihren Spiel hatte ihr gutgetan. Sie war froh dass sie ihren Wecker eine Stunde vorgestellt hatte. Nun blieb ihr genügend Zeit für die morgendliche Gymnastik, ein bisschen Joga und ein reichhaltiges Frühstück. So sollte nun jeder Tag beginnen. Ohne jede Hektik. Bevor sie ihr Apartment verliess um den Weg ins Büro anzutreten, fischte sie ihr Handy aus der Tasche und wählte eine bestimmte Nummer.

Bettina sass alleine am Frühstückstisch. Mark hatte sie zwar begrüsst, lief aber nach diesem seltsamen Anruf ohne einen Bissen zu essen und den gewohnten Gang in den Fitnessraum sofort mit einem knappen Abschiedsgruss aus dem Haus. Was sollte das nun wieder bedeuten? Sie ärgerte sich über sein liebloses Verhalten ihr gegenüber. Sie schob ihren Teller zur Seite, denn der Appetit war ihr völlig vergangen. Bis Schwester Ina kam um die tägliche Gymnastik mit ihr fortzusetzen blieb ihr auch noch viel zu viel Zeit. Sie fuhr mit ihrem Rollstuhl in ihr Zimmer. Weshalb, so fragte sie sich, wurde das Zusammenleben mit Mark immer schwieriger und warum strömte in letzter Zeit soviel Nervosität von ihm aus? Steckte eine andere Frau dahinter? Oder war er beruflich so überfordert? Irgend etwas bedrückte ihn.

Doch warum sprach er nicht mit ihr darüber? Es konnte doch nicht alleine an ihrer Krankheit liegen, dass er sie fast gänzlich aus seinem privaten und geschäftlichen Leben schloss. Sie hatte erwartet dass er ihr von der AG das neueste berichten würde aber das Einzige was sie darüber von ihm erfahren hatte, war, dass alles gut anlief.

Doch nicht einmal das hatte, als Stefan und Mark ihr kurz davon berichteten, überzeugend geklungen. Die beiden benahmen sich viel zu unruhig und angespannt.

Je länger sie darüber nachdachte, desto misstrauischer wurde sie. Sollte es nämlich stimmen dass die AG gut angelaufen war, konnte es nur mit der Immobilienfirma zusammen-hängen. Auf jeden Fall wollte sie der Sache auf den Grund gehen. Entschlossen rief sie ihre Sekretärin an und bat sie, ihr die Halbjahresstatistik ihrer Firma zu faxen. Sie fand es an der Zeit sich wieder um ihr Geschäft zu kümmern.

Mark Brückner betrat unruhig sein Büro. Seit dem Anruf am frühen Morgen in seiner Wohnung lies ihm das Gefühl nicht mehr los, dass der Erpresser vor allem ihm schaden wollte. Der Gedanke lag auf der Hand, denn weshalb meldete er sich immer nur bei ihm? Mit blechern klingender Stimme hatte er ihn aufgefordert pünktlich in der Firma zu sein, denn da erwarte ihn die nächste Anweisung. Im Büro schien alles wie gehabt. Der Terminkalender lag schon offen auf seinem Schreibtisch.

Er setzte sich hin und ging den heutigen Arbeitsplan durch. Langsam wurde er ärgerlich. Weshalb liess er sich von diesem Mistkerl so herumkommandieren? Sogar auf seine Morgengymnastik hatte er verzichtet und jetzt gab es keinen Anruf - nichts. Verstimmt sah er auf seine Uhr.

Stefan lässt sich auch verdammt viel Zeit ins Büro zu kommen. Wahrscheinlich hält ihn Luisa wieder mit ihren ewigen Sprüchen auf. Sie nervte ihn. Aber welche Frau nervte ihn im Moment nicht? In dieser angespannten Zeit musste nun auch noch dieser Erpresser aufkreuzen. Zum ersten Mal in seinem Leben lief alles quer. Ob es Greg tatsächlich gelingen würde noch vor der Geldübergabe den Erpresser zu schnappen? Er glaubte es nicht. Sein Naturell war viel zu ungeduldig die Nachforschung allein Greg zu überlassen, denn so lange dieser Schuft nicht mundtot gemacht war, litten auch die Geschäfte darunter. Sie vergeudeten zuviel Zeit mit der Geschichte. Wieder dachte er an den Anruf des Erpressers und er durchforschte seinen Schreibtisch aber fand nichts was nicht hierher gehörte.

Endlich erschien Stefan im Büro und ehe Mark etwas sagen konnte, polterte sein Bruder mit geröteten Gesicht erzürnt los: „Du solltest ein wenig mehr auf deinen

Umgang achten. Dieses schwule Bürschchen ist ja abartig. Ich traf ihn beim Pförtner, der ihn natürlich nicht ins Gebäude liess. Er benahm sich unglaublich und dass er mir nicht gleich um den Hals gefallen ist, war alles:
"Ach bitte, sagte er, gib doch deinen Bruder Mark dieses Liebesbriefchen." "Er steckte mir den Brief in die Tasche und verschwand mit einer Kusshand. Ekelhaft!"
„Das ist doch lächerlich," wies ihn Mark zurück. "Ich kenne keine schwulen Burschen, das müsstest du doch wissen. Zeig den Brief mal her. Im übrigen woher weiss er dass du mein Bruder bist?" Im gleichen Moment in dem er diese Worte aussprach wurde es Mark bewusst: „Dieser Gauner!", sagte er, "jetzt haben wir ihn wieder entwischen lassen."
"Gauner? Meinst du etwa, das dieser Bursche der Erpresser war?"
„Da fragst du noch?", entrüstete sich Mark. Stefan rieb sich die Stirn: „Verdammt, wer denkt denn dass so ein junger Kerl...? Vielleicht kann uns der Pförtner näheres über ihn sagen?" „Nein," wehrte ihn Mark ab, "kein unnötiges Aufsehen. Das Personal reimt sich viel zu schnell etwas zusammen. Es reicht dass Frau Kiesel neugierig wurde. Ausserdem bin ich mir nicht mehr sicher ob dieser Bursche wirklich der Erpresser ist. Ich glaube eher dass er von diesem beauftragt wurde den Schwulen und den Boten zu spielen."

„Du meinst, er hat einen Helfer?", fragte Stefan zweifelnd.

„Ja das meine ich. Gib mir den Brief. Er enthält sicher die nächsten Anweisungen." Als Stefan Mark den Brief reichte, klingelte das Telefon. Mark hob ab und sein Gesicht wurde noch eine Nuance grimmiger. „Auch das noch," sagte er wütend nachdem er den Hörer wieder aufgelegt hatte. "Bettina will wieder im Geschäft mit mischen. Ihre Sekretärin sagte mir soeben dass meine Frau wichtige Unterlagen per Telefon angefordert hat, das passt mir gar nicht."

"Zugegeben ,das ist nicht gerade ein günstiger Moment für ihren Neueinstieg, aber es ist sicher nur ein heikler Zufall." erwiderte Stefan.

„Zufall? Ich weiss nicht" Mark lehnte sich nachdenklich im Sessel zurück. "Bettina kann sich doch kaum im Rollstuhl halten und ist mir noch heute Morgen so apathisch vorgekommen. Trotzdem interessiert sie sich plötzlich, ich möchte sagen, gerade jetzt, für Bilanzen und den übrigen Bürokram. Es wäre doch möglich dass der Erpresser sich auch an sie gewandt hat. Vielleicht in einer anderen Form. Vielleicht will er Unfrieden stiften. Irgend etwas hängt da in der Luft."

Stefan wiegelte ab: „Bettina weiss bestimmt nichts von der Erpressung. Sie hätte es dir doch gleich gesagt wenn sich ihr Jemand mit so etwas ungeheurem an sie gewandt hätte. Du solltest nicht immer alles gleich so schwarz sehen. Bettina ist eben ein Stehaufmännchen. Sicher wird sie dir bald von ihrem neuen Tatendrang erzählen. Wir sollten jetzt lieber den Brief lesen."

„Ach ja, der Brief..." Mark öffnete ihn und Stefan sah ihm beim Lesen über die Schulter. Plötzlich lachte er: "Entschuldige Mark, aber das ist einfach zu frech. Ich frage mich wie der auf all die dreisten Spiele kommt."

"Dass das dreist ist, kann man wohl sagen, aber zum Lachen ist mir die Sache nicht." Mark schmiss den Brief auf den Tisch: „Der kann warten bis er schwarz wird, von mir bekommt er nichts."

„Aber, aber," Stefan grinste noch immer, "es ist doch nur das nette kleine Sümmchen von Zehntausend Euro das wir ihm als Vorschuss auf sein Frankfurter Konto überweisen sollen." Er nahm das Blatt mit der Forderung hoch und las laut und ironisch. "Leider kann ich nicht wie sie, auf ein Schweizer oder Luxemburgisches Nummernkonto zurückgreifen, deshalb erwarte ich von ihnen dass sie mir die zu entstehenden Kosten – Zehntausend Euro, für die Vorbereitung der Geldübergabe in Höhe von einer Million im Voraus erstatten. Sie werden verstehen dass ich für meine aufwendige Aktion Helfer benötige." Stefan liess das Blatt sinken: "Ein höflicher Mensch, findest du nicht?"

Mark sagte erbost: "Mir reicht es, und für dich sollte der Spass auch zu Ende sein." Er griff zum Telefon: „Patrick soll mir sagen wie weit Greg mit seinen Ermittlungen ist."

Als Patrick sich meldete, fing Mark sofort zu zetern an: „Dieser Erpresser strapaziert meine Nerven über die Masen. Weiss Greg schon etwas näheres über ihn?"

„Nein, sagte Patrick zögernd. Er hat meine Angestellten überprüft aber keinen Anhaltspunkt gefunden. Als nächstes will er sich den Secondhandhändler vornehmen."

„Ich weiss nicht recht ob das der richtige Weg ist"; schimpfte Mark. "Du solltest den Brief lesen, den der Erpresser uns heute überbringen lies. Dieser Schreibstil klingt nicht so. als sei er von dem Händler verfasst.

Ausserdem kommt es mir spanisch vor, dass Bettina jetzt, genau zu diesem Zeitpunkt von ihrer Sekretärin Buchhaltungsunterlagen anfordert."

Patrick zweifelte: "Glaubst du allen Ernstes dass zwischen dem Interesse von Bettina an ihrer Firma und dem Erpresser eine Verbindung besteht? Das ist doch purer Unsinn!"

"Das finde ich nicht. Vielleicht hat sich dieser Mensch auch an sie gewandt. Warum sonst wendet sie sich an ihre Sekretärin? In erster Linie hätte sie doch mit mir über ihr Interesse an der Firma gesprochen."

"Mag schon sein," sagte Patrick "aber ich glaube eher dass Bettina es für selbstverständlich hält ihre Sekretärin mit dieser Arbeit zu beauftragen."

Mark hatte sich aber schon in diesen Verdacht verrannt.

"Ich vestehe dass Bettina ihre Sekretärin damit

beauftragt hat, aber warum spricht sie davor nicht mit mir? Warum diese Heimlichtuerei?" fragte er Patrick verärgert und fügte hinzu: "Mir ist egal was du, Stefan oder sonst wer denkt. Ich möchte jedenfalls dass Greg sich ab sofort im Immobilienbüro umsieht. Ich brauche unbedingt die Gewissheit dass Bettina nichts von der Sache weiss. Es wäre ja auch denkbar dass einer unserer Makler oder Buchhalter auf die finanziellen Ungereimtheiten gestossen ist. Sollte sich mein Verdacht als falsch erweisen, wäre ich zugegebener Weise froh darüber und Greg kann dann den Händler in die Zange nehmen."

Patrick zweifelte zwar immernoch an Marks These aber er versprach ihm trotzdem Greg die entsprechende Order zu geben.

Greg war heilfroh den Papierkram los zu sein. Es wäre zwar das einfachste gewesen einen von Patricks Angestellten als Erpresser zu überführen aber für diese Variante hatte er ganz schnell ein klares Nein gefunden.

Während er einem nach dem anderen der Angestellten überprüft hatte, war der Gedanke an den Computerladen immer intensiver geworden. Hier musste der Hase begraben sein. Für ihn war nach wie vor klar, dass Patrick beim löschen der Festplatte ein Fehler unterlaufen war und diese Festplatte bei einem Hacker gelandet war, der sie geknackt hatte und Nutzen daraus ziehen wollte. Ob es der Secondhandfritze oder einer seiner Kunden war, stand noch offen. Fest stand jedoch dass er dem Händler bald einen Besuch abstatten musste. Endlich eine Arbeit die ihm mehr zusagte. Doch Patricks Anruf lies sein nächstes Vorhaben wie eine Seifenblase platzen. Muffig legte er den Hörer hin. Die Herren gingen ihm langsam auf den Keks. Ein jeder hatte so seine speziellen Wünsche und das behinderte ihn bei der Aufklärung des Falles. „Am liebsten wäre es ihnen, brummte er vor sich hin, ich würde ihnen den Erpresser sofort auf einen goldenen Tablett servieren. Aber wie, wenn sie ständig alles verzögerten?" Ausserdem blieb er normalerweise bei Erledigung seiner Aufträge immer im Hintergrund und nun sollte er sich schon wieder ein Büro vornehmen. Wie viele Menschen würden sich an ihn erinnern? Mit einem unguten Kribbeln im Bauch verliess er seine Wohnung.

Drei Tage Funkstille. Drei Tage in denen sich weder der Erpresser meldete noch Greg einen Schritt vorwärts kam.
Er war zur Berichterstattung in Marks Büro gekommen.
Jetzt sass er ihm gegenüber und sagte: „Der Verdacht gegen ihre Frau und deren Angestellten ist zu vage um ihn weiter zu verfolgen. Ich sollte endlich die Spur die zum Secondhändler führt aufnehmen."
„Ja, ich sehe das jetzt auch so," sagte Mark "aber wir mussten zuerst unser Umfeld von dem Verdacht

bereinigen. Ich glaube aber immer noch nicht dass es der Händler selbst ist. Doch von ihm könnte sich der rote Faden zum Erpresser spannen. Wir müssen ihn so schnell wie möglich erwischen."

Greg sah Mark ohne jede Regung an: "Haben sie ihm die Zehntausend überwiesen?" Mark schnaufte verärgert:

"Ja, gegen meine Überzeugung. Jetzt lässt er uns wahrscheinlich zappeln bis er sicher ist, dass das Geld auf seinem Konto eingegangen ist."

"Anzunehmen," sagte Greg knapp.

Gerade als Mark ungeduldig auf die Uhr sah und sich schon wieder über die Unpünktlichkeit von Stefan und Patrick auslassen wollte, trafen sie ein.

"Gibt's was neues?" fragte Patrick."

"Nein", sagte Mark kurz und Stefan grinste: "Ich bin wirklich gespannt was sich dieser Kerl noch alles zusammen spinnt."

"Ich glaube fast, du bewunderst ihn auch noch aber es ist kein Spass," grollte Mark.

"Ist schon gut aber..." Die weiteren Worte verschluckte Stefan, und alle vier Männer starrten auf das klingelnde Telefon. Mark hob ab und sie merkten sofort an seinem Gesichtsausdruck dass der Erpresser in der Leitung hing.

Mark fand es anscheinend gar nicht lustig was er hörte.

"Einen Rechner ausbauen und die Million hinein stopfen? Sie sind wohl nicht bei Trost, schimpfte Mark in den Hörer. Ausserdem können wir nicht in dieser Schnelle

eine Million in bar abheben. Das würde in der Bank Aufsehen erregen. Ausreden? Das sind keine Ausreden.
Wir tätigen keine Bargeschäfte. Übergabe morgen Mittag zehn vor zwölf im Computershop? Das ist nicht möglich!" Klick, die Leitung war tot. Mark liess den Hörer sinken und sah perplex in die Runde: „Ihr habt gehört was dieser Mensch verlangt aber jetzt hat er sich geschnitten.
Er erhält keine müde Mark mehr von uns, den schnappen wir uns auch so."

„Mal langsam, sagte Greg, nach den paar Wortfetzen die wir mitgekriegt haben, kommt es mir tatsächlich vor als mache er sich die Sache zu leicht aber es wäre besser wenn wir wüssten was er genau sagte."

„Na gut. Ich kann euch die paar Sätze genau wiederholen, sagte Mark. „Wir sollen einen unserer Computer ausbauen, ihn mit einer Million füllen - allerdings ohne Fünfhunderter und beim Secondhandladen abliefern. Der Händler habe keine blanke Ahnung von dieser Aktion und der Computer würde gleich nach der Lieferung von einer von ihm gesandten Person abgeholt werden. Wir sollten uns keine krummen Touren ausdenken, denn zu seiner Sicherheit erhalten wir die Unterlagen erst, wenn er die geforderte Summe in einem Frankfurter Schliessfach vorfände und dies könnte eben nur der Abholer des Geldes tun. Das wär's."

"Also brauchen wir doch den Kerl der den Computer vom Händler abholt nur auflauern und ihn nach seinem Auftraggeber ausquetschen", sagte Patrick.

„Dann ist es auch nicht nötig die Million tatsächlich in den Computer zu tun," meinte Stefan.

Greg unterbrach diese Überlegungen. „Ich glaube," sagte er, dass es doch erforderlich ist, das Geld wie verlangt in den Computer zu legen. Mir klingt alles zu einfach und sieht wie eine Falle aus. Der Erpresser kann sagen was er will, aber meiner Meinung nach steckt der Second-handfritze sicher mit in der Sache drin. Der schaut in den Computer, stellt fest dass er leer ist und alarmiert sofort seinen Komplizen. So geht uns der wahre Drahtzieher wieder durch die Lappen und er setzt seine Erpressung fort. Vielleicht erhöht er sogar die geforderte Summe. Fazit - das Geld muss in die Hände der besagten Person gelangen. Wir müssen also den Abholer verfolgen. Nur er kann uns zum Ziel führen."

"Du hast mir nicht richtig zugehört", schimpfte Mark. "Der Abholer soll das Geld in einem Frankfurter Schliessfach deponieren. Also ist der Erpresser gar nicht hier in München."

"Vergiss es!", sagte Greg ironisch. "Das ist ein reines Ablenkungsmanöver." Mark trommelte nervös mit seinen Fingern auf den Schreibtisch. "Dann ist er eben in München! Aber glaubst du der ist so blöd und lässt den

Geldboten direkt zu seinem Versteck kommen? Der erwartet doch dass wir ihn verfolgen."

"Ausserdem", mischte sich Strefan ein, "kann ja ein Kunde, der mit der Sache nichts zu tun hat, den Laden kurz nachdem wir den Rechner abgeliefert haben betreten. Willst du jeden der da rein und rausgeht verfolgen?"

Greg stand auf. "Mir reichts jetzt!", sagte er, "macht doch euren Dreck selber. Er wandte sich zum Gehen.

Mark hielt ihn zurück. „Es geht mir zwar gegen den Strich, sagte er, "aber ich halte mich doch mal an deinen Vorschlag. Wir müssen trotz eines gewissen Restrisiko's, die Million zu verlieren, in den sauren Apfel beissen und tun was der Erpresser verlangt. Ich sehe im Moment auch keine andere Möglichkeit als den Laden zu überwachen und dem Abholer zu folgen." Stefan starrte feindlich an den anderen vorbei, sagte aber kein Wort mehr dazu und Patrick zählte sowieso auf Greg. Somit war dieses Treffen beendet.

An diesem Vormittag sollte die Geldübergabe vorbereitet werden. Der Rechner, den Patrick besorgt und ausgebaut hatte stand schon in Mark's Büro. Es schien als strahle er böse, verärgerte Stimmung aus. Mark betrachtete noch einmal unschlüssig das Geld das er vor sich auf dem Schreibtisch gestapelt hatte. Er dachte an den Erpresser und bereute jetzt seinen voreiligen Entschluss. „Ich denke, sagte er zu Stefan und Patrick, ich habe mich zu schnell bereit erklärt das Geld auf diese Art zu übergeben. Der Kerl hat sich sicher einen besonderen Trick ausgeklügelt. So wie der sich bis jetzt uns gegenüber verhalten hat, beweist doch, dass der sich schon lange ausgerechnet hat, dass wir seinen Helfer oder gar ihn selbst beobachten und ihn bei der Übergabe schnappen wollen."

„Natürlich hat er das," drängte Partick, "aber wir haben nun wirklich schon alle Möglichkeiten durchgekaut. Am besten du steckst die Moneten in den Kasten und ab damit. Wir müssen in der Zeit bleiben."

Wiederwillig legte Mark die gebündelten Scheine in den Computer.

Stefan rief im Auslieferungslager ihres Münchner Baumarktes an. Er verlangte dass sofort ein Fahrer mit einem Lieferauto hierher zum Bürohaus kommen sollte. Anschliessend verstauten sie den kostbaren Computer in den Karton mit der Anschrift des Secandhandshop's.

"Wird schon schief gehen", grinste Patrick und verabschiedete sich.

Die beiden Brüder sahen ihm mit gemischten Gefühlen nach. Sie hofften dass Patrick und Greg Herr der Lage bleiben würden.

Patrick schlenderte auf den Hof und wartete auf den Ausfahrer. Nervös zog er eine Zigarette aus der Schachtel. Er konnte nicht verstehen warum seine Finger beim anzünden des Glimmstengels zitterten. Es gab doch keinen Grund. Greg würde den Kerl schon schnappen.

Endlich bog der Wagen mit der Riesenreklame des Baumarktes um die Ecke. Patrick sah den Mann aussteigen und ins Haus gehen. Er stiess den Rauch aus seinen Lungen und schnippte die Kippe weg. Danach ging er in die Tiefgarage und fuhr mit seinem Wagen hoch. Patricks Aufgabe war es jetzt, den Baumarktfahrer zu folgen und aufzupassen dass dieser den Computer wirklich bei der richtigen Adresse ablieferte.

Alles lief wie geplant. Während der Fahrer des Lieferwagens vor dem Secondhandshop parkte, ausstieg, und den Karton mit dem Computer aus dem Wagen lud, fuhr Patrick auf die entgegengesetzte Strassenseite und blieb da wo man den Laden gut beobachten konnte, stehen. In diesem Moment öffnete Greg die Beifahrertür und setzte sich neben Patrick. Sie sahen den Fahrer in den Laden gehen und schon nach kurzer Zeit wieder herauskommen. In der gleichen Minute schloss der Händler die Eingangstür seines Geschäftes, schob ein Schild mit der Aufschrifft "geschlossen" ins Fenster und liess sofort danach die Rollos herunter.

"Na toll! schimpfte Patrick. Jetzt macht der erst mal gemütlich Pause und wir können warten".

Greg knurrte: „Ich glaube eher, er schaut in aller Ruhe nach ob der Computer das enthält was ausgemacht war. "

"Tja " überlegte Patrick, "dann steht er jetzt vor einem Batzen Geld. Was glaubst du? Informiert er jetzt seinen Komplizen oder sackt er alles alleine ein?"

"Das glaube ich nicht," sagte Greg. "Diese Sache zieht der Kerl sicher nicht alleine durch aber wo bleibt sein Komplitze, der den Computer abholen sollte?"

Patrick zuckte mit der Schulter: „Laut Anweisung müsste er jeden Moment hier auftauchen, also heisst es – abwarten."

Robby wartete geduldig auf Vanessa. Sie hatte noch ein dringendes Gespräch zu führen und hatte ihn schon mal vorausgeschickt. Er hatte aber keine Lust alleine zu Werner zu gehen. Er sah auf seine Armbanduhr. Schon fünf nach zwölf. Sollte er nocheinmal in die Kanzlei zurückgehen? Unschlüssig stand er auf der Strasse.

Dann ging er langsam zurück. Doch als er auf den Eingang zu ging kam Vanessa mit ernster Miene heraus.

Er lief ihr entgegen und fragte: „War das Gespräch so unangenehm?"

Sie hakte sich bei ihm ein und sagte: „Och, schon vergessen, gehen wir noch zu Werner?"

Die Welt schien wieder in Ordnung zu sein und er lachte: „Warum nicht? Wir können ja den Hintereingang benutzen.

Werner hatte seine Jacke angezogen und stand mit dem Schlüsselbund in der Hand an der Tür. „Ich dachte ihr kommt heute nicht, sagte er, dabei könnte ich einen Helfer gebrauchen."

„Was ist denn los? Du bleibst doch sonst in der Mittagspause immer hier."

„Ja, aber mir ist etwas unglaubliches passiert. Kurz vor zwölf kam der Fahrer eines Baumarktes und brachte mir ein Paket. Ich sah das unförmige Ding an und sagte ihm, dass er sich in der Adresse geirrt hätte, denn von der Absenderfirma hatte ich bestimmt nichts bestellt. Doch er zeigte gelangweilt auf die Paketkarte mit meiner Adresse und fragte: „Ist das ihr Schuppen oder nicht?" Also was sollte ich tun? Das Paket war eindeutig für mich bestimmt.

Als ich zögerte, brummte der Fahrer: „Mann, ich will hier keine Wurzeln schlagen" und hielt mir ein Blatt unter die Nase, "ich brauche ihre Unterschrift." Also setzte ich meinen Servus darunter und schloss gleich als er gegangen war meinen Laden. Ich hab dann natürlich in den Karton geschaut und gemerkt dass ein Computer drin ist. Gerade als ich ihn mir näher betrachten wollte, kam ein Anruf aus der Firma des Lieferanten. Man sagte mir, dass der Fahrer aus Versehen nur einen der ausrangierten Computer mitgenommen hätte und die andere Ladung jetzt völlig sinnlos dastehe. Falls ich an der Ware interessiert bin, soll ich sie sofort abholen. Andererseits rufen sie eine Recyclingfirma an. Es juckt mich natürlich hinzufahren, denn sie verlangen keinen Pfennig für die Ware.

Robby war sofort bereit Werner zu helfen. "Ja dann – auf was warten wir noch? Meine Pause dauert nicht ewig."
Dann wandte er sich an Vanessa: "Es tut mir leid, ich..."
„Geht schon klar Robby," beruhigte sie ihn. Dann wandte sie sich fragend an Werner: „Kann ich hier bleiben? Ich würde mich gerne in dein Hinterzimmer setzen und ein bisschen lesen." „Natürlich kannst du da bleiben, keine Frage."
"Vielleicht gehe ich auch später ein wenig spazieren, dann sehen wir uns in der Kanzlei wieder," sagte sie zu Robby. „Vanessa, du bist ein Schatz!" lachte Robby.
Werner schloss für Vanessa die Tür auf, dann eilten sie davon.
Vanessa sah ihnen nach wie sie mit ihren Combi zum Hof hinaus fuhren, dann ging sie in aller Seelenruhe in die Ecke des Zimmers in der der Computer stand. Sie öffnete ihn, nahm die gebündelten Scheine heraus und stopfte sie in die mitgebrachte Einkaufstasche. Danach drückte sie auf einen kleinen Knopf am Schreibtisch und verliess das Gebäude.

Greg sah sich unruhig nach allen Seiten um: "Ich sage dir, die foppen uns. Wir warten geduldig hier vorne und der Händler verschwindet gemütlich durch den Hinterausgang." Patrick schielte auf seine Armbanduhr: "Ist ja grade mal eine Viertelstunde her seit der Laden geschlossen wurde."

"Na und? Ich geh lieber auf Nummer Sicher. Bleib du hier und beobachte das Geschäft von vorne und ich sehe mal nach wies hinten aussieht."

"Wenns sein muss," brummte Patrick.

Als Greg die Wagentür öffnete, drang ihm der schrille Ton von Polizeisirenen entgegen. Hastig zog er die Tür wieder zu und beschloss die Polizisten erst vorbeifahren zu lassen. Dem einen Streifenwagen folgte ein zweiter. Beide preschten direkt zum Computerladen und stoppten dort mit kreischenden Bremsen. Verblüfft beobachteten Greg und Patrick wie die Beamten das Haus umzingelten.

Greg sträubten sich die Nackenhaare: "Fahr los!" zischte er. "Ich kann gerne darauf verzichten von den Bullen hier gesehen zu werden."

Patrick startete sofort ohne jeden Komentar seinen Mercedes und fuhr ein paar Strassen weiter. Genervt suchte er eine Parklücke. "Und jetzt?"

Greg schüttelte grimmig den Kopf: "Das fragst du noch? Die Kerle sind cleverer als ich dachte. Lösen einfach den Alarm aus und hindern uns somit tätig zu werden."

Patrick zweifelte: "Glaubst du wirklich dass die so unverfroren waren die Polizei zu rufen?"

"Wer sonst wohl?" schimpfte Greg. "Oder hast du irgend Jemanden gesehen der mit Gewalt in den Laden eingedrungen ist?"

Patrick schüttelte den Kopf: "Nein, natürlich nicht – aber was sollen wir jetzt tun?"

"Abwarten," brummte Greg. "Die Polizisten werden jetzt versuchen den Ladenbesitzer ausfindig zu machen. Danach wird sich herausstellen, dass es nur ein Fehlalarm war und dann ziehen sie wieder ab."

Patrick schnaufte erregt: "Und das Geld?" Greg zuckte mit den Schultern. "Entweder befindet es sich noch im Geschäft oder es war schon einer im Hinterzimmer der das Geld sofort nach dem Erhalt des Computers herausgenommen hat und damit über alle Berge ist."

"Na prima," ärgerte sich Patrick, "und was sagen wir Mark und Stefan?"

Für Greg schien das die geringste Sorge. "Die werdens schon verkraften," unkte er. "Aber ich werde meine sanfte Taktik gegen dem Erpresser ändern."

Robby sah besorgt auf seine Uhr." Wenn der Verkehr auf dem Rückweg genauso dicht ist wie jetzt, sehe ich schwarz. Dann kommen wir nie pünktlich zurück und die Foss bläht sich auf wie ein Kampfhahn."

„Mach dich doch nicht so verrückt, die kriegt sich schon wieder ein, wir sind ja gleich da. Zu zweit haben wir die Computer im Nu verladen."

Ja schon, sagte Robby, ich weiss selbst nicht warum ich vor der Frau so kusche. Ich bin echt froh, dass der Chef am nächsten Montag wieder zurück kommt. Wenn der da ist, wird das Arbeitsklima wieder besser."

Werner nickte: "Das hoffe ich für dich." Er fuhr jetzt in die Landsbergerstrasse in der die Firma mit den abzuholenden Computern sein sollte.

Robby konzentrierte sich auf die Hausnummern. Als er die richtige entdeckte, sagte er schnell: „Da rechts- da musst du einbiegen. Sie holperten die schlecht geteerte Einfahrt entlang und stoppten im Hof. Hier bot sich ihnen ein trostloses Bild. Der Gebäudekomplex bestand aus mehreren verrotteten Hallen. Ein Arbeiter schleppte irgendwelchen Schrott zu einem altersschwachen Laster. Werner ging auf ihn zu und fragte ihn nach der angegebenen Firma. „Die haben schon vor etwa einen Monat dicht gemacht", knurrte der und belud ohne Werner und Robby weiter zu beachten den Laster.

„Das ist der Hammer!" schimpfte Robby, ich denke es hat dich einer von hier angerufen?"

„Klar, sagte Werner. Der hat mir genau diese Adresse eingeschärft. Vielleicht hätte ich mir doch sagen sollen dass etwas faul an der Sache ist, überlegte Werner, denn auf dem Lieferwagen des Fahrers der mir den Computer brachte, befand sich die Reklame einer Baufirma aber nicht die, zu der ich fahren sollte."

„Das besagt gar nichts," sagte Robby, "ich kenne mehrere Geschäfte die für Fremdfirmen Werbung machen. Es könnte aber auch sein dass die Firma ihren

Sitz nur ein paar Häuser weiter verlagert hat und dass sie dir die falsche Hausnummer angegeben haben."

„Ich weiss nicht...?" Unschlüssig gingen sie noch ein Stück weiter und fragten dann eine Frau die aus einer der Hallen kam nach der besagten Firma. Die zuckte nur unwillig die Schulter: „Die haben aufgehört – sind pleite, fragen sie mich bloss nicht wo sie zu finden sind - das wüste ich auch zu gerne." Das wars. Robby und Werner hatten keine Lust sich noch weitere Details anzuhören.

Sie bedankten sich und trotteten verärgert zu ihrem Auto. Auf dem Rückweg fuhr Werner als hänge ihm der Teufel im Genick. Er kochte vor Wut. "Wenn ich den erwische, knurrte er, mache ich Hackfleisch aus ihm."

"Tust du ja doch nicht, lachte Robby, aber ich wüsste auch gerne, wer sich so einen Schwachsinn ausdenkt."

Nach einen Blick auf sein Uhr, sagte Robby: "Ich glaube Vanessa ist schon zur Kanzlei gegangen. Du könntest mich auch da absetzen." "Klar," erwiderte Werner und stoppte rechtzeitig vor dem Bürogebäude in dem Robby arbeitete. Als er wieder weiterfuhr, dachte er dass ihm durch diese ungewollte Zeitersparniss sogar noch ein paar Minuten für die Mittagspause blieben. Doch dann sah er das Polizeiauto vor seinem Geschäft stehen.

Obwohl er sich keiner Schuld bewusst war, stieg ein mulmiges Gefühl in ihm hoch. Was hatte dies nun wieder zu bedeuten? Hatte Jemand bei ihm eingebrochen? Verdammt! Sicher hatten die Polizisten versucht ihn zu erreichen und er hatte vor lauter Eile sein Handy im Laden vergessen. Bald darauf war klar dass es sich um einen Fehlalarm gehandelt hatte.

"Teurer Spass!" sagte einer der Polizisten. "Sie sollten ihre Anlage überprüfen lassen."

Am liebsten hätte Werner ein paar Flüche losgelassen aber er hielt sich damit zurück und bedankte sich für den Einsatz der Beamten und verabschiedete sie. Das war heute bestimmt nicht sein Tag. Erst die unnötige Fahrt durch halb München und jetzt die defekte Alarmanlage.

Oder war sie gar nicht defekt? Ihm wurde klar dass ihn Jemand ganz gewaltig verarschen wollte. Aber wer? Und was war mit dem Computer, der ihm Mittag geliefert wurde? Er ging ins Nebenzimmer und holte den Computer aus dem Karton. Er bestand nur aus einem leeren Gehäuse.

Greg reichte es. Er war daran gewöhnt auf Kunden zu warten, Leute stundenlang zu beschatten, aber es musste ein genauer Zweck dahinter stecken. Hier in dieser Seitenstrasse auszuharren bis die Polizei von dem Computerladen wieder abzog war schlicht und einfach sinnlos. "Eins zu Null für den Erpresser", sagte er zu Patrick. "Aber die nächste Runde geht an mich."

"Hast du schon einen Plan?"

"Keinen konkreten. Nur – hier so herumzusitzen bringt nichts. Ich schlage vor, du fährst zurück in dein Büro, benachrichtigst die Brückners über den missglückten Verlauf und ich seh mich mal unauffällig in der Gegend um."

"Du bist gut! Mark macht mir die Hölle heiss und wenn ich schon an Stefans blödes Gegrinse denke! Sehen wir doch lieber erstmal nach ob die Polizei schon weg ist. Womöglich sitzt der Ladenbesitzer jetzt irgendwo herum, isst gemütlich zu Mittag und hat keine Ahnung von dem Fehlalarm. Vielleicht hängt der, der den Computer abholen sollte genauso wie wir hier in der Nähe herum und wartet bis der Laden wieder geöffnet wird."

Greg griff sich an die Stirn: "Ich fasse es nicht! Du glaubst also immernoch dass der Händler ein Unschuldslamm ist."

Patrick sagte nervös: "Ich weiss selbst nicht was ich von der ganzen Chose halten soll aber bevor ich den Brüdern Bericht erstatte müssen wir doch alles erdenkliche versuchen Denjenigen zu finden, der jetzt das Geld hat."

„Natürlich!" stimmte ihn Greg zu, "aber nicht auf diese falsche Weise. Also überlass mir die Sache. Du weißt doch dass ich alleine am Besten arbeiten kann." Danach öffnete Greg die Wagentür und stieg aus: "Ich melde mich am Abend - tschüss."

Patrick starrte Greg so lange ungläubig nach, bis er ihn in die nächste Strasse einbiegen sah, dann schlug er mit seiner flachen Hand auf das Lenkrad: "Verdammt," schimpfte er, "Greg kann mich doch jetzt nicht alleine zu Mark und Stefan schicken. Soll ich denen vielleicht sagen: "Die Sache ist schief gelaufen, aber beruhigt euch, Greg liegt auf der Lauer und schnappt sich den Kerl mitsammt der Million?" Hastig griff er in die Jackentasche, holte seinen Flachmann heraus und genehmigte sich einen kräftigen Schluck. Danach beruhigte er sich wieder. "Was soll`s, schliesslich ist Greg der Detektiv. Er wird schon wissen wie man dem Erpresser auf die Pelle rückt. Nach einem kurzen Blick zurück startete er seinen Wagen und fuhr los. Seine Partner mussten eben genau wie er auf eine possitive Nachricht von Greg warten.

Werner warf einen lustlosen Blick auf die Uhr. Eigentlich sollte er den Laden schon seit einer halben Stunde geöffnet haben aber er benötigte eben eine gewisse Zeit um die letzten Erlebnisse zu verdauen. Er überlegte schon, ob er nicht gleich lieber hinauf in seine Wohnung gehen sollte. Dieser Tag war mehr als mies – nichts als Ärger. Und wenn das so weiterging? Aber dort würde er auch nur sinnlos herumsitzen und über das Geschehene nachsinnen, was im Endeffekt auch nichts brachte. Ihm fiel das Klassentreffen das er am Abend in einem Lokal gleich in der Nähe seines Ladens haben würde ein. Es würde ihm sicher Spass machen. Der Gedanke daran entspannte ihn ein wenig.

Gerade als Greg in die Strasse in dem der Computerladen lag, einbog, stoben die Polizeiwagen an ihm vorbei. "Die Luft ist wieder frei"; atmete er auf. Jetzt konnte er ungehindert seiner Arbeit nachgehen. Als er am Geschäft vorbei ging, bemerkte er, dass es noch geschlossen war. "Vielleicht will der Vogel gerade ausfliegen?" Als er das Haus umrundete stellte er fest, dass der Hintereingang des Ladens zugleich der Haupteingang zu den Wohnungen oberhalb war. Die Parkplätze im Hof waren fast alle belegt. Auf einem davon stand ein Kombi mit der Reklame des Computerladens. "Also ist das Früchtchen doch noch hier!" grinste Greg. Einen Moment lang überlegte er sich, ob er hier warten sollte bis ein Bewohner kam oder das Haus verlies um das Haus von hinten zu betreten, aber dann beschloss er doch nocheinmal zur Vorderfront zu gehen.

Als Werner den Laden öffnete, stand schon der erste Kunde vor der Tür und schob sich noch ehe er den Schlüssel wieder herausgezogen hatte an ihm vorbei zu den Computerregalen und sah sich neugierig um. "Der hats aber eilig", dachte er, und folgte den hühnenhaften Mann. Er setzte zu der Frage an, ob er ihm behilflich sein könne aber der abweisende, grimmige Blick des Kunden lies ihn schweigen. Der Mann sah sich jeden Computer genau, ja fast prüfend an. Werner beschlich ein seltsam unruhiges Gefühl. Lag es daran, dass er schon wieder irgendeinen Ärger witterte oder ganz einfach weil ihn der Kunde unsymphatisch war? „So ein Mist," ärgerte er sich, der hat mir gerade noch gefehlt. Sucht ne ganze Weile, kauft dann doch nichts und verdirbt mir den letzten Rest von Optimissmus für diesen Tag. Ob der Abend wenigstens erfreulicher verlaufen würde? Er beobachtete den Mann wie er einen Computer nach dem anderen fast verächtlich betrachtete, der den er suchte schien nicht dabei zu sein. Am liebsten hätte er ihn gebeten ein anderes Mal wieder zu kommen. Doch der unsymphatische, wirsche Ausdruck in dessen Gesicht lies ihn zögern. Endlich sah es so aus als habe der Kunde genug gesehen und wolle gehen. Er wandte sich zur Tür, drehte sich dann doch noch mal um und fragte Werner nach einer bestimmten Marke.

"Tut mir leid, sagte Werner, zur Zeit habe ich kein einziges Teil davon."

„Ich denke du irrst dich da, sagte der Fremde mit dunkler Stimme und schob sich nahe an Werner heran. Du hast sogar zwei von der Sorte. Aber von dem einen interessiert mich nur die Festplatte und vom anderen der Zaster."

Festplatte? Zaster? Hatte er es mit einem Verrückten zu tun? Oder war es der Kerl, der ihn heute Mittag so zum Narren gehalten hatte? Was sollte dies blos alles? Der Name der Marke des Computers kam ihn wieder in den Sinn und plötzlich klingelten in seinem Gehirn sämtliche Alarmglocken. Vielleicht sprach der bärige Mensch von der Festplatte die er Robby verkauft hatte und von der dieser die brisanten Daten hervorgeholt hatte. Jedenfalls war es diese Marke. Aber woher wusste dieser bedrohliche Brocken, dass auf der Festplatte noch Daten existierten und weshalb kam er erst Wochen nach dem dieser Neufeld ihm die Computer überlassen hatte und damit rechnen musste, dass alle Computerteile schon verkauft waren? Oder gab es noch eine Festplatte mit geheimen Daten? Und was sollte das mit dem Zaster?

Seine Gedanken wirbelten verworren im Kreis. Nur das eine wurde ihm klar – er durfte diesen Widerling auf keinen Fall etwas über Robby verraten. Vielleicht gab es aber noch einen anderen Hacker, der das selbe tat wie Robby, aber zum Zweck Geld aus seinem Wissen zu schlagen? Um Zeit zu gewinnen sagte er: „Festplatten sind dort drüben im Regal. Vielleicht ist die passende dabei". Aber was sollte er tun?

Obwohl Greg vermutete dass er auch in diesem Regal nicht das finden würde was er suchte, steuerte er darauf zu. Ihm war das kurze Zögern von dem Händler nicht entgangen und er fragte sich mit welcher Raffinesse dieser sich heraus winden würde. Er sah sich die Festplatten an als hoffe er das Teil doch noch zu finden.

,,Dabei spürte er intensiv wie fieberhaft der Bursche nach einem Ausweg suchte. „Der sähe mich wohl am liebsten am anderen Ende der Welt" grinste er zynisch in sich hinein.

Werner fasste Mut und fragte den lästigen Typen: "Würden sie mir ihre Telefonnummer geben? Mir ist nämlich gerade eingefallen dass ich in den nächsten Tagen so einen Computer wie sie benötigen, hereinbekomme. Ich werde sie dann sofort anrufen."

„So, das würdest du also tun? Wie freundlich von dir," sagte der Boddygardtyp drohend.

Sein hinterlistiger Blick bohrte sich in Werners Augen und liess ihn erschauern. Er fühlte dass das Spiel zu Ende ging. Zwar war er auch nicht gerade schwach und klein und sicher auch nicht feige aber als der Zweimetermann ihm immer näher auf die Pelle rückte, standen ihm die rotblonden Stoppelhaare zu Berge.

„Schluss jetzt mit den Mätzchen – rück das Geld und die Festplatte raus – oder..."

„Aber ich habe wirklich keine derartige Festplatten mehr", schwor Werner, „die habe ich schon längst alle verkauft."

„Dann schieb die Adressen der Kunden rüber."

„Ich weiss nicht wem ich sie verkauft habe. Die Bürocomputer zerlege ich immer gleich nach Erhalt in Einzelteile."

„Ach so ist das, du bist dir also sicher dass es ein Bürocomputer war, interessant!" Werner traten die Schweissperlen auf die Stirne. Sie nannten mir doch die Marke," versuchte er zu retten was zu retten war. "Ich kann ihnen die Liste meiner Stammkunden geben."

„Warum nicht gleich so? Her mit der Liste!"
„ Es ist aber nicht sicher dass einer der Kunden auch der Käufer ist. Ich habe auch viele Laufkunden," wagte Werner einzuwenden.
Aber seinen Bedroher liess das kalt- die Liste", zischte er durch die Zähne. Werner wusste dass es keinen anderen Ausweg mehr gab. Er ging zur Ladentheke, kramte aus der Schublade die Liste hervor und hoffte dass der Mann, der schon wieder neben ihm stand, endlich zufrieden war. „Ich muss Robby so schnell wie möglich warnen," kam es ihm in den Sinn. Zum Glück hatte er Robbys Adresse nicht eingetragen. So konnte dieser bedrohliche Mensch gar nicht auf ihn kommen.
Greg nahm die Liste, steckte sie in seine Tasche und fragte: „Und wo ist der Computer der dir heute geliefert wurde?" „Heute? Ach so, der steht draussen im Nebenraum. Da hat sich einer einen schönen Scherz mit mir erlaubt, der ist vollkommen unbrauchbar. Keine Festplatte – nichts...!"
Greg kochte vor Wut. Seine mit feinen Nappaleder behandschuhten Hände packten Werner am Kragen und er zischte: „Den Zaster – oder ich vergesse mich."
„Ich hab kein Geld", stammelte Werner.
Greg liess ihn los. So kam er nicht weiter und ausserdem konnte noch ein weiterer Kunde hereinplatzen deshalb sagte er: „So, du Früchtchen, jetzt schliesst du erst mal den Laden und dann sehen wir uns gründlich um." Dann

beobachtete Greg ihn als er widerwillig seinen Schlüssel hervorholte, ging dicht hinter ihm mit zur Tür – man konnte ja nie wissen ob der Bursche vor Panik davon rennen würde und schubste ihn als er auch noch die Rollos heruntergelassen hatte zum Nebenraum. Er befahl ihm alle Schubladen und Schränke zu öffnen. Doch jede Suche blieb vergebens. Der Computer stand tatsächlich leer da und die Million schien sich in Luft aufgelöst zu haben. Greg schalt sich und Patrick insgeheim als vollkommene Idioten. Er grollte innerlich. "Es war also tatsächlich so wie ich mir es gedacht habe. Als Patrick und ich hier angekommen sind um das Geschäft zu beobachten, war der Erpresser sicher schon im Hinterzimmer. Während wir im Auto gewartet haben, hat er das Geld genommen und ist damit durch den Hintereingang getürmt. Wahrscheinlich hat der Händler selbst den Alarm ausgelöst und ist danach weggefahren. Greg hätte sich am liebsten selbst georfeigt aber noch wollte er nicht aufgeben. Vielleicht war es auch ein Bluff und sie hatten das Geld hier irgendwo versteckt. „Wo ist dein Lager? fragte er und bemerkte dabei wie der Bursche erschrak.

„Im Keller",sagte er gedrückt."

„Gut, dann suchen wir weiter."

Eine steile Treppe führte hinunter in den Keller und ein leicht modernder Geruch stieg ihnen entgegen. Die schwache Funsel beleuchtete nur spärlich den mit Karton vollgestopften Kellerraum. Aber auch hier musste Greg sich überzeugen lassen, dass die Suche sinnlos war. Brummend dirigierte er Werner wieder zur Treppe und schubste ihn nach oben.

Werner stolperte mehr als er ging und hoffte dass ihn dieser Fiesling jetzt endlich in Ruhe liess. Er spürte den heissen Atem seines Bedrohers im Nacken, doch er wagte sich nicht umzudrehen. Er sah nach oben zur Kellertür. Sie war ins Schloss gefallen und dieser Anblick löste ein fröstelndes, panikartiges Gefühl in ihm aus. So als käme er nie mehr aus diesem kalten Gewölbe. Er versuchte die Stufen schneller zu nehmen, aber irgendwie schienen ihm die Treppen heute höher oder lag es an ihm, dass sich seine Füsse so langsam vorwärts bewegten? Endlich erreichte er das Treppenende. Er griff nach der Türklincke und in diesem Moment holte Greg aus und brach ihm mit einem gezielten Handschlag das Genick. Danach legte er eine Plastiktüte auf die Treppe, stellte die Füsse des Toten fest darauf um die Fussabdrücke festzuhalten und stiess ihn die Treppe hinunter.

Der Mörder grinste hinab auf den verrenkten Händler. Ein bedauerlicher Unfall! Er konnte eben kein Risiko eingehen und der Komplize von dem da unten würde ihm auch bald ins Netz gehen. Er schob die Kellertür zu und ging zurück in Werners Hinterzimmer. Dort schloss er die geöffnten Schubladen und Schränke, überzeugte sich dass sich alles wieder an der richtigen Stelle befand und verliess durch den Hinterausgang den Laden.

Vanessa stellte die Einkaufstasche auf den Stuhl, öffnete sie, entnahm ihr ein Bündel Geldnoten nach dem anderen und bedeckte den Tisch damit. „Sieht doch ganz manierlich aus," sagte sie zu sich selbst und lachte.

Dieses Apartment hat bestimmt noch nie so viele Hunderter auf einen Schlag gesehen. Schade dass keiner von all den beteiligten Herren je erfahren wird, wer dieses Spielchen mit ihnen treibt. Sie hätte gerne die verdutzten Gesichter gesehen. Doch das wäre das Ende vom Lied gewesen. Dafür bekam der Plan in ihrem Computer wieder einen dicken Punkt verpasst. Jetzt war sie schon auf der Mitte zu ihrem Ziel angelangt. Wie werde ich mich fühlen wenn ich ganz oben bin? Bis dahin ist noch ein weiter Weg und es können noch viele Stolpersteine auf mich lauern. Wieso sank ihre Laune in den Keller? Sie hatte doch nicht den geringsten Anlass an ihrem Erfolg zu zweifeln. Sie packte das Geld wieder in die Tasche und stellte sie in den Schrank. Wie sollte sie nur diese Stimmungsschwankungen in den Griff bekommen? Beim Anblick des Geldes war sie noch so euphorisch und bei den Gedanken an Stefan und Mark siegte eine kurze Weile dieses ätzende pessimistische Gefühl. Vielleicht lag es an den Fotos und Berichten über die Brüder Brückner, die sie am Nachmittag im Tageszeitungsverlag angesehen hatte. Jetzt da sie ihren finanziellen Aufstieg geklärt hatte, musste sie sich entscheiden welchen der

Brüder sie sich erobern sollte. Vielleicht störte es sie doch, dass die Beiden verheiratet waren? Bei welchem der Brüder würde es ihr leichter fallen die Ehe zu zerstören? Zuerst hatte sie sich Stefan vorgenommen.

Sein Privatleben erschien ihr ziemlich langweilig. Es gab jedenfalls ausser seiner Hochzeit mit der Tochter eines Rheinländischen Politikers keine nennenswerte Berichte über ihn. Nachdem sie die Fotos über jenes Ereigniss studiert hatte, befand sie Stefans Gesichtszüge zu weich.

Oberflächlich betrachtet war er ein schöner Mann ohne Kanten und Ecken, fast wie aus einem Modejuornal aber vielliecht war es gerade das, was ihn für sie so langweilig werden liess. Seine Frau passte im Aussehen perfekt zu ihm. Ein Paar wie aus einem Hochzeitskatalog entsprungen. Über Mark gab es vor seiner Heirat mehrere Frauengeschichten zu berichten und seine Verbindung mit Bettina Hattinger schien für die Presse eine Sensation gewesen zu sein. Es gab jede Menge Fotos von dem Paar. Doch bei diesen Bildern hatte sie eine knisternde Spannung verspürt. Die Frau war fast so gross wie ihr Mann. Es konnte auch an den Stöckelschuhen liegen. Sie besass die Figur und das Gesicht einer Sportlerin. Ihr Lächeln drückte Selbstsicherheit und Optimismus aus, überspielte ihre etwas männliche Art. Sie schien echt verliebt in ihren Mann zu sein. Mark Brückner wirkte im Gegensatz zu Bettina kalt und unpersönlich. Sein Lächeln schien in seine harten Gesichtszüge eingebrannt zu sein und sagte nichts von Liebe aus. Vanessa betrachtete seine Augen und glaubte dass sie selbst auf dem Foto Berechnung und Unnachgiebigkeit ausstrahlten. Als sie die Bilder der Brüder neben einander gelegt hatte, hatte sie zwar bemerkt wie ähnlich sie sich sahen war aber geschockt über die unterschiedliche Ausstrahlung der Beiden gewesen. Stefan schien sämtliche Weichheit aus Mark gesogen zu haben und Mark wiederum die ganze Härte aus Stefan. Wieso hatte die Natur dies nicht besser ausgeglichen? Für wen sollte sie sich also entscheiden?

Später als sie die Zeitungen über die Ereignisse dieses Jahres durchgelesen hatte, war sie auf den Artikel über Bettinas Unfall gestossen. Und dann war der entscheidende Groschen gefallen. An einem Mann dessen Frau im Rollstuhl sass heranzukommen war die leichteste Art. Sie auszuschalten schien ihr schon schwieriger. Noch schwieriger würde es sein diesen harten Mann total für sich zu gewinnen. Doch sie glaubte, der Kampf würde sich lohnen. Sie hatte sich auch noch Patrick Neufelds Gesicht eingeprägt, der als Trauzeuge bei Mark's Hochzeit fungiert hatte, aber es war ihr zu flach, zu nichtssagend vorgekommen und ausserdem besass er nur einen geringen Anteil an der Firma. Er erhielt die Note fünf. So erhob sie Mark zu ihrem Favoriten. Aber weshalb wurde sie noch immer von dieser negativen Stimmung gequält? Vielleicht lud sie sich doch zuviele Probleme auf? Ihre Gedanken schweiften ab und landeten bei Robby.

Sie setzte sich in ihren Sessel und liess die Szene, die sich ihr kurz vor Ende der Mittagszeit bot, an ihr vorüberziehen. Als sie am Büroeingang auf ihn gewartet hatte, war er ihr mit mürrischen Gesicht entgegen gestampft.

„Ist etwas passiert?" hatte sie ihn gefragt.

„Nein passiert ist nichts, hatte er gemurrt. „ Aber irgend so ein Idiot hat Werner auf den Arm genommen. Die Firma die angeblich ihre Computer loswerden wollte existiert überhaupt nicht mehr. Die ganze Herumfahrerei war für die Katz."

Am liebsten hätte sie bei seiner Schilderung spöttisch gelacht, denn diese Geschichte hörte sich noch besser an, wie die, die sie sich ausgedacht hatte. Damit sie in aller Ruhe den Computer entleeren konnte, hatte sie im Branchenbuch nach einer Firma die weit genug von Werners Laden entfernt war gesucht. Die Firma in der Landsbergerstrasse hatte ihr gerade richtig ins Konzept gepasst. Sie ahnte jedoch nicht, dass es diesen Betrieb nicht mehr gab. Pech für Werner, dass er auf ihren Telefonanruf hin genauso reagierte wie sie es von ihm erwartet hatte.

„Also, das ist ja ein böses Komplott", hatte sie sich empört. "Wer kann Werner nur so auf den Kicker haben?"

„Keine Ahnung, aber hoffentlich lässt sich der Spinner nicht noch mehr solcher Dinge einfallen."

Sie hatte Robby gefragt ob er heute noch einmal zu Werner gehen wird und er hatte verneint und von einem Schülertreffen zu dem Werner am Abend eingeladen war, gesprochen.

Dann hatte sie auf ihre Armbanduhr gesehen und gesagt: „Schon fünf vor zwei, wir müssen zurück ins Büro." „Tatsächlich, hatte er unmutig gesagt und auf ihre Tasche gedeutet. Hast inzwischen eingekauft?"

„Ja, ein paar Vorräte, hatte sie geantwortet und sich erschrocken an die Stirn gegriffen: „Du lieber Himmel, ich habe meinen Artztermin vergessen! Der ist heute um vier Uhr. Die Foss wird nicht gerade begeistert sein, wenn ich ihr das jetzt sage."

„Darauf kannst du dich gefasst machen, hatte er ihr zugestimmt und ihr Hals und Beinbruch gewünscht. Sie hatte ihm noch versprochen ihn am Abend anzurufen, dann war sie zur Foss gegangen. Danach hatte sie eigentlich gleich zum Zeitungsarchiv fahren wollen. Doch ihre Gedanken waren nur bei dem Geld gewesen, das in ihrer Tasche geknistert hatte. Es war ihr dann doch zu gewagt gewesen die Scheinchen die ganze Zeit über mit sich herumzuschleppen. Deshalb hatte sie sich ein Taxi genommen, hatte sich nach Hause fahren lassen und das Geld dort versteckt.

Sie sah sich in der Wohnung um und fand dass es auch hier kein echtes Versteck für das Geld gab. Sie packte es wieder in die Tasche und machte sich auf den Weg zur Bank. Dort würde sie sich ein Safe mieten und ihre Scheinchen darinnen deponieren.

Rainer Merz fragte sich warum Robby an diesem Morgen so unkonzentriert arbeitete. Sein sonst so fröhlicher, unkomplizierter Kollege sah fahl und übernächtigt aus. Als er jetzt wieder nervös auf die Uhr sah, konnte sich Rainer nicht verkneifen Robby zu hänseln: "War wohl eine lange heisse Nacht?"
Doch Robby gab nur ein mürrisches – "lass mich in Ruhe" – von sich. Er verspürte nicht die geringste Lust mit Rainer über sein Gefühlsleben das momentan wild routierte zu sprechen. Ständig musste er an Vanessa denken. Gestern Abend hatte sie ihn angerufen und ihm leichthin erklärt, dass sie in den nächsten Tagen der Arbeit fern bleiben und ihn wieder anrufen werde. Toll!
Und wann sollte er sie wiedersehen? Noch ehe er ihr weitere Fragen hatte stellen können, war sie wieder aus der Leitung gewesen und wieder hatte er weder ihre Telefonnummer noch ihre Adresse von ihr erfahren.
Dieses Versteckspiel stürtzte ihn immer mehr in seelische Zwiespälte. Ohne Vertrauen, so sagte er sich, gibt es für eine gute Partnerschaft keine Basis. Also wäre es am besten sie zu vergessen. Doch nur wenige Minuten

nach diesen Gedanken sehnte er sich wieder nach ihr, wünschte sie zu sehen um über ihre gemeinsame Zukunft zu sprechen. Ob er wohl jemals seine innere Ruhe wieder finden würde? Als er das Büro betreten hatte, war er versucht gewesen Emmi Foss nach Vanessa's Adresse zu fragen. Aber dann hatte er sich das neugierige Gesicht der Sekretärin vorgestellt und beschlossen es lieber bleiben zu lassen. Auch noch Komplikationen in der Firma. Nein danke! Stattdessen hatte er sich vorgenommen, in der Mittagspause mit Werner über sein Problem zu sprechen. Ihm konnte er vertrauen. Schon gestern Abend war er versucht gewesen Werner zu Rate zu ziehen aber er hatte ihn weder in seiner Wohnung noch im Geschäft erreicht. Als er schon überlegt hatte, ob der Freund wohl auch so ein kleines Geheimnis mit sich herumschleppt, war ihm eingefallen, dass dieser von einem Klassentreffen gesprochen hatte. Er tippte wieder ein paar Zahlen ein und versuchte sich auf seine Arbeit zu konzentrieren.

Rainer Merz sah ihn an, als wolle er sagen: "Du spinnst dich schon wieder aus; behielt aber alle weiteren Kommentare für sich.

Endlich Mittag! Pünktlicher als sonst, schob Robby seinen Drehstuhl zurück und verliess das Büro. Mit lang ausholenden Schritten eilte er zu Werner. Der Laden war schon zu und Robby wunderte sich, dass das Schild „Geschlossen" nicht an der Eingangstür hing. Manchmal stellte Werner es ins Fenster, aber auch da war es nicht zu sehen. Das hatte er noch nie erlebt. Werner war ein Ordnungsfanatiker. Selbst in der grössten Eile stellte oder legte er seine Sachen an den gewohnten Fleck. War er etwa wieder so einen komischen Anrufer auf dem Leim gegangen? Das konnte er sich nicht vorstellen. Doch wo konnte er sein? Vielleicht sitzt er doch schon im Nebenzimmer, sagte er sich und lief zum Hintereingang. Aber heute erwartete Werner ihn nicht wie sonst an der Tür.

Ein beklemmendes Gefühl legte sich über Robby's Brust. Irgend etwas war anders als sonst. Er kramte den Schlüssel, den Werner ihm für Notfälle anvertraut hatte, aus seiner Tasche und schloss auf. Die feindliche Stille die ihn empfing flösste ihm noch mehr Unbehagen ein.

Dann schalt er sich überspannt und suchte nach einer Nachricht die Werner eventuell für ihn hinterlassen hatte.

Als er nichts dergleichen fand wandte er sich enttäuscht zum Gehen. In diesem Moment entdeckte er das spärliche Licht das an der nur angelehnten Kellertür hervorlugte. Gespannt ging er hin und tastete sich vorsichtig die Treppen hinab. Und dann sah er Werner am Boden liegen. Entsetzt kniete er sich neben ihn, rief ihn beim Namen aber Werner gab keinen Laut von sich und fühlte sich eiskalt an. Wie im Trance lief Robby nach oben und rief den Notarzt, dann setzte er sich zitternd auf den nächst besten Stuhl, sprang aber gleich wieder auf und ging zum Fenster. Der Arzt kam schon nach wenigen

Minuten, stellte sachlich den Tod von Werner fest und rief die Polizei. Als die Beamten kamen, sicherten sie alle Spuren, stellten jede Menge Fragen, die Robby mechanisch beantwortete. Aber er begriff nicht wie dieses Unglück geschehen konnte.

In den letzten Tagen fragte sich Mark wiederholt wie er eigentlich noch zu seiner Frau stehe. Wenn sie nicht bei ihm war, sah er sie noch so flott und burschikos wie früher. Mit den kurzen blonden Haaren die selbst ein stürmischer Wind nicht zerzausen konnte, vor sich. Doch wenn sie beieinander sassen kam es ihm vor, als habe sich seit dem Unfall nicht nur ihr Körper, sondern auch ihre Einstellung zum Leben geändert. Sie wurde ihm zusehends fremder. Aber das war es nicht was ihm an ihr am meisten störte. Es gab genügend Abwechslung für ihn und genügend Frauen die ihn gerne verwöhnten. Es war ihr Misstrauen ihm gegenüber. Er fühlte es mit jedem Blick, mit jeder Frage die sie ihm stellte. Und dies konnte gefährlich werden. Zwar hatte er Stefan und Patrick gesagt, ihm sei, als er von Greg erfuhr dass Bettina nichts von der Erpressergeschichte wusste, ein Stein vom Herzen gefallen, doch dem war nicht so. Er dachte verdammt oft an Greg, schob aber diese Gedanken jedesmal zurück. Mitwisser konnte er nicht gebrauchen. In seiner jetzigen Lage war es besser aller Welt vorzugaukeln wie sehr er seine Frau noch liebe. Er lockerte seine Krawatte und grinste Bettinas Bild auf seinem Schreibtisch an: „Warum nicht gleich hier in meinem Büro mit der Komödie beginnen"? Er liess sich eine Tasse Kaffee von Frau Kiesel bringen und bat sie anschliessend einen Blumenstrauss für seine Frau zu bestellen. „Ich glaube", sagte er zu ihr, "dass wir die heutigen Termine auf einen späteren Zeitpunkt verschieben können. In den vergangenen Wochen blieb mir viel zu wenig Zeit für meine Frau. Zufrieden bemerkte er die erstaunte Reaktion seiner Sekretärin. Wahrscheinlich traute sie ihm solche menschlichen Züge gar nicht zu. Er nahm die Unterschriftenmappe zur Hand und unterzeichnete die Papiere die an diesem Tag noch bearbeitet werden mussten, und als der Bote den Strauss lieferte, verabschiedete sich Mark von Frau Kiesel.

Als er eine Stunde später daheim ankam, ging er sofort zu Bettinas Zimmer. Noch ehe er anklopfte, vernahm er Luisas hohe Stimme. Vorsichtig drückte er auf die Klinke, öffnete die Tür einen winzigen Spalt und belauschte das Gespräch der Schwägerinnen.

„Ich habe noch nie so eine unvernünftige Frau wie dich erlebt, tadelte Luisa Bettina soeben. Du hast diesen Raum in einen Gymnastiksaal mit integriertem Büro verwandeln lassen. Dabei sollte es doch ein bequemes Krankenzimmer sein, in dem du dich erholen kannst – aber wie mein Vater schon sagte...!" „Bitte Luisa, verschon mich mit deinen guten Ratschlägen. Ich kann nicht länger nur so dasitzen und die Wände anstarren."

„Aber ich besuche dich doch sooft es meine Zeit erlaubt."

„Dafür bin ich dir auch dankbar, doch ich vermisse das Leben draussen, das geschäftliche Flair, die Gespräche mit den Kunden. Ich möchte wieder ein vollwertiges Mitglied dieser Gesellschaft sein, ohne mitleidige Blicke auf meinen Rollstuhl oder Krücken. Um dies zu erreichen muss ich mehr wie das bisschen Gymnastik mit Schwester Ina, für meinen Körper tun. Ich muss jederzeit wenn ich mich dazu in der Lage fühle, trainieren können, sodasss ich bald wieder ohne Hilfe gehen kann. Sieh mal welche Fortschritte ich auf diese Weise schon gemacht habe."

Mark vernahm durch den schmalen Türschlitz den angestrenkten Atem von Bettina und versuchte durch den Spalt zu erkennen was sie tat. Erstaunt bemerkte er, wie sie sich die Krücken, die neben ihrem Rollstuhl lagen, heranzog und sich mit deren Hilfe ein paar Schritte vorwärtsbewegen konnte.

Luisas Mund stand vor Schreck offen: "Bettina!", rief sie entzetzt: "Was tust du da?"

Und schon war es mit Bettinas Kraft zu Ende.

Luisa half ihr in den Rollstuhl. "Das siehst du mal wie unvernünftig du bist!" schimpfte sie.

Bettina hatte sich anscheinend gleich nachdem sie wieder im Rollstuhl sass gefasst. "Reg dich doch nicht so auf Luisa," bat sie. "Du wirst sehen, dass ich bald wieder laufen kann und weißt du was? Ich kann es schon gar nicht mehr erwarten mich hinunter in den Hobbyraum zu hangeln oder im Swimmingpool zu kraulen."

Für Luisa schien diese Gewaltkur bedenklich zu sein.

„Du bist total verrückt," mäkelte sie. "Man kann doch seinen kranken Körper nicht derartig strapazieren. Du solltest mehr Geduld haben. Es braucht eben alles seine Zeit."

Mark fragte sich weshalb Bettina nicht mit ihm über diese Dinge sprach und weshalb sie ihm ihre gesundheitlichen Fortschritte verbarg. Er glaubte nun genug gehört und gesehen zu haben und zog die Tür sachte zu. Nach einem kurzen kräftigen Klopfen betrat er Bettinas Zimmer. Die beiden Frauen starrten ihn so an, als stehe ein Geist vor ihnen.

Doch ehe sich Bettina fangen und ihn fragen konnte, weshalb er so früh nach Hause kam, schwappte Luisa schon über:

„Gut dass du kommst Mark. Vielleicht gelingt es dir Bettinas Leichtsinn zu bremsen."

„Leichtsinn?" Mark nahm lächelnd neben seiner Frau Platz und küsste sie auf die Wange, dann sah er Luisa zweifelnd an und sagte: „Verzeih Luisa, aber ich glaube nicht dass sich Bettina leichtsinnig verhalten könnte."

„Dann sieh dich doch hier um! Glaubst du dass Bettina in so einem unruhigen Umfeld gesund werden kann?"

Mark sah seine erregte Schwägerin missfällig an und sagte trocken: „Ich finde du solltest es Bettina selbst überlassen wie sie ihr Leben gestalten will."

Luisa lag eine heftige Erwiderung auf der Zunge aber sie wandte sich gekränkt ab. Sie fühlte sich unverstanden und fragte sich, warum die Beiden sie nie richtig ernst nahmen. Ohne noch ein weiteres Wort zu verlieren nahm sie ihre Handtasche und rauschte beleidigt aus dem Zimmer.

Nach diesem dramatischen Abgang Luisas lachten Mark und Bettina zum ersten Mal seit langer Zeit wieder einmal herzlich und frei mit einander. Doch dann sah Bettina Mark besorgt an: "Gibt es Ärger in der Firma?"

Mark lehnte sich zurück und legte liebevoll den Arm um sie. „Diese Frage habe ich fast erwartet aber ich kann dich beruhigen, es gibt nichts ungewöhnliches in der Firma. Im Gegenteil, der Stress der letzten Tage hat sich endlich etwas verringert. Mit einen Mal wurde mir bewusst wie sehr ich dich in den vergangenen Wochen vernachlässigt habe. So habe ich mich spontan entschieden ein paar Stunden mit dir zu verbringen. Wie ich sehe hast du hier einiges verändern lassen?"

„Ja, vielleicht kann ich ab und zu ein wenig am Computer schreiben und so – aber lassen wir das -. Ich bin so froh dass du hier bist," strahlte sie ihn glücklich an.

"Ich dachte schon, du liebst mich nicht mehr."

„Du lieber Himmel, stöhnte Mark. Ich sehe, ich muss da einiges wieder gutmachen – also, du hast sofort einen Wunsch frei."

„Ja dann," lächelte sie schelmisch, wünsche ich mir dass du mich in den Hobbyraum bringst."

„Hobbyraum? fragte er verblüfft. "Wie ich sehe hast du dir doch schon hier allerhand Gymnastikgeräte aufstellen lassen." Bettina sah ihn bittend an: "Du weißt selbst dass dies hier nicht annähernd unserem Fitnesszenter gleicht.

Die Atmosphäre da unten reizt mich eben. Wie lange habe ich dieses gute Gefühl entbehren müssen. Wir beide allein da unten- unsere Kräfte messen..."

"Jetzt kommst du aber ins Schwärmen," bremste er ihren Übermut, "mit Kräfte messen ist es wohl noch zu früh."

„Ja," gab sie gedehnt zu, "das ist mir schon bewusst aber ich möchte nur einfach unten sein und davon träumen wieder so aktiv wie früher zu sein. Vielleicht werde ich dann schneller gesund."

„Gut, lachte Mark, bei solchen Argumenten muss ich mich geschlagen geben. Und wann soll die Traumreise beginnen?" "Es kann sofort losgehen," kommandierte sie erfreut.

„Auf ihren Befehl!" scherzte er und schob sie mit dem Rollstuhl aus dem Zimmer den Gang entlang. Zweifel stiegen in ihm hoch: "Konnte es sein dass Bettina so schauspielerte? Nein – sicher ahnte sie nichts vom Erpresser oder doch? Seit ihrer Krankheit hatte er sie nicht mehr unter Kontrolle. Sie konnte stundenlang mit irgendwelchen Personen herumtelefonieren und Anweisungen geben. Vielleicht sollte ich ihre Telefonrechnungen überprüfen? Aber was würde das bringen? Sie konnte sich mit ihrem grossen Bekanntenkreis heraus reden. Auf jeden Fall musste er sich mal diese Schwester Ina vornehmen. Wieso hatte sie ihm nicht berichtet dass Bettina soweit genesen war? Diese Frauen...! Die einen waren geschwätzig- oberflächlich, die anderen verschwiegen und hinterhältig. Sie konnten lustvolle Gespielinen sein aber vertrauen konnte er Keiner. Der Gang endete. Er hob seine Frau hoch und trug sie die Treppe hinunter und mit jedem Schritt wurde die Versuchung grösser sein Werk zu vollenden. Aber er hielt sich zurück. Es war noch zu früh für diese Aktion. Luisa wusste dass er zu dieser Stunde zu Hause war.

Vanessa sass an ihrem Computer und druckte sich den heutigen Tagesplan aus. Er zeigte ihr ein volles Punkteprogramm. Sie lächelte zufrieden, denn es gab ihrer Meinung nach, nichts was in den nächsten Stunden schief laufen könnte. Jeder Punkt war genau auf den nächsten abgestimmt. Es blieb ihr sogar noch Zeit sich ein knuspriges Frühstück zu besorgen. Eine ganze Woche lang hatte sie sich der schlanken Linie zu liebe nur von Müsli und Obst ernährt aber an diesem Morgen zog es sie fast zwanghaft zur nahegelegenen Bäckerei. Sie schaltete

ihren Computer ab, zog sich schnell etwas drüber und eilte hinunter. Im Bäckerladen dufteten ihr die frischen Brötchen verführerisch entgegen und sie liess sich ein paar davon einpacken. Während sie überlegte ob sie sich noch zusätzlich für ein süsses Gebäck entscheiden solle, sah sie auf der Seite den Ständer mit Tageszeitungen.
 Auf der Titelseite prangten wie üblich dicke Schlagzeilen und ohne lange zu zögern griff sie in das Regal, nahm eine Zeitung und bezahlte sie mit den Brötchen. Als sie später beim Kaffeetrinken die neuesten Nachrichten las, blieben ihre Augen an einem kleinen Artikel in dem vom tödlichen Kellersturz eines jungen Geschäftsmannes berichtet wurde, hängen. Ihr stockte fast der Atem und sie las die paar Zeilen noch einmal durch. Kein Zweifel. Die Beschreibung des Mannes und dessen Fundort liessen auf Werner schliessen. Das sass. Nie im Leben glaubte sie an einen Unfall. Die Brüder hatten den ausgelegten Köder gefressen. Aber welcher von beiden besass die nötige Kälte die Tat auszuführen? Schon der Gedanke daran liess sie zweifeln das einer von ihnen selbst die Hand anlegte. Steckte dieser Anlageberater dahinter? Oder hatten sie einen Killer beauftragt? Dies glaubte sie schon eher. Sie legte die Zeitung beiseite und ging zu ihrem Poster. Wieder ein Punkt vorwärts, noch dazu ohne eigene Mühe. Nur eine Idee zu früh, denn diese Nachricht veranlasste sie, ihre Pläne geringfügig zu ändern. Sie musste ihre Reise nach Frankfurt zu ihrer Grossmutter

um einen Tag verschieben. Das Problem lag bei Robby.

Sicher hatte er auch schon von Werners Tod erfahren.

Deshalb sagte sie sich, dass ihm der Schock über diese Nachricht sicher in allen Knochen sass und wenn sie sich nun obendrein auch nicht bei ihm meldete, begann er vielleicht irgendwelche Dummheiten. Sie stellte ihre schon gepackte Reisetasche zur Seite und nahm sich die anderen Dinge vor die sie heute noch erledigen wollte.

Am Nachmittag rief Vanessa Robby an und bat ihn nach Feierabend ins Mariandl zu kommen. Seine Stimme klang belegt aber er sagte sofort zu.

Als Vanessa das Lokal betrat sah sie Robby wie ein Häufchen Elend vor einem Glas Bier sitzen. Er begrüsste sie mit trüben Augen.

Sie setzte sich ihm gegenüber und fragte: „Bist du sauer auf mich?"

„Nein, wieso auch. Ich bin zwar völlig durch den Wind aber es hat nichts mit dir zu tun. Es ist nur... Also ich muss ständig an Werner denken."

„An Werner? Habt ihr euch gestritten?"

„Nein, wenn es das nur wäre, das könnte man ja wieder zurechtbiegen, presste er hervor – Werner ist tot."

"Tot? Fragte sie entsetzt, Werner ist tot? Das kann ich nicht glauben. Was ist ihm denn passiert?"

"Er wollte wahrscheinlich runter ins Lager gehen. Dabei muss er ausgerutscht und die Kellertreppe hinabgestürzt sein. Zu allem Übel glaube ich, dass die Bullen ausgerechnet mich verdächtigen bei diesem Sturz nachgeholfen zu haben." Vanessa sah ihn erschrocken an: „Das darf doch nicht war sein? Wie kommen die auf so eine absurde Idee? Ausgerechnet du, sein bester Freund, solltest so etwas tun! Warst du etwa bei Werner als es geschah?"

„Nein, sagte Robby gequält, aber ich habe ihn tot aufgefunden. Die Kriminaler haben mich natürlich ausgequescht wieso ich in einem mir fremden Haus im Keller war. Nun wissen sie, dass ich einen Schlüssel zur Hintertür des Ladens besitze und somit jederzeit hinein gehen konnte."

„Um welche Zeit war denn der Unfall?"

„Wahrscheinlich schon gestern Abend und ich dachte noch Werner vergnüge sich beim Klassentreffen."

„Gestern Abend? Da habe ich dich doch angerufen. Also kann ich bezeugen dass du zu Hause warst."

"Natürlich könntest du das aber das besagt doch noch lange nicht dass ich gerade zur Tatzeit zu Hause war.

Dieses Alibi wäre wertlos. Wieso sollte ich dich dann auch noch mit hinein ziehen?" Er trank sein Bier aus und bestellte sich ein neues. Vanessa strich sich eine Strähne aus dem Gesicht und sagte:

„ Es tut mir leid dass du so in der Klemme steckst."

Er machte eine abwehrende Geste: „Da komme ich schon wieder raus. Ich hab ja nichts unrechtes getan aber es geht mir einfach nicht aus dem Sinn warum Werner die

Plastiktüte übersah. Er war doch ein vorsichtiger Typ und dass er eine Tüte am Boden liegen lassen würde, passte schon gar nicht zu seinem Ordnungsfimmel."

Der Kellner brachte das Bier und Robby umfasste das Glas als gäbe es ihm Halt.

„Und wenn es kein Unfall war?" fragte Vanessa.

Robby schüttelte abwehrend den Kopf: „Wer sollte einen Grund haben Werner zu ermorden? Ich kenne jedenfalls niemand der da in Frage kommen könnte."

„Vorstellen kann ich es mir auch nicht so recht," sagte Vanessa nachdenklich, "aber es muss jemanden geben mit dem Werner Zoff hatte. Erinnerst du dich an eure Fahrt zu der aufgelösten Firma? Vielleicht sollte Werner schon da in eine Falle gelockt werden? Ich denke der oder die Täter rechneten damit dass er alleine kommen würde. Doch dann sahen sie dich und verschoben die Tat."

Einen Moment sah es so aus als glaube Robby an diese Version. Doch dann wehrte er ab: "Es war tatsächlich ein übler Streich den man Werner da spielte, aber gleich eine Falle? Wir sind doch nicht in Chikago. Es war eindeutig ein Unfall."

"Wie du meinst," sagte Vanessa. "Trotzdem bitte ich dich den Verdacht nicht auf die leichte Schulter zu nehmen. Es wäre nicht das erste Mal dass man einen Unschuldigen etwas anhängt. Aber du kannst dich auf mich verlassen.

Ich werde immer zu dir stehen."

„Danke Vanessa." Robby sah sie hoffnungsvoll an: „Heisst das, dass du mich liebst?"
„Ja, das heisst es. Sie legte ihre Hand zart auf die seine. „Es gibt da aber noch ein kleines Problem. Ich muss für zwei drei Tage nach Hause fahren."
"Kannst du das nicht verschieben?" fragte er enttäuscht.
„Nein Robby, ich muss mich um meine kranke Mutter kümmern. Meine Eltern erwarten mich schon. Ich werde ihnen von dir und unserer Liebe erzählen und ich bin mir sicher dass sie dich bald kennenlernen möchten. Ausserdem verspreche ich dir, dich jeden Abend anzurufen. Du wirst sehen wie schnell die Zeit vergeht und ich wieder bei dir bin. Dann werden wir über uns sprechen."
Ihre Worte rieselten warm in seine Seele und seine ernste Miene hellte sich zusehends auf. Als Vanessa sich von ihm verabschiedete war er von einer gemeinsamen Zukunft mit ihr überzeugt.

Am nächsten Morgen sass Vanessa im ICE nach Frankfurt. Sie fand es an der Zeit ihre Oma zu besuchen.
Dabei konnte sie das Angenehme mit dem Nützlichen verbinden. Das kleine Päckchen in ihrer Handtasche sollte mit einem Frankfurter Poststempel versehen werden, ehe es abgesandt wurde. Auf dieses
Ablenkungsmanöver war sie während eines Gesprächs mit Robby gekommen als er erwähnt hatte, dass seine Eltern in dieser Stadt wohnten und er deshalb seinen

Urlaub meist da verbringe. Ausgerechnet Frankfurt, hatte sie zuerst gedacht. Es war zwar fast unmöglich sich zufällig in so einer grossen Stadt zu treffen, zumal er aus einem ganz anderen Viertel wie dem Wohnsitz ihrer Oma stammte. Doch konnte sie sicher sein dass das nicht geschehen würde? Aber dann fiel ihr ein dass er sie in ihrem normalen Outfit sowieso nicht erkennen würde. Und dann schien es ihr sogar günstig. Diejenigen die den Erpresser suchten, würden das Umfeld von Werner genau durchleuchten und dabei auf Robby stossen. Sobald sie auf die Verbindung München – Frankfurt kamen, würden sie Robby als Hauptverdächtigen einstufen. Das weitere würde sich zeigen. Gestern Abend als sie Robby so leidgeprüft vor sich gesehen hatte, wäre sie fast schwach geworden und hätte am liebsten alles wieder rückgängig gemacht. Aber alles was sie geplant hatte war schon zu weit ins Rollen gekommen und wer sagte ihr dass dieses momentane Mitleid richtig war? Vielleicht war er gar nicht der liebe gefühlvolle Mensch für den er sich gab? Steckte nicht hinter jedem Mann ein Macho? Sie schalt sich wegen dieser Gefühlsduselei als undiszipliniert. Um ihr gestecktes Ziel zu erreichen musste sie noch eine Nuance härter werden. Sie holte ihren Planer aus der Tasche und überflog die kurzen Notizen die sie sich über den Aufenthalt in Frankfurt notiert hatte. Auch hier sollte alles nach Schema verlaufen und nichts dem Zufall überlassen werden.

Nach dem Verlassen des Zuges deponierte Vanessa ihre Reisetasche in einem Schliessfach und ging zum Frisör. Danach fühlte sie sich frei und glücklich. Endlich wieder die alte Vanessa!

Marks Stimmung näherte sich einer Aggresivität die er nur mit Mühe zügeln konnte. Tag für Tag das gleiche Spiel am Morgen. Bettinas fragende Blicke, die zwischen Hoffnung, Liebe und Misstrauen hin und her schwankten.
Denen er nicht entgehen konnte und denen er seine immer stärker schwelende Abneigung gegen sie nicht zeigen durfte. Noch nie zuvor hatte er eine derartige Schleimerei nötig gehabt. Eine einzige Unvorsichtigkeit konnte ihr seine wahren Gefühle verraten und er musste dann damit rechnen dass sie sich scheiden liess. Das hiesse Teilung des Vermögens und er dachte nicht daran zu teilen. Dazu kam die Ungewissenheit über den Erpresser. Als Stefan und Patrick sein Büro betraten warf er ihnen einen mürrischen Gruss entgegen.
„Schlecht geschlafen?" spöttelte Patrick.
Mark sah ihn mit Blicken die töten könnten an: „Du hast es gerade nötig mich zu hänseln. Die Aktion von dir und Greg ging ja voll daneben. Statt rechtzeitig daran zu denken dass so ein Geschäft auch einen Hintereingang haben könnte, bewacht ihr zwei mit zäher Ausdauer die Ladentür."

Noch ehe Patrick eine bissige Bemerkung zurück schleudern konnte, sagte Stefan: „Zerfleischen bringt euch auch nichts. Über kurz oder lang wird sich der Erpresser schon melden." „Das ist wieder einmal typisch mein Bruder," höhnte Mark. "Wird sich schon melden! Der Erpresser hat das Geld und wo bleiben die versprochenen Unterlagen? Es sind nun schon ein paar Tage seit der glorreichen Übergabe verstrichen und wir besitzen noch nicht den geringsten Hinweis auf ihn."

„Das scheint mir allerdings auch bedenklich, gab Patrick zu. Vielleicht ist es ihm hier in München zu heiss geworden und er hat sich nach Frankfurt abgesetzt."

„Ach was! Mark trommelte nervös mit den Fingern auf den Schreibtisch. Die Sache mit Frankfurt erscheint mir eher ein Ablenkungsmanöver zu sein. Der hat uns doch die ganze Zeit über an der Nase herumgeführt. Im übrigen – Gregs Arbeitsweise geht mir in jeder Weise gegen den Strich."

„Er konnte eben sowenig wie ich ahnen, was der Erpresser vorhatte," sagte Patrick verstimmt."

„Und was war mit dem sogenannten Unfall des Händlers? schimpfte Mark. Meiner Meinung nach war dieser Kraftakt völlig unnötig. Mehr noch – jetzt wissen wir weniger als zuvor. Ein toter Vogel singt bekanntlich nicht mehr."

"Aber er spricht auch nicht mehr," wandte Stefan ein. Es könnte doch sein, das der Händler wirklich der Erpresser war, dann haben wir jetzt unsere Ruhe."

"Du machst es dir wie immer einfach," schnauzte Mark Stefan an und wandte sich wieder an Patrick: "Ich kann dir nur immer wieder sagen, dass mir Gregs eigenwilliges Verhalten gewaltig stinkt."

Patricks Gesicht lief puterrot an: „Greg wird schon seine Gründe für die Tat haben, verteidigte er seinen Freund und ich bin mir sicher dass er schon auf der richtigen Spur ist."

„Das hoffe ich für ihn, konterte Mark. Ich gebe ihm noch eine Woche Zeit den Erpresser aufzuspüren. Danach werde ich mich selbst auf die Suche nach ihm machen."

Die Worte lagen drohend in der Luft und Patrick wurde es zunehmend ungemütlicher in Marks Nähe. Am liebsten hätte er das Weite gesucht. Doch es gab noch viele geschäftliche Dinge zu besprechen.

Es war, als spüre Mark diese Abneigung, denn sprungartig wechselte er das Thema. Er sprach davon wie froh er sei, dass Bettina nichts mit der Sache zu tun habe und dass er sich in den nächsten Wochen mehr Zeit für seine Frau nehmen wolle. „Es ist eine Art Wiedergutmachung ihr gegenüber," sagte er. "Die Firma wird schon nicht zu Grunde gehen, wenn ich ab und zu mal nicht zugegen bin. Ausserdem seit ihr ja auch noch da."

„Sicher," machte Stefan sich wichtig. "Du kannst dich auf

uns verlassen." Er mochte seine Schwägerin und war froh dass die Differenzen zwischen seinem Bruder und ihr aus der Welt geschaffen waren. Ausserdem fühlte er sich sehr wohl in der Lage die Firma zu leiten.

Patrick nahm Mark sein fürsorgliches Getue um Bettina nicht ab und dachte welch falscher Fuchs dieser doch sei.

Doch er vermied es diesen Gedanken auszusprechen und lenkte das Gespräch auf die normalen Geschäftsvorfälle.

Greg stand unter Zeitdruck. In Paris wartete ein lukrativer Auftrag auf ihn und hier schnüffelte er einem kleinen Erpresser hinterher. Aber durfte er Patrick im Stich lassen? Vor ihm lagen die Daten, die er über die Leute auf Werners Kundenliste gesammelt hatte. Die tagelange Arbeit war völlig umsonst gewesen, denn es gab nichts, was daraufhinwies, dass einer der Kunden von Werner etwas mit der Erpressung zu tun hatte. Er musste sich wieder mehr dem Freundeskreis von Werner zuwenden. Doch hatte dies nicht noch Zeit? „Das Früchtchen hat seine Moneten, überlegte er, und wiegt sich in Sicherheit. Falls dieser sich noch einmal melden sollte, dann sicher erst nach ein paar Wochen. Aus Paris bin ich spätestens in drei Tagen wieder zurück. Immer noch Zeit genug den Erpresser und seine Helfer aus dem Mauseloch zu locken." Entschlossen sandte er Patrick eine Mail – bin auf einer Auslandsreise – melde mich in Kürze zurück.

Nach dem Frisörbesuch wäre Vanessa fast in einen Kaufrausch verfallen. Im Nu war sie mit mehreren Tüten und Päckchen beladen. Doch dann meldete sich ihre sparsame Charakterseite und erinnerte sie daran, dass sie ihr Geld gezielt einsetzen müsse. Dicke Gewitterwolken brauten sich am Himmel zusammen und sie beschloss sich ein Taxi zu mieten. Als sie am Haus ihrer Grossmutter ankam, zuckten schon die ersten Blitze.

Hastig packte sie ihre sieben Sachen zusammen und wurde als sie zur Haustür lief, promt von den ersten grossen Regentropfen erwischt. Und nun fiel ihr ein dass sie ihre Reisetasche am Bahnhof vergessen hatte. Zu dumm, sie musste noch einmal zurück. Doch als sie sich umwandte war das Taxi schon davon gepirscht. So verschob sie diese Fahrt auf später und klingelte. Die Begrüssung fiel gewohnt herzlich aus. Ihre Oma war der einzige Mensch den sie wirklich liebte. Es berührte Vanessa seltsam dass sie jedesmal wenn sie die Tür dieses Hauses hinter sich schloss das kleine Mädchen von damals zu werden schien. Hier begann ihre heile Welt und sie endete sobald sie das Haus wieder verliess.

Ihre Grossmutter liebte ebenso wie sie grosse, helle Räume. Im unteren Stockwerk gab es deshalb fast keine Türen. Vom Speisezimmer ging es übergangslos ins Wohnzimmer und danach in die Bibliothek. Es gab keine erdrückende Möbelstücke. Nur hie und da eine ins rechte Licht gerückte Vitrine in der Omas gesammelte Kristallgläser strahlten. Diese Gläser waren die einzigen kostbaren Dinge im Haus die sie als Kind nie in die Hand nehmen durfte. Auf dem gemütlichen Sofa und den beiden Sesseln hingegen gab es nie ein Tabu für sie. Wie oft hatte sie diese als Trampolin benutzt? Das Bild ihrer Grosseltern hing wie immer wenn sie nach längerer Abwesenheit das Wohnzimmer betrat schief an der Wand. Sie legte ihre Tüten und Päckchen ab und rückte es zurecht.

Frau Wegner lächelte: "Das ist stets deine erste Handlung hier im Haus. Es ist fast schon ein Ritual."

Ja das stimmte. Es geschah schon zwanghaft, denn das Bild der Beiden sollte genauso gradlinig dahängen wie sie ihr Leben gelebt hatten. Sie wandte sich von dem Foto ab und zeigte auf die Päckchen: "Die sind für dich Oma."

Sie bemerkte das Aufleuchten in ihren Augen und hörte über deren abwehrenden Worte hinweg.

"Weinachten ist noch fern," sagte Frau Wegner, "und Geburtstag habe ich auch noch nicht."

Das bischen zieren gehörte eben zur Oma.

"Es sind nur ein paar kleine Mitbringsel," sagte Vanessa.

Frau Wegner hob den Finger: "Klein? Das sehe ich etwas anders. Du solltest lieber sparen! Mach jetzt kein so tragisches Gesicht," lachte sie dann. "Ich freue mich natürlich und Geschenke auspacken macht auch unter der Zeit grossen Spass."

Vanessa lächelte zufrieden und beobachtete ihre Oma wie vorsichtig sie die Schleifen öffnete. Die alte Sparsamkeit. Nur nichts verletzen, es könnte ja noch einmal verwendet werden. Jeder Mensch hat halt so seine Macken, überlegte sie. Doch diesmal zupfte ihre Oma entschieden länger als sonst an den Bändern herum und Vanessa kam es vor, als zitterten ihre Finger. Sie dachte an ihren letzten Besuch als sie sich darüber gewundert hatte, wie man in dem hohen Alter ihrer Grossmutter noch so ruhige Hände haben konnte. Besorgt forschte sie in deren Gesicht. War sie etwa krank? Vanessas heitere Stimmung sank in die Tiefe: "Geht's dir nicht gut Oma?"

Frau Wegner umfasste das Päckchen das sie gerade in der Hand hielt wie ein Schutzschild und ihr nervöser Blick ging an Vanessa vorbei: "Aber nein, mir fehlt nichts, vielleicht bin ich ein bischen müde."

Vanessa lies sich von ihr nicht täuschen.

"Oma, du lügst mich an. Seit ein paar Minuten habe ich das Gefühl, dass du mir etwas verheimlichst."

Frau Wegner legte das Geschenk zurück auf den Tisch und setzte sich in den Sessel. Ihr Taint wirkte blass, ihre Wangen eingefallen. Die Fröhlichkeit zwischen ihnen verflog, machte einer misstrauischen Stimmung Platz.

"Es ist – ich weiss nicht wie ich dir's sagen soll – ich hatte dir versprochen..."

Vanessa sah starr von ihrer Oma hinweg zur Tür. Eine für sie ungeheure Ahnung glomm in ihr hoch. Sie glaubte der herbe Duft eines ihr bekannten Aftershafs dränge aus der Biliothek zu ihr herüber.
"Du hast also Besuch, einen den du nie in meiner Gegenwart einladen wolltest."
Enttäuscht wandte sie sich zum Gehen.
"Aber Vanessa, so bleibe doch. Hör mich doch erstmal an, dann wirst du verstehen, dass ich nicht anders handeln konnte."
Vanessa blieb trotzig stehen: "Also bitte, ich höre."
Ihre Oma rang nach den geeigneten Worten. Schliesslich sagte sie: "Dein Vater besuchte einen Ärztekongress hier in Frankfurt und da war es doch selbstverständlich dass er hier übernachtet. Er wusste dass er hier frühere Kollegen treffen und bis am späten Abend mit ihnen beisammen sein würde."
Für Vanessa war das kein Argument. Sie sagte noch immer verärgert: "Er hätte sich ein Hotelzimmer nehmen können!"
" Wie stellst du dir das vor?" sagte ihre Oma entrüstet.
"Es war alles ausgebucht." Die alte Dame ärgerte sich über die unversöhnliche Haltung ihrer Enkelin ihrem Vater gegenüber. Deshalb fügte sie eindringlich hinzu. "Ich kann die Abneigung, die du gegen deinen Vater hegst, ehrlich gesagt nicht verstehen. Auch wenn er mal anderer Meinung war wie du, was eben zwischen Eltern und

Kinder hin und wieder vorkommt, solltest du das vergessen und dich endlich mit ihm aussprechen. Immerhin ist er dein Vater."

Vanessa ging langsam auf die Tür zu, drehte sich aber nocheinmal um und sagte enttäuscht: „Du brauchst dich nicht so zu ereifern Oma. Es gibt nicht viel was er und ich uns zu sagen hätten und es bleibt dabei-- Ich will ihn hier nicht treffen. Ich hatte mich auf ein paar Tage mit dir allein, gefreut."

„Ich kann dich beruhigen, dröhnte es hinter ihr, ich werde nur noch eine Stunde bleiben."

Langsam wandte sie sich ihrem Vater zu. Der Blick seiner zwingenden Augen drang bis an den Kern ihrer Seele. Er weiss es, er weiss alles von mir. Er hat mir weh getan, er wird mir immer weh tun, aber er wird mich ebenso wenig verraten wie ich ihn.

„Ich setze den Kaffee auf," sagte Frau Wegner hastig und eilte in die Küche. Sie glaubte, es läge immer noch der Zwist wegen der unerlaubten Heirat ihrer Enkelin zwischen den Beiden. Dies alles war doch längst Geschichte. Sie liebte Vanessa und hoffte eine Versöhnung mit dem Vater würde sie ruhiger werden lassen. Bei jedem Telefongespräch mit ihr hatte sie gemerkt, dass sie sich mit zu vielen Dingen belastete. Als sie den Servierwagen mit dem Kaffegedeck ins Wohnzimmer rollte, sassen sich Vater und Tochter immer noch schweigend gegenüber. Frau Wegner versuchte eine belanglose Konversation herzustellen, und mehr wurde es auch nicht. Es blieb das höfliches Gespräch zwischen Fremden, die sich zufällig getroffen hatten und sich gegenseitig vorsichtig abschätzten.

Peter Karsten setzte seine Tasse ab. Er hätte nicht sagen können ob er soeben einen Mocca oder einen milden, koffeinfreien Kaffee getrunken hatte. Er spürte nur immer diese dumpfen, bohrenden Fragen in sich: „Warum überkam ihn, wenn er seine Tochter sah, stets das Gefühl, er müsse sie aus einem Alptaum reissen? Und wehalb kamen ihm nur belanglose Worte über die Lippen – keine, die etwas zu einer Aussprache oder gar zu einem sich Näherkommen führten? Warum fragte er sie nicht geradeheraus weshalb sie ihn so hasste? Er war ein Eigenbrötler – ja. Er hatte vieles falsch gemacht. Aber es musste sich doch jetzt, da sie eine erwachsene Frau war, eine Möglichkeit ergeben, Zugang in ihr Inneres zu finden. Wie sehr sie ihrer Mutter ähnelte. Die gleichen ebenmässigen Züge – aber es fehlte ihr die Wärme ihrer Augen. Manchmal war es ihm als blicke Vanessa so verloren, als befände sie sich in einer anderen Welt und dann wieder wurde ihr Blick eiskalt, berechnend oder hasserfüllt. Sie sahen aneinander vorbei.

Er stand steif auf und sagte: "Es wird Zeit für mich," dann wandte er sich zur Tür.

Nachdem sich Peter Karsten verabschiedet hatte, hing noch eine ganze Weile dieses eisige Schweigen im

Raum. Unruhig stellte Frau Wegner das Kaffeegeschirr zusammen. Wieder war es ihr nicht gelungen die beiden Dickköpfe zu versöhnen. "Kommt Zeit – kommt Rat" tröstete sie sich. Die erregte Miene ihrer Enkelin verriet ihr, dass sie jetzt alleine sein wollte. Jedes Wort das sie jetzt an sie richten würde, wäre verkehrt. Also rollte sie den vollbeladenen Servierwagen hinaus. Sie konnte warten bis sich die Wogen wieder geglättet hatten. Vanessa sass mit überkreuzten Beinen im Sessel und versuchte ihre angespannten Sinne wieder zu beruhigen.

Sie verstand sich selbst nicht mehr. Wie konnte sie das blose Dasein ihres Vaters nur so aufwühlen. Vielleicht wollte er sich wirklich nur mit ihr versöhnen? Nein- dazu war sie nicht bereit. Sollte es Oma Trotz oder sonst was nennen... Sie stand auf, öffnete die Tür zum Garten und trat auf die Terrasse.

Die Gewitterwolken hatten sich aufgelöst und ein dicker bunter Regenbogen wölbte sich am Himmel. Seine schillernden Farben und die erfrischende Luft beruhigten Vanessas Nerven und holten ihren Optimismus wieder zurück. Sie wollte hier ein paar Tage ausspannen und das kurze Intermezzo mit ihren Vater würde dies auch nicht verhindern.

Mark dachte an Luisa, die seit dem kleinen Wortwechsel mit ihm, Bettina nicht mehr besucht hatte. Sie schmollte also tatsächlich. Das kam ihm sehr gelegen. Allerdings glaubte er nicht so recht dass diese Zurückhaltung allzu lange herhielt. Sie brauchte nur einen kleinen Schubs und schon stand sie bei Bettina wieder auf der Matte. Eine bessere Gelegenheit wie im Moment wird es nicht mehr geben. Er musste so schnell als möglich handeln. Dabei hätte er nicht einmal genau sagen können was ihn so antrieb seine Frau loszuwerden. War es der Verdacht der sich in ihm immer mehr verhärtete dass sie den Erpresser auf ihn gehetzt hatte? Vielleicht sprach die ganze Heimlichtuerei nur gegen sie und sie wusste gar nichts von der Erpressung? Egal – so oder so war sie ihm lästig geworden. Er durfte sich nicht mit dererlei Gefühlsduseleien abgeben. Jetzt oder nie. Sein Tagesplan stand doch schon fest. Warum lange zögern?

Nach dem Frühstück mit Bettina fuhr Mark in sein Büro, erklärte Frau Kiesel dass er am Vormittag ein paar wichtige Treffen ausser Haus hatte und beeilte sich danach an sein nächstes Ziel, der Immobilienfirma zu kommen.

Als Mark Bettinas Büro betrat schien dort alles seinen gewohnten Gang zu gehen. Er wechselte ein paar freundliche Worte mit der Sekretärin, erzählte ihr wie froh er sei dass sich seine Frau wieder für die Arbeit interessiere, fragte nach einigen Geschäftsabschlüssen, besah sich ein paar Akten, stellte dabei fest dass verschiedene Papiere fehlten, verlor darüber aber kein Wort, sondern verliess mit ruhigen Schritten und freundlichen Gruss das Büro. Er wusste dass die Sekretärin ihm gut gesinnt nachsah. Als nächstes war eine Gärtnerei an der Reihe. Er liess sich ein prächtiges Blumengebinde arrangieren und überraschte damit seine Schwägerin.

Luisa stand ihm wie angewurzelt gegenüber. Sie traute ihren Augen nicht, doch die bunte Blütenpracht die ihr Mark überreichte, versöhnte sie schon halbwegs. Trotzdem blieb sie starr vor ihm stehen.
„Darf ich dich einen Moment sprechen?" bat er höflich.
„Sie versuchte so ablehnend wie möglich zu sprechen aber ihre Augen funkelten neugierig: "Was willst du noch von mir?"
"Ich bitte dich Luisa. Hälst du es für richtig mit mir so zwischen Tür und Angel zu reden?"
"Nein, natürlich nicht." Sie liess ihn eintreten und bat ihn in den Salon. Sie setzten sich und Mark entschuldigte sich reuevoll für sein unmögliches Benehmen vor ein paar Tagen. „Leider muss ich zugeben dass ich dir bei deinem letzten Besuch bei uns Unrecht getan habe."
„So - sagte Luisa schnippisch, "das fällt dir aber reichlich früh auf."
Sie klingelte nach dem Mädchen und liess die Blumen in die Vase stellen.
Als sie wieder allein waren, kam er ihren Fragen zuvor und sagte: „Es ist so, ich habe mir seit deinem letzten

Besuch bei uns ein wenig mehr Zeit für Bettina genommen und habe dabei festgestellt, dass deine Sorgen nicht übertrieben sind und ich wünschte mir du könntest meine unüberlegten Worte vergessen."

„Und weshalb das Ganze?" ereiferte sie sich. "Du kommst mit Blumen daher und denkst die gutmütige Luisa kümmert sich schon wieder um Bettina wenn ich keine Zeit für sie habe."

„Ich muss gestehen dass ich tatsächlich daran gedacht habe dich zu bitten deine Besuche bei Bettina wieder aufzunehmen. Es ist wie du sagst, purer Eigennutz, doch verstehe mich bitte. Ich habe einfach Angst dass Bettina ihre Worte wahr machen könnte."

„Worte? Welche Worte?" Luisa starrte Mark neugierig an.

„Stell dir vor," sagte er erregt, "sie wünschte sich dass ich sie in den Hobbyraum bringe, du weißt schon, wegen den vielen Fitnessgeräten. Sie bat mich so intensiv, dass ich ihr diesen Wunsch nicht abschlagen konnte. Als wir unten waren, hat sie sich wie im Trance verhalten. Du hättest ihre Augen sehen sollen!" Luisa verdrehte ungläubig ihre Augen und tadelte Mark:

„Also – von dir hätte ich schon mehr Verstand erwartet.

Bettina ist doch kein kleines Kind dem man bei jedem Schreier gleich nachgibt. Wie mein Vater schon sagte...man muss auch mal hart bleiben können. Was denkst du was passiert wenn" sie wirklich mal versucht

alleine nach unten zu kommen? Nicht auszudenken!"
Nachher ist man immer schlauer," sagte Mark gequält.
"Jetzt befürchte ich wirklich, dass sie das mal tut,
aber das schlimmere Übel ist, dass sie nun ständig vom Swimmingpool spricht. Manchmal ist sie ja heiter aufgelegt, aber es gibt auch Zeiten da ist sie voll frustriert wegen ihrer Krankheit. Sie versucht mir und den Anderen zu beweisen, dass sie schon mehr leisten kann, als man ihr zutraut. Was wäre wenn sie sich zum Pool rollt? Heute Nachmittag könnte das leicht geschehen. Mir steht der Schweiss auf der Stirn wenn ich nur daran denke."
Luisa sah ihn kopfschüttelnd an: "Warum sollte sie gerade heute auf solche abwegige Gedanken kommen?"
Sie bemerkte wie ihr Schwager sich nervös die Hände rieb und ihre Stimme klang noch eine Nuance höher als sonst: "Also raus mit der Sprache, habt ihr euch etwa gestritten?"
"Nein, nein!" wehrte Mark ab. "Das ist es nicht! Aber ich hatte Bettina versprochen den Nachmittag mit ihr zu verbringen und jetzt ist meine Anwesenheit in der Firma gerade heute so wichtig. Ich weiss nicht was ich machen soll. Schwester Ina ist nur am Vormittag bei Bettina. Frau Klara hat heute Nachmittag frei und unser Hausmädchen Anna kann sich sicher nicht ständig um Bettina kümmern." „Übertreibst du jetzt nicht ein wenig mit deiner Sorge um Bettina? Sicher möchte sie nicht rund um die Uhr bewacht werden."

„Natürlich nicht! Doch ich weiss wie sehr sie dich vermisst und deinen Besuch wird sie bestimmt nicht als Bewachung ansehen".

„Du bist dir also sicher dass sie mich vermisst?"

„Ja, sie vermisst dich sogar sehr, glaube mir. "Ich habe gesehen wie sie deine Nummer gewählt hat und dann den Hörer wieder unsicher aufgelegt hat."

Luisa fühlte sich geschmeichelt. Mark schien doch nicht so überheblich zu sein wie sie ihn eingeschätzt hatte.

„Du glaubst also, sie freut sich auf meinen Besuch? Na ja, wie mein Vater schon sagte – der Mensch braucht Gesellschaft". Einen Moment zierte sie sich noch. Dann lächelte sie überheblich und piepste sie mit ihrer hohen Stimme.

"Also gut, dann werde ich Bettina heute mit meinem Besuch überraschen."

Er grinste in sich hinein, ganz die alte Luisa. Laut aber sagte er: "Danke Luisa und denke daran – heute um sechzehn Uhr!"

„Ich vergesse es schon nicht," sagte Luisa. Du kannst dich auf mich verlassen. Ich hoffe, wir sehen uns heute Abend."

Er tat, als habe sie ihm eine Zentnerlast abgenommen.

"Ja, natürlich. Ich werde mich so schnell als möglich von der Firma loseisen. Bis heute Abend!"

Zu Mittag speiste Mark in seinem Stammrestaurant, bombardierte den Ober mit mehreren Fragen und grüsste betont lässig einige Bekannte. Anschliessend fuhr er zurück zu seinem Büro. Hier verbat er seiner Sekretärin Frau Kiesel jegliche Störung. Dieses Mal, so konnte er sich sicher sein, würde sie niemand dazu bringen seine Anordnungen ausser Acht zu lassen. Wenige Minuten später schmachtete er ins Telefon. „Bettina – heute Nachmittag möchte ich ganz alleine mit dir sein – das heisst, ohne Personal und ohne Besuche. Allein wie auf einer einsamen Insel."

„Du verwirrst mich Mark, möchtest du mich mit etwas überraschen?"

„Natürlich! Doch glaube ja nicht, dass ich dir etwas darüber verrate...!"

Er spürte ihr Zögern. Dann fragte sie gedehnt: „Aber was sage ich dem Personal?"

„Schenke ihnen ein paar freie Stunden, deute ihnen an dass Luisa kommt und dir Gesellschaft leistet."

Einen für ihn langen Moment blieb es still in der Leitung.

Doch dann klang ihre rauhe Stimme wieder aus der Muschel.

„Ich werde tun was du wünscht – und warte auf dich- bis bald. Ich liebe dich."

„Ich liebe dich!" sagte er und legte auf. Also dann! Fast hatte er gedacht, sie gehe auf seinen Wunsch nicht ein, aber er hatte doch die weibliche Neugier richtig eingeschätzt, denn so einer liebevollen Bitte, noch dazu mit einer Überraschung im Hintergrund, konnte eine Frau nicht so leicht widerstehen. Doch nun verfiel er in Eile, denn schliesslich konnte es Luisa einfallen früher wie geplant zu Bettina zu fahren. Er ging zum Schrank in dem schon ein alter Trenchcout, ein Schlapphut, sowie eine dunkle Brille auf ihn wartete. Durch das Nebenzimmer verliess er das Büro und schnappte sich das im Hof bereitgestellte Fahrrad. Niemand beachtete den ärmlich gekleideten Mann der zur Villa Brückner radelte.

Bettina erfüllte nur allzu gerne den Wunsch ihres Mannes. Sie gab Anna die Anweisung für ettliche Einkäufe die sie in der Stadt erledigen sollte und die sicher ein paar Stunden Zeit in Anspruch nahmen und der Hausdame Klara gab sie frei.

Zuerst schüttelte Klara heftig den Kopf und protestierte.

"Frau Brückner – ich kann sie unmöglich ohne Hilfe im Haus lassen. Herr Brückner wird mich, falls ihnen etwas zustösst dafür verantwortlich machen."

"Keine Angst!" beruhigte Bettina Klara. "Meine Schwägerin Luisa kommt gleich. Nun auf was warten sie noch?"

"Ja dann... Ich hätte meine Schwester schon längst einmal besuchen sollen!"

Als die beiden Angestellten das Haus verlassen hatten, schob Bettina sich mit ihrem Rollstuhl ins Bad, erfrischte sich, legte erregt ein dezentes Makeup auf und rollte wieder zurück ins Zimmer. Ihre Nervösität steigerte sich.

Um sich davon abzulenken, vertiefte sie sich in die Geschäftsakten die sie sich gestern von der Sekretärin hatte bringen lassen. Einen winzigen Augenblick fragte sie sich, warum Mark Luisa mit ins Spiel brachte. Weshalb sollte sie ihren Angestellten nicht sagen, dass sie den Nachmittag mit ihrem Mann alleine verbringen möchte? Doch dann lächelte sie belustigt. Männer haben eben manchmal ziemlich ausgefallene Ideen. Warum sollte Mark da eine Ausnahme machen? Das Klopfen an der Tür überraschte Bettina. So schnell hatte sie Mark nicht erwartet. Sie schob die Papiere die vor ihr lagen hastig in die Schublade. Noch sollte Mark nichts von ihrem neuen Geschäftskonzept dass sie gerade entwickelte, erfahren. Sie war eine viel zu grosse Perfektionistin um halbfertige Arbeiten zu offerieren – auch ihm nicht.

Mark tat, als er eintrat, als habe er von ihrem Versteckspiel nichts gemerkt. Doch es war ihm nicht entgangen, wie sie die Papiere blitzschell verschwinden lies. Also doch, dachte er, und sein Puls schlug ihm bis zum Hals.

Sie lässt mir sicher nachspionieren und sie weiss vielleicht schon viel zu viel von mir. Diese falsche Katze!

In dem Moment als er sie gekonnt liebevoll begrüsste war der letzte Rest seiner Skrupel verflogen und er war voll von der Richtigkeit seines Handelns überzeugt. Der Fall Bettina war für ihn schon abgeschlossen. Es störte ihn auch nicht mehr dass sie kein Sterbenswörtchen über das Geschäft sagte oder danach fragte, sondern nur nach der angekündigten Überraschung fieberte. Er handelte wie ein Roboter. „Die Überraschung wartet unten."

Luisa entstieg ihrem Cabriolet und eilte zum Haus ihrer Schwägerin. Zum Glück besass sie einen Schlüssel und musste nicht lange warten bis ihr jemand öffnete. Es war ihr zuwider dass sie erst eine Viertel Stunde über der vereinbarten Zeit hier eintraf aber die Sitzung im Frisörsalon dauerte ausgerechnet heute länger als sonst. Als sie die schwere Haustür hinter sich schloss, liess sie die ungewohnte Stille des Hauses plötzlich frösteln. Sie rief nach dem Dienstmädchen Anna die sonst bei ihrem Besuch sofort hereineilte um ihr aus der Garderobe zu helfen. Gereizt drückte sie auf den Klingelknopf aber weder Anna noch die Hausdame Klara erschienen.

„Du lieber Himmel, erschrak Luisa, Bettina wird doch nicht allen gleichzeitig frei gegeben haben?" Irgend etwas stimmte hier nicht. Sie konnte sich nicht vorstellen dass Bettina ohne jede Hilfe im Hause sein sollte. Beklommen rief sie den Namen der Schwägerin – keine Antwort. Dann lief sie zu deren Zimmertür und klopfte. Als sie immer noch keinen Laut vernahm drückte sie auf die Klinke und starrte in das leere Zimmer. „Bettina wird doch nicht so unvernünftig gewesen sein und allein zum Swimmingpool..."

Das war nun das Resultat dass Mark alles im Haus Rollstuhlgerecht gestalten lies. Jetzt konnte sie überall sein. Marks sorgenvolles Gerede kam ihr in den Sinn – der Hobbyraum- Vielleicht ist sie da. In panischer Angst lief sie die Treppen hinab aber auch hier gab es kein Zeichen von Bettina. Einen Moment stand Luisa starr wie eine Salzsäule da – doch der Swimmingpool...!

Zu spät! Das was sie ängstlich vermutet hatte, aber nicht wahr haben wollte, war geschehen. Entsetzt sah Luisa Bettina mit dem Kopf nach unten im Wasser liegen. In ihrer Verzweiflung dachte sie zuerst an ihren Mann, Stefan würde ihr helfen. Sie lief zum Telefon und sagte ihm schwer atmend was hier geschehen war.

Stefan brauchte ein paar Sekunden um das aufgeregte stammeln seiner Frau zu entwirren und real in sich auf zu nehmen. Seine Gedanken teilten sich in Traum und Wirklichkeit. Doch dann versuchte er Luisa zu beruhigen und sagte ihr was sie tun solle. Vielleicht war Bettina doch noch zu retten. Gleich nach Luisas Anruf verständigte er den Notarzt. Danach rief er Mark an und bat ihn soforrt nach Hause zu fahren.

„Bettina ist verunglückt sagte er hastig. Bitte beeile dich. Luisa ist im Moment alleine mit ihr."

Stefan wartete Marks Antwort gar nicht erst ab. Er musste so schnell wie möglich zu den beiden Frauen fahren. Als er den Hörer auf die Gabel legte, bemerkte er, dass seine Hände zitterten.

Mark starrte fassungslos auf das Telefon. Stefan nahm also an, dass Bettina noch am Leben sei. Nie und nimmer. Diesen Unfall hatte er so perfekt arrangiert dass nichts schief gehen konnte. So schnell er sich erschrocken hatte, so schnell beruhigte er sich auch wieder.

Kein Grund zur Panik. Vorsorglich hatte er eine komplette, haargenau gleiche Ausstattung wie er sie schon am Morgen trug- Anzug- Hemd - Krawatte – Schuhe, im Büroschrank deponiert. Als er wieder ins Büro zurückgekommen war, hatte er das, was er daheim getragen hatte ausgezogen, sich umgekleidet und dann alles mitsamt den Mantel und Hut in einen Müllsack gestopft und den würde er so bald als möglich in irgendeinem Kleidercontainer entsorgen. Alles andere, Fingerabdrücke usw. waren ja ganz normal dass sie im Haus und Swimmingpool vorhanden waren. Ausserdem war er ja in der Tatzeit im Büro. Frau Kiesel würde dies mit aller Deutlichkeit bezeugen, denn er hatte gleich als er wieder zurück im Büro war, eine Tasse Kaffee bei ihr bestellt. Als sie ihm dann den Kaffee auf den Schreibtisch stellte, hatte er ihr gesagt dass er immer noch eine ganze Weile absolute Ruhe brauche um endlich den ganzen Wust von wichtigen Papieren aufzuarbeiten. Gab es ein besseres Alibi? Doch nun war es an der Zeit nach Hause zu fahren.

Er liess Frau Kiesel zu sich ins Büro kommen und sagte aufgeregt zu ihr: "Gerade hat mein Bruder mich angerufen und mir gesagt, dass meine Frau erneut einen Unfall gehabt hat."

Frau Kiesel starrte ihn erschrocken an:" Oh, das tut mir aber leid! Ist sie schwer verletzt?"

Mark schob konfus die Papiere hin und her: "Ich glaube schon," stöhnte er, "lassen Sie bitte alles so liegen wie es ist. Ich arbeite morgen weiter an den Unterlagen. Ich muss jetzt unbedingt nach Hause." Er lief an der nach Worten ringenden Frau Kiesel gehetzt vorbei und liess die Tür mit einem Knall hinter sich zufallen.

Vanessas Ärger legte sich langsam. Es war falsch von ihr, auf ihre Oma wegen dem Besuch ihres Vaters böse zu sein. Sie konnte ja den Grund ihrer tiefen Abneigung gegen ihren Vater nicht ahnen. Oma versuchte eben immer zu helfen und wünschte sich für jedes Familienmitglied das Beste. Sie ging zurück in die Wohnung und suchte nach ihr. Aus der Küche drang das hantieren von Töpfen und Pfannen. Vanessa öffnete die Tür und wartete bis sich ihre Oma umdrehte. Dann ging sie auf sie zu und fragte leise: „Darf ich dich stören?"

Frau Wegner drehte sich um und forschte in den Zügen ihrer Enkelin: „Du störst mich nicht. Aber es würde mich freuen, wenn du endlich Frieden mit deinem Vater schliessten könntest."

Vanessa sah zur Seite und sagte rauh: "Verzeih mir Oma, aber das braucht noch seine Zeit."

Frau Wegner fuhr zuversichtlich fort: "Dein Vater bereut es sehr, dass er Alex falsch eingeschätzt hat. Er weiss, dass er ihm die Chance verweigert hat, ihm zu zeigen, dass er dich wirklich liebt. Für ihn sah es eben so aus, als hätte Alex nur eine Frau gesucht, die ihm ein sorgenloses Leben bieten kann. Ich habe ihn vom Gegenteil überzeugt. Dein Vater möchte dir gerne helfen über den Tod von Alex hinwegzukommen. Jetzt liegt es an dir, die Vergangenheit ruhen zu lassen."

"Lass mir Zeit Oma. Im Moment sitzt der Schmerz noch zu tief in mir. Vielleicht werde ich es eines Tages schaffen mit Vater einigermassen auszukommen. Aber bestimmt nicht hier. Hier möchte ich mit dir ganz alleine sein." „Das kannst du ja," lächelte Frau Wegner einigermassen beruhigt. Dann sagte sie: "So und jetzt koche ich deine Lieblingsspeise. Du kannst ja in der Zwischenzeit deine Sachen auspacken und es dir in deinem Zimmer gemütlich machen."

„Auspacken? Ach du Schreck – jetzt fällt es mir wieder ein – ich habe meine Reisetasche am Bahnhof vergessen. Ich muss also unbedingt noch einmal zurück fahren."

So ungeschickt war das gar nicht, denn sie konnte nun ausserhalb des Hauses Robby anrufen. Oma hatte oft sehr hellhörige Ohren.

Werners Laden wurde von seinem neuen Besitzer ebenso fortgeführt wie bisher, aber Robby brachte es nicht übers Herz hinüber zu gehen. Ausserdem was sollte er dort? Zu Hause türmten sich die Computerteile und er verspürte nicht die geringste Lust sie zusammenzubauen. Am Wochenende löste er mit Müh und Not das Versprechen das er Max gegeben hatte ein und das war vorläufig der letzte Computer den er zusammenschraubte. Momentan interessierten ihn ganz andere Dinge. Er malte sich aus, wie es wohl wäre, wenn er Vanessa sein Heim zeigen zeigen würde. Es ist, so schwärmte er sich vor, auch gross genug für zwei Personen. Nur müsste er das Haus unbedingt renovieren und der Garten...! Schuldbewusst schimpfte er sich einen Trottel weil er in den letzten Jahren alles so verwildern liess. Nun wartete einen Heidenarbeit auf ihn. Doch was tut der Mensch nicht alles wenn er eine Familie gründen will. Also krempelte er die Ärmel hoch und verwendete jede freie Minute zur Verschönerung seines Umfeldes.

Dabei entwickelte er ungeahnte handwerkliche Fähigkeiten. Trotzdem musste er sehr bald feststellen, dass er es nicht alleine schaffen würde in so kurzer Zeit alles auf Vordermann zu bringen. Vielleicht sollte er doch ein paar Freunde um Mithilfe bitten? Für was hat man denn Kumpel? Schliesslich hatte er auch schon einigen von ihnen aus der Klemme geholfen. Gerade war er dabei dem Wohnzimmer einen neuen Anstrich zu verpassen. Er tauchte die Malerrolle in den Farbeimer und dachte an das Durcheinander, das er schon alleine beim Ausräumen dieses Zimmers veranstaltet hatte. „Wo bleibt dein angeborenes Organisationstalent?" hätte ihn Werner gehänselt und hätte ihn ohne langes wenn und aber geholfen. Der bittere Geschmack im Mund verdichtete sich. Ob er jemals wieder so einen guten Freund finden würde? Er legte die Rolle wieder zur Seite und ging zum Telefon um ein paar Helfer an Land zu ziehen. Auf dem ABC Register lag ein voller Spickzettel mit datierten Terminen. Einer davon sprang ihm dick unterstrichen ins Auge. Mit Vera und Familie, Eltern in Frankfurt besuchen. Nach all dem was ihm in letzter Zeit widerfahren war, hatte er überhaupt nicht mehr an diese Reise gedacht. Nun sass er in der Zwickmühle, denn die Fahrt war schon für übermorgen geplant. An einem Tag konnte er hier nicht mehr viel bewerkstelligen. Er musste ja auch noch packen. Sollte er alles liegen und stehen lassen? Oder sollte er Vera anrufen und ihr sagen dass er nicht mitfahren möchte? Nein, Vera würde diese Absage nicht verstehen. Sie würde ihn mit tausend Fragen bombardieren weshalb er diesen Rückzieher machte. Doch er mochte ihr noch nichts von der Renovierung des Hauses und seinen Heiratsplänen erzählen. Er würde sie, wenn die Zeit reif dazu war, vor vollendete Tatsachen stellen und er malte sich ihr erstauntes ungläubiges Gesicht dabei aus. Er legte das Register wieder an seinen Ort und beschloss seine Bekannten erst nach der Reise nach Frankfurt um Hilfe zu bitten.

Vanessa lag im Liegestuhl auf der Terrasse und döste vor sich hin. Jedenfalls sah es für ihre Oma die sie nun schon ein paar Tage lang bemutterte, so aus. Aber dieses Nichtstun wurde Vanessa schon wieder zuviel. Sie dachte unentwegt an München – an ihre Marionetten. Es gab noch viel zu tun. Als sie gestern Abend mit Robby telefoniert hatte, hatte er nervös geklungen. Sie hatte ihn darauf angesprochen, hatte geglaubt, das hänge mit der Erpressung zusammen. Doch er war nur so aufgeregt weil er mit seiner Schwester Vera für ein paar Tage zu seinen Eltern nach Frankfurt fahren musste. Er hatte Angst gehabt, sie nicht rechtzeitig darüber informieren zu können. Sonst schien sich in seinem Leben noch nichts geändert zu haben. Seine Stimme hatte, nachdem er ihr von seiner Reise berichtet hatte, wieder heiterer geklungen und er hatte ihr gesagt wie sehr er sich auf eine gemeinsame Zukunft mit ihr freue. Es gab keine Anzeichen dafür dass ihm die Brüder Brückner oder sonst wer an den Fersen hing. Aber das würde sich bald ändern. Sie lächelte boshaft vor sich hin und dachte an das Päckchen das sie heute noch absenden würde.

Robbys Reise passte da genau in den Plan. Ihre Oma schob den Servierwagen mit dem Kaffeegedeck auf die Terrasse. Vanessa half ihr beim Tischdecken und als sie danach gemütlich beieinander sassen, sagte sie spontan: "Oma, ich werde mir ein Haus in München kaufen."

Die alte Dame stellte überrascht ihre Kaffeetasse zurück auf den Tisch und fragte: "Habe ich richtig gehört? Du willst dir ein Haus kaufen? Übernimmst du dich da nicht finanziell?"

Vanessa legte beruhigend ihre Hand auf den Arm von Frau Wegner. "Mach dir bitte nicht schon wieder Sorgen um mich Oma. Ich habe das Geld aus der Lebensversicherung von Alex erhalten. Es reicht zwar noch nicht für die Anzahlung, aber ich kann ja jetzt bald über die Hunderttausend von Mutter verfügen. Ich möchte mir ja nicht gleich eine Luxusvilla zulegen. Mit dem Startkapital werden die monatlichen Raten für ein Reihenhaus oder ähnlichem sicher keine zu hohe Belastung für mich sein. Miete müsste ich ja auch bezahlen."

Sie schwieg und sah ihre Oma erwartungsvoll an. Aber Frau Wegner konnte sich nicht so recht für Vanessas Vorhaben begeistern. „Ich dachte," sagte sie, "du wärst mit deiner neuen Lebensweise zufrieden?"

Vanessa nickte: „Im grossen und ganzen bin ich das auch. Es geht auch nur um das kleine Apartment. Ich hätte nie gedacht, dass es mich so erdrücken würde.

Ansonsten gefällt es mir in München sehr gut und weißt du was? Das Tüpfelchen zu meinem Glück wäre es, wenn du nach dem Kauf meines Hauses zu mir ziehen würdest."

Frau Wegner verschüttete fast ihren Kaffee:
„Ich? Vanessa du scherzt! Ich soll nach München ziehen? Du weißt doch, dass man einen alten Baum nicht verpflanzen soll. Sieh dich doch mal um – allein dieser Garten birgt tausend Erinnerungen an deinen Grossvater und deine Mutter."
Vanessa war bestürzt. Sie seufzte: „Ach, Oma, ich hatte mir schon alles so schön ausgedacht."
Frau Wegner sah ihre Enkelin nachdenklich an, dann sagte sie etwas enttäuscht:
„Ich habe mir mein zukünftiges Leben auch anders vorgestellt, meine Liebe. Bis heute habe ich gehofft das du dir eines Tages eine Stellung hier in Frankfurt suchst und dann bei mir im Haus wohnst. Doch wenn es dich so nach München zieht ist dieser Traum von mir eben ausgeträumt."
Vanessa sah sie erschrocken an: "Ich hatte keine Ahnung von deinen Wünschen. Du hättest, ehe ich nach München gezogen bin, mit mir darüber sprechen sollen.
Jetzt nimmst du mir meine Pläne sicher übel. Vielleicht bleibe ich auch gar nicht so lange in München, wer weiss schon..."
Frau Wegner nahm Vanessa in den Arm: "Aber Kind!" sagte sie, "hab keine Angst, ich nehme dir deine Pläne nicht übel – im Gegenteil. Ich werde dir natürlich auch finanziell unter die Arme greifen. Es kam halt alles ein wenig überraschend für mich." Vanessa fühlte die

Traurigkeit ihrer Oma und es schnürte ihr fast die Kehle zu. Sie versuchte sie nocheinmal davon zu überzeugen mit ihr zusammen zu ziehen. „Ach Oma, ich möchte doch nur, dass du hier nicht mehr so einsam leben musst."

„Ich und einsam? Wo denkst du hin? Ich habe doch hier alle meine Bekannten und Freundinnen. Ausserdem, was sollte ich dann mit Erna tun? Sie hilft mir schon so viele Jahre im Haushalt und sie ist auf das Geld angewiesen.

Wer nimmt sie denn noch in diesem Alter? Du brauchst dir wirklich keine Gedanken machen. Ich komme schon zurecht."

Am nächsten Morgen sah Frau Wegner dem Taxi in dem Vanessa sass so lange nach bis es im Gewühl der anderen Autos untergetaucht und nicht mehr zu sehen war. Sie wusste nicht, sollte sie traurig sein weil sie ihre Enkelin nun sicher wieder eine längere Zeit nicht mehr sehen würde, oder froh über die wiedergewonnene Ruhe.

Die letzten Tage waren doch sehr anstrengend gewesen. Vanessa war das reinste Energiebündel. Am liebsten hätte sie ihr das ganze Haus auf den Kopf gestellt. Sie musste sie immer wieder bremsen und sie daran erinnern, dass der Urlaub zum Erholen und Ausruhen gedacht sei. Manchmal hatte sie ihre Ermahnung beherzigt und ein paar besinnliche Minuten eingelegt, aber das war nicht lange gutgegangen. Sie war schnell nervös und launisch dabei geworden. Während

Frau Wegner ins Haus zurück ging entschuldigte sie ihre Enkelin. "Sie ist eben jung."

Der ICE schoss München entgegen. Vanessa schien es, als verändere sich ihr Leben ebenso rasant wie diese Fahrt. Seit sie ihrer Oma gesagt hatte, dass sie sich endgültig in München niederlassen wollte, fühlte sie sich frei und zufrieden. Obwohl Oma enttäuscht über ihre Pläne war, hatte sie ihr dann doch alle guten Wünsche mit auf den Weg gegeben und der Batzen Erspartes den sie ihr zum Hauskauf dazu geben wollte, war auch nicht zu verachten. Wenn es so weiter geht, bin ich eine echt gute Partie, freute sie sich. Die Million in meinem Schliessfach, der Zuschuss von Oma und eines Tages werde ich sie und Vater beerben. Alles läuft gut. Die Behörden haben meinen Antrag , meinen Geburtsnamen wieder annehmen zu dürfen, stattgegeben. Vanessa Winter ist passee. Es lebe Vanessa Karsten.

Die schriftliche Kündigung bei der Kanzlei Schmitt liegt schon absendebereit in meiner Tasche und das Problem Robby, wird sich sicher auch bald lösen.

Ein paar Stunden später war sie ihrem Ziel noch näher gerückt. Sie hatte ihr Apartment zum nächst möglichen Termin gekündigt. Bis zum Auszug wollte sie die kleine Wohnung nur noch als Büro nutzen, denn der nächste Schachzug stand schon fest. Sie fuhr in die Stadt, deckte sich mit einer völlig neuen modischen Garderobe ein, kaufte sich zwei Koffer, packte alles ein und liess sich von einem Taxi zum Hotel Königshof fahren. Dort, so wusste sie, würde sie die Brüder Brückner am ehesten kennenlernen.

Greg kehrte mit gestärktem Ego aus Paris zurück. Sein Auftrag war aalglatt über die Bühne gelaufen, hatte ihm allerhand Tantiemen eingebracht. Nun hatte er genügend Zeit, das Problem der Brüder Brückner und von Patrick aus der Welt zu schaffen. Er rekonstruierte in Gedanken das ganze Geschehen. Dann fingerte er sein Notizbuch aus der Tasche und schrieb die wichtigsten Punkte auf.
Dabei kristallisierte sich immer mehr der Verdacht auf Robert Braun, der Mann, der Werner nach dem Unfall gefunden hatte. Er musste dessen Freund sein. Der frühe Nachmittag lies Greg noch genügend Zeit für diesbezügliche Nachforschungen. Er holte sich den Block auf dem er sich ein paar Punkte über das Umfeld des Händlers vermerkt hatte, hervor. Aber die Notizen über diesen Robert Braun prangten nur spärlich am Rande. Er war nicht auf der Kundenliste des Händlers vermerkt und somit hatte er ihm zuwenig Beachtung geschenkt. Verflixt!
Das hätte ihm nicht passieren dürfen. Jetzt musste er schnellsten dessen Adresse herausfinden. Er beschloss zu Patrick zu fahren. Vielleicht hatte er inzwischen etwas Neues erfahren oder er konnte ihm bei der Suche nach diesem Braun helfen. Auf jeden Fall konnte es nicht

schaden mit ihm nocheinmal über die ganze Sache zu sprechen.

Als Greg kurz darauf bei Patrick eintraf, fand er ihn, ein Glas Whisky in der Hand haltend, mit mürrischer Miene und geröteten Augen an seinem Schreibtisch sitzen.

„Hallo, begrüste er ihn. Was ist dir denn über die Leber gelaufen? Gehen die Geschäfte schlecht oder hat sich der Erpresser wieder gemeldet?"

"Nichts dergleichen," brummte Patrick, zog sich hoch und ging zum Barschrank. „Nimmst du einen Drink?"

„Danke gerne." Greg lies sich in den geschmeidigen Ledersessel gleiten und nahm den Whisky entgegen.

„Spuck's aus alter Schwede, vielleicht fühlst du dich dann besser."

Patrick setzte sich Greg gegenüber, trank sein Glas in einem Zug leer, stellte es auf den Tisch und betrachtete es, als fülle es sich gleich von alleine. Dann sah er Greg mürrisch an und murrte: „Ich komme mit Mark in der letzten Zeit einfach nicht mehr zu recht". "Früher habe ich ihm nichts krumm nehmen können aber jetzt benimmt er sich zu provokant."

Greg wunderte sich über Patrick. Warum liess er sich bloss so gehen? Zog er vor Mark den Schwanz ein? "Wie meinst du das mit provokant? Benimmt er sich nur Dir gegenüber so?"

„Nicht nur zu mir," sagte Patrick. "Er wird demnächst mehrere Leute vor den Kopf stossen. Er möchte Bettina still und leise, ich möchte fast sagen, heimlich, beerdigen lassen. Das gibt jede Menge Verdruss."

"Bestimmt, nickte Greg, aber im Endeffekt muss Mark mit der Sache selbst klar kommen. Einerseits kann ich ihn sogar verstehen. Sicher möchte er den Presserummel aus dem Weg gehen."

„Genau, das war sein Argument als ich ihn darauf ansprach," gab Patrick zu. "Doch was ist mit Bettinas Vater? Er reist ahnungslos in der Weltgeschichte herum und Mark denkt nicht daran zu warten bis er zurück kommt. Ich finde, er sollte wenigstens einen Notruf im Radio starten. Ausserdem – was ist mit den vielen Freunden und Bekannten der Familie?"

Greg sah Patrick nachdenklich an und erklärte ihm dann: „Die Sache ist ganz einfach. Mark wird sich fragen wo diese sogenannten Freunde waren als Bettina krank war."

Patrick strich sich gereizt über die Augen: „Natürlich kann es so sein wie du annimmst. Aber ich werde das Gefühl einfach nicht mehr los, dass Bettinas Tod allzusehr nach deinem Strickmuster verlief."

Fast wäre Greg aus dem Sessel gesprungen. „Du willst doch damit nicht andeuten, dass ich hinter Bettinas Tod stecke?" Entrüstet stellte er das Whiskyglas auf den Beistelltisch. „Ich..." „Das würde ich nicht wagen zu sagen und erst recht nicht glauben," entschuldigte sich Patrick schnell. "Doch du kannst es mir nicht abstreiten dass es immer wieder Nachahmer gibt und Mark könnte so einer sein. Du weißt," fuhr er im tragischem Ton fort, "dass mir Bettina sehr nahe stand und kannst jetzt sicher verstehen dass diese Zweifel meine Freundschaft zu Mark beeinträchtigen."

Gregs Augen wurden schmal: „Mag schon sein dass Mark sich seine Freiheit auf diese Art zurückholte aber im Interesse eurer geschäftlichen Beziehung rate ich dir dringend diese Gedanken sofort ad Akta zu legen. Du bist doch sonst nicht so zart besaitet. Also Schwamm darüber!"

„Wahrscheinlich sehe ich Gespenster," gab Patrick zu, griff nach seinem Glas und stand auf.

„Das würde ich für heute auch bleiben lassen, du brauchst einen kühlen Kopf," riet ihm Greg mit einem Blick auf den Barschrank.

„Ja," sagte Patrick und liess sich in den Sessel zurückfallen, "aber ich musste diesen Frust einfach los werden. Und jetzt zu dir. Ich nehme an, dass du mit mir über den Erpresser sprechen möchtest."

„Ja," erwiderte Greg, "diese Geschichte muss doch mal zu Ende gebracht werden. Ich habe jetzt alle Personen vom Umfeld des Händlers überprüft. Dabei ist mir bewusst geworden dass nur Robert Braun mit im Spiel sein kann."

„Braun? Meinst du den Mann, der den Händler tot auffand?"

„Ja," sagte Greg. "Und jetzt benötige ich so schnell als möglich dessen Adresse, damit ich ihm auf die Pelle rücken kann."

„Das ist kein Problem für mich", winkte Patrick ab. "Ich kann dir sogar den Polizeibericht über die Auffindung des toten Händlers beschaffen. Bist du dir wirklich sicher, dass Braun sein einziger Komplize war?"

Greg zuckte die Schultern: „Das wird sich dann schon zeigen."

Patrick sah Greg noch immer zweifelnd an: "Also, ich glaube, dass da ein kleverer Kerl wie der Braun dahinterstecken könnte. Denk doch mit welcher Frechheit der Erpresser uns an der Nase herumgeführt hat. Vielleicht sind es mehrere und einer der Ganoven sitzt sicher in Frankfurt."

„Eins nach dem anderen," sagte Greg und erhob sich aus dem Sessel. "Im Moment sind nur die Unterlagen von diesem Braun für mich wichtig. Je eher du sie mir beschaffen kannst, je besser ist es für euch. Also bis später!"

„Bis später," grinste Patrick.

Patricks Beziehungen reichten weit und so lag der gewünschte Unfallbericht schon zwei Stunden später auf Gregs Schreibtisch. Greg vertiefte sich gespannt in die Papiere und studierte den Hergang, den er allerdings besser hätte schildern können. Aber das war jetzt nicht das Wesentliche. Er benötigte vor allen Dingen die Adresse von Robert Braun und die stand in dem Bericht.

Ausserdem erfuhr er auf diese Weise dessen Beruf, Alter und Anschrift seiner Arbeitsstelle. Er grinste in sich hinein „Dieser Braun ist also so ein Bürohengst, bei dem alles nach Schema, alles immer im gleichen Trott abläuft.

Die Spielerei mit den Computern ist eine Abwechslung für ihn. Er stellte sich plastisch vor, wie Robert Braun vor seinem Computer sass, die Festplatte überprüfte und die Daten der Brüder Brückner wieder hervorholte. Damals mussten dessen Gedanken routiert haben und er war sich in diesem Augenblick bestimmt sicher, dass jetzt seine grosse Stunde geschlagen hat. Warum sollte er sich nicht ein Stückchen vom grossen Kuchen dieser Reichen abschneiden wollen? Fast verständlich. Doch ein wenig zuviel gewagt." Greg sah auf die Uhr. Um diese Zeit konnte Braun noch im Büro sein. Er wählte die Nummer der Steuerkanzlei Schmitt und fragte nach Herrn Braun.

„Herr Braun ist heute nicht in der Kanzlei", wimmelte ihn eine weibliche Stimme ab.

"Überhebliche Gans!" knurrte Greg und drückte erneut auf die Tasten. Vielleicht war Braun zuhause. Doch hier meldete sich nur der Anrufbeantworter. Zum Teufel!

Irgendwo musste er ihn erreichen. Wo steckte dieser Kerl nur? Greg überlegte kurz und meldete sich noch einmal bei der Firma Schmitt. „Kriminalkommissar

Wagner, sagte er energisch. Ich hätte gerne Herrn Braun gesprochen."

Nun bekam er sofort die gewünschte Auskunft. „Tut mir leid Herr Kommissar aber Herr Braun ist erst in drei Tagen wieder in der Firma. Er ist zu seinen Eltern nach Frankfurt gereist."

Fast hätte Greg laut aufgelacht als er den Hörer niederlegte. So ist der also auf die Frankfurtmasche gekommen.

Besucht ab und zu seine Eltern und denkt uns dabei austricksen zu können. Ich möchte wetten dass in den nächsten Tagen der Stick mit dem Frankfurter Stempel bei Mark eintrifft. Das war für Greg die letzte Bestätigung.

Leider konnte er sich diesen Braun nun nicht sofort vorknüpfen. Doch wenn er es sich recht überlegte, war dies gar nicht so schlecht. In der Zwischenzeit blieb ihm genügend Freiraum sich über Roberts Lebensgewohnheiten zu informieren und seine Wohngegend auszuspionieren. Ein hämisches Lächeln breitete sich über Gregs Gesicht. „Die drei Tage seien ihm gegönnt, dann werde ich mir den Hacker vornehmen.

Mark besah sich den Stick den er heute per Post erhalten hatte. Wieder lag nur eine kurze Information dabei.

„Keine weiteren Daten mehr vorhanden". Er konnte diese Aussage vorläufig glauben, denn bisher hatte der Erpresser Wort gehalten. Nachdem er das Geld erhalten hatte war kein weiterer Erpressungsversuch unternommen worden und jetzt nach einiger Verspätung die Ankunft des Sticks mit den verräterischen Daten. Doch noch immer plagte ihn die Frage: „Was wusste der Erpresser von Bettina? War er mit ihr im Bunde gestanden?" Dann konnte es möglich sein, dass er später mit einem noch schwereren Geschütz aufwartete. Das durfte auf keinen Fall geschehen. Greg musste den Erpresser so schnell wie möglich erledigen. Bis jetzt glaubte die Polizei dass Bettina einen Unfall hatte und so sollte es auch bleiben. Er verfolgte das ganze Geschehen noch einmal in Gedanken zurück und fand keinen Fehler in seinem Tun. Die jammernde Luisa, die dem Beamten immer wieder vorkaute wie leichtsinnig Bettina mit ihrem Körper umgegangen war und von niemandem einen Rat angenommen hatte, konnte nicht überzeugender sein.

Fast hätte Kommissar Breitner Luisa auch noch verdächtigt. „Und das auf Grund meiner Vorarbeit," grinste Mark in sich hinein. Er hätte ohne mit der Wimper zu zucken diesen Verdacht auch noch bestärkt aber es fand sich bei Luisa kein Motiv für einen Mord. Die Kriminaler glaubten schon eher an Selbstmord. „Was solls", sagte er sich, ich muss noch eine Weile wachsam bleiben." Er verstaute den Stick in seiner Aktenmappe und verliess sein Büro. Für einen trauernden Witwer gab es viel zu erledigen. Auf der Fahrt zu Stefan und Patrick, die ihm nach dem schrecklichen Unglück das ihn traf, sofort ihre Hilfe anboten, kam Mark Bettinas Vater in den

Sinn. Zum Glück sonnte der sich noch irgendwo in der Südsee. Es war gut für ihn, dass sich der alte Herr Hals über Kopf in dieses junge Ding verliebt hatte und mit ihr ohne genaueres Ziel anzugeben auf Hochzeitsreise gegangen war. Bis er wieder zurück kommt, ist Bettina längst unter der Erde. Beschwingt fuhr Mark in die Tiefgarage des Geschäftshauses in dem sich Patricks Büro befand und spitzte die Lippen um den Song der gerade aus dem Radio dröhnte, mitzupfeiffen, hielt aber abrupt inne. Er könnte ja von irgendeinem Bekannten gesehen werden und so spielte er sich lieber auf die Leidensmiene eines gebrochenen Ehemannes ein. Daher klang, als er Stefan und Patrick begrüsste, seine Stimme gepresst und traurig.

Einen kurzen Moment schimpfte ihn Patrick im Stillen einen Heuchler. Aber dann schob er diese Gedanken wieder zurück. Vielleicht tat er ihm unrecht. Auch wenn es für Mark nur eine Vernuftehe war, so war er Betteina doch sehr zugetan. Ja er bewunderte sie sogar in vielen Dingen und der Schock über ihren Tod konnte tiefer in ihm sitzen als man bei ihm vermutete. Wie dem auch sei.
Das Leben geht weiter und Greg hat recht, sagte er sich. Ich muss mich auf das Geschäftliche konzentrieren.
Mark nahm den Stick aus seiner Mappe und gab ihn Patrick: „Ist heute Morgen per Post gekommen", sagte er kurz.

Patrick wog das kleine Ding in seiner Hand als wäre es schwer wie Blei: "Hast du schon kontrolliert was darauf gespeichert ist?"

Mark winkte ab: „Das überlasse ich dir. Der Erpresser behauptet jedenfalls es seien alle Daten darauf die er von uns besass."

Der Stick lag noch immer in Patricks Hand und er hätte ihn am liebsten zertreten. Mit so einem Ding war das Misstrauen zwischen Mark, Stefan und ihm getreten. Er sah Mark zweifelnd an: "Und du glaubst ihm?"

„Natürlich nicht!" fauchte Mark. "Deshalb ist für Greg der Auftrag erst erfüllt wenn er den Erpresser gefunden hat."

Stefan beteiligte sich nur wortkarg an der Unterhaltung, denn er dachte unentwegt an Luisa, mit deren Schockzustand er fertig werden musste.

Kommissar Breitner studierte das Abschlussprotokoll über den Unfall von Bettina Brückner. Nachdenklich ging er noch einmal alle Fakten durch. Irgend etwas behagte ihm nicht so recht an der Sache. War es wirklich ein Unfall? Es gab da mehrere Möglichkeiten und unbeantwortete Fragen. Hat die Schwägerin Luisa gelogen? Ihren Aussagen zu Folge hatte sie Mark Brückner ausdrücklich darum gebeten, seine Frau an diesem Nachmittag aufzusuchen. Mark Brückner hingegen gab zu Protokoll. Er habe seine Schwägerin lediglich darum gebeten sie solle sich doch mit seiner

Frau nach dem unliebsamen Streit wieder versöhnen und sie gelegentlich wieder besuchen. „Welcher Streit?, hatte er ihn gefragt. "Eigentlich waren es nur belanglose Banalitäten," hatte Mark Brückner geantwortet. Luisa hatte eine andere Vorstellung über Bettinas Heilungsprozess wie diese selbst. Bettina hatte das lange herumliegen und sitzen satt. Sie hat es vielleicht ein wenig mit der Gymnastik übertrieben. Luisa hat geglaubt dass Bettina sich zuviel zumutet. Deshalb hat sie sich mit ihr überworfen. Wie sie sehen war das kein Grund sich lange zu zürnen." In diesem Punkt musste er Herrn Brückner recht geben. Diese Plänkelei war wirklich kein Grund sich lange aus dem Weg zu gehen. Der Kommissar stellte sich noch einmal Luisa Brückner nach dem Unfall vor. Sie war total aufgelöst und verwirrt gewesen. Das konnte nicht gespielt sein und wo läge das Motiv für einen Mord?

Ausser dieser unwichtigen Auseinandersetzung verstanden sich die Schwägerinnen laut Aussage der Angestellten gut. Nein, diesen ersten Verdacht konnte er abhaken. Mark Brückner? Ihn hielt er für kalt und berechnend, aber es gab nichts was auf ihn als Täter hinwies. Alle Aussagen die ihn betrafen, waren positiv für ihn. Seine Angestellten betstätigten die Harmonie der Ehe und dass er sich nach dem Autounfall seiner Frau sehr um sie bemüht hätte. War alles bloss eine Schau? Wer sollte dies beweisen? Zudem besass Herr Brückner ein hieb und stichfestes Alibi. Seine Sekretärin beschwor, dass er den ganzen Nachmittag bis zu jenem verhängnisvollen Anruf im Büro gewesen sei. Geld konnte in diesem Falle auch keine wesentliche Rolle spielen, denn das besass Mark Brückner selbst genug. War es Selbsmord? Auch diese These passte nicht in das Bild das er sich von dieser Frau gemacht hatte. Wo läge der Grund für diese Tat? Freilich, sie hatte mit der langwierigen Krankheit zu kämpfen. Aber weshalb hätte sie sich mit dieser anstrengenden Gymnastik abgeplagt, wenn sie die Absicht gehabt hätte ihrem Leben ein Ende zu setzen? Aber konnte man in die Seele eines Menschen sehen? Vielleicht litt sie manchmal an Depressionen? Warum hätte sie sonst das Personal weggeschickt? Nur, tat eine Frau so einen entscheidenden Schritt ohne einen Abschiedsbrief zu hinterlassen? Darauf wird es nie eine Antwort geben und für so eine Verzweiflungstat konnte niemand zur Rechenschaft gezogen werden. Ein Fremdeindringen konnte auch nicht festgestellt werden. Also war er wieder am Anfang angelangt. Der Gerichtsmediziner hatte klar und deutlich den Tod durch ertrinken festgestellt. Somit konnte er nicht anders handeln. Er musste die Leiche zur Beerdigung freigeben. Zögernd schloss er die Akte und stellte sie in die Reihe der abgeschlossenen Fälle.

Zuerst nahm Mark an, dass es am besten sei, Bettina in aller Stille zu beerdigen. Nun musste er sich gestehen dass es eine Art Panikreaktion von ihm gewesen war, die Sache nur möglichst schnell und ohne Aufhebens hinter sich zu bringen. Das Gespräch mit Patrick über diese Angelegenheit hatte ihn nachdenklich gestimmt. Und jetzt da die Leiche Bettinas von der Staatsanwaltschaft ohne weiteres freigegeben wurde, konnte ihn auch nichts mehr daran hindern eine standesgemässe Beerdigung zu veranlassen. So konnte er dem vielem unnötigen Gerede aus dem Wege gehen. Er scheute sich eigentlich nur vor der Konfrontation mit seinem Schwiegervater. Ihm wollte er auf keinen Fall am Grab gegenüberstehen. Deshalb nahm er sich vor, ihn erst am Abend vor der Zeremonie per Notruf über das Radio zu verständigen. So würde Benno Hattinger sicher zu spät kommen und er könnte immer noch den Zeitpunkt der Durchsage als bedauerlichen Irrtum darstellen. Dieser Gedanke beruhigte ihn und so griff er zum Telefon und beauftragte seine Sekretärin sich mit dem Bestattungsunternehmen in Verbindung zu setzen und alles in die Wege zu leiten.

Vanessa musterte enttäuscht die einfallslose Einrichtung des Wartezimmers. Teure Ledercouch, in Reih und Glied aufgehängte Duplikate abstrakter Künstler, Glastisch, Palme in der Ecke, dicker Teppich – alles wie gehabtkeine Atmosphäre die sie ansprach. Dabei war sie extra eine viertel Stunde vor dem offiziellen Termin gekommen um das Flair Patrick Neufeld's zu spüren. Die gewisse

Vorstellung die sie sich von dem Herrn gemacht hatte, bekam deutliche Risse. Gelangweilt nahm sie auf der Couch Platz. Zum Glück benötigte sie diesen Herrn nur zur Geldanlage. Sie nahm die Tageszeitung die auf dem Beistelltisch lag und studierte die Aktienkurse. Aber im Grunde interessierte sie sich nur für den Kurs der Brückner AG. Erst wollte sie die Zeitung wieder zur Seite legen. Doch dann überflog sie die Nachrichten über die Dinge, die in ihrer Abwesenheit in der Stadt geschehen waren. Aber es war nichts dabei was sie vom Stuhl gerissen hätte. Die Todesanzeigen wollte sie überblättern, denn sie kannte ja doch niemand in dieser Stadt und genau in dieser Sekunde stockte ihr der Atem. Sie sah zum zweiten Mal auf den Namen den sie soeben nur überflogen hatte – Bettina Brückner-. Ihre Langeweile verflog mit einem Schlag. Sollte es wirklich die Frau sein die ihr im Weg stand? Sie las die Namen der Hinterbliebenen und war sich jetzt sicher dass es kein Irrtum sein konnte. Zum wiederholten Male erfuhr sie aus der Zeitung, dass sie ohne jegliches Dazutun einen Riesenschritt zu ihrem Ziel katapultiert wurde. Ihr Herz klopfte wild und sie sah nach dem Datum der Beisetzung.

Noch immer konnte sie es nicht fassen. Mit vielem hatte sie gerechnet aber mit so einer Nachricht...?

Sie lies die Zeitung sinken und stand auf. Es gab schon wieder eine Planverschiebung und nicht die schlechteste. Langsam wurde es mysteriös für sie und sie glaubte fast an eine Gedankenübertragung. Diesen raschen Tod der Rivalin hielt sie für unnormal und sie fragte sich woran sie wohl gestorben ist. Konnte es nun auch für sie gefährlich werden? Hastig verlies sie das Wartezimmer und bat die Sekretärin um einen neuen Termin. Draussen winkte sie ein Taxi herbei und nannte den Fahrer die Adresse ihres Apartments. Kaum zu Hause angelangt, schaltete sie ihren Computer ein und überprüfte sämtliche Daten.

Danach beruhigte sich ihr schneller Atem wieder. Es gab keinen Grund zur Aufregung, denn zu ihr lief nicht die geringste Spur. Im Gegenteil. Es schien, als spiele ihr zukünftiger Partner mit den gleichen Karten wie sie. Das erhöhte den Reiz ihn zu erobern noch mehr. Aus allen Überlegungen ergab sich der Schluss, dass er seine Frau mit der Erpressergeschichte in Verbindung gebracht hatte. Vielleicht war dieser Gedanke absurd, jedoch absolut möglich. Schliesslich lief ein grosser Teil der Geldverschiebung über Bettinas Firma und vielleicht stammte der verräterische Computer sogar aus ihrem Büro? Sie konnte Wind von den unlauteren Handeln der Brüder bekommen haben. Weniger wahrscheinlich, überlegte sie. Es muss noch eine andere Verbindung geben die Mark dazu veranlasste seine Frau zu verdächtigen. Oder war sie ihm ganz einfach lästig?

Konnte sein, aber es war für sie zu auffällig dass Frau Brückner gerade jetzt sterben musste. Jedenfalls wussten Mark und seine Partner wo der Computer zu suchen war, das hatte der Unfall von Werners eindeutig bewiesen. Natürlich hatte sie die Geldübergabe bei ihm arrangiert aber Patrick hatte die Brüder sicher darüber aufgeklärt wem er den Computer mit den aussagefreudigen Daten überlassen hatte und deshalb hatten sie ihn auch gleich im Vesier gehabt. Jetzt brauchte es nur einen kleinen Anschub von ihr und schon würden sie Robby als Hauptverdächtigen einstufen. Nach wie vor glaubte sie aber nicht dass die Brüder Brückner bei Werners Unfall selbst Hand angelegt hatten. Hier war ein Killer am Werk, den sie auf alle die es mit der Erpressung zu tun hatten, ansetzen würden. Dieser Killer hatte nicht vor, gnädig mit seinen Opfern umzugehen. Jetzt brauchte sie ein Glas Wasser oder vielleicht eine ganze Flasche, denn die Luft im Apartment kam ihr plötzlich so trocken wie in der Sahara vor. Als sie sich wieder erfrischt hatte, sagte sie sich, dass sie ja eigentlich froh sein müsse, wenn dieser Killer ihr einen schweren Stein nach dem anderen aus dem Weg räumt. Es vereinfacht die Sache und treibt alles schneller voran als erwartet. Sie veränderte einige Details ihres Planes und setzte danach wieder mehrere Punkte darauf. Danach holte sie sich alle Daten die sie über Bettina Brückner gesammelt hatte vom Computer und nickte anschliessend zufrieden. Es reichte aus, um sich eine neue Geschichte auszudenken. Der Fahrt zum Hotel stand nichts mehr im Wege.

Eine Gruppe der neuen Partner aus Norddeutschland waren angereist um die Stammfirma der Brüder Brückner zu besichtigen. Es war ein langer harter Tag aber er bot den Brüdern auch ein paar Stunden lang die Gelenheit, die Trauer abzulegen. Mark hatte wie stets zu diesen Anlässen, für seine Gäste Zimmer im Hotel Königshof reservieren lassen. Jetzt am Abend sassen sich die Herren zwanglos gegenüber und genossen das hervorragende Essen, das ihnen die Hotelküche bot und die dazu kredensten, erlesenen Weine sorgten für heitere Stimmung. Mark blickte zufrieden lächelnd in die Runde.
Er wusste dass dieser Tag erfolgreich zu Ende ging.
Trotzdem musterte er unauffällig die übrigen Gäste.
Immerhin konnte ein Reporter unter ihnen sein, der dieses Zusammentreffen wieder aufbauschte. Seine Augen trafen den Blick einer jungen Frau am Nebentisch.
"Interessante Lady," dachte er, und wandte sich wieder ab. Stefan stellte eine belanglose Frage und er beantwortete sie abwesend. Er fühlte sich plötzlich von dieser Frau beobachtet. Doch als er wieder zu ihr blickte, studierte sie gerade die Speisekarte und zeigte keinerlei Interesse an ihm. Wieso machte ihn dann ihre Gegenwart nervös? Bisher hatte er sie noch nie im Königshof gesehen. Sicher war sie nur auf Durchreise. Zur Münchner Schickeria gehörte sie jedenfalls nicht.
Anscheinend hielt sie sich alleine hier auf. Es sah jedenfalls nicht so aus, als ob sie auf Jemanden wartete.

Egal, was ging ihm diese Frau an? Einer der Herren wandte sich mit einer Frage an ihn und er schenkte seinen Gästen wieder die gebührende Aufmerksamkeit.

Später, als er sich von ihnen verabschiedete war der Platz am Nebentisch leer.

Am Tag der Beerdigung Bettinas schoben sich dunkle Wolken über Münchens Himmel. Doch der Regen hielt sich noch zurück. Die Trauergemeinde stand versammelt am Grab. Neben den wenigen Verwandten waren ein paar Freunde, viele Bekannte und jede Menge Neugierige gekommen. Nur Benno Hattinger, der Vater der Verstorbenen fehlte. Sicher hatte ihn die Nachricht vom Tod seiner Tochter, genauso wie von Mark geplant, nicht rechtzeitig erreicht. Natürlich wurde über die Abwesenheit des Vaters getuschelt. Patrick hatte Mark vor der Trauerfeier zur Seite genommen und ihn gefragt warum er seinen Schwiegervater nicht über Funk suchen lies.

„Habe ich mein Lieber, habe ich, doch anscheinend ist es nicht bis zu ihm hindurch gedrungen. Es tut mir leid aber glaube mir, diese Stunden sind mit oder ohne ihn schwer für mich zu ertragen." Patrick konnte die Worte auffassen wie er wollte und er hatte auch jede Antwort unterlassen.

Jetzt am Grab hörte Mark genervt der tröstenden Predigt des Pfarrers zu und hielt den Blick nach unten gesenkt. Er wusste dass viel Leute ihn beobachteten und es waren nicht nur mitleidige Blicke darunter. Endlich kam der Pfarrer zum Schlusswort und es kam wieder Bewegung in die Menschen um ihn. Kalt sah er zu, wie einer nach dem anderen Blumen auf den Sarg warf und ein paar Brocken Erde hinterher. Dann zogen sie an den Verwandten und ihm vorüber, wünschten Beileid und entfernten sich langsam. Plötzlich waren wieder diese grossen leuchtend grünen Augen vor ihm. Ein leichter Händedruck. Ein zarter Duft eines seltenen Parfüms das er nicht kannte und schon war sie an ihm vorüber gegangen, verloren wie ein Hauch. Was tat diese Frau hier? War sie eine Bekannte Bettinas? Er konnte sich nicht erinnern je ihre Bekanntschaft gemacht zu haben. Und wieder fragte er sich was ihn an dieser Frau so faszinierte.

Das klingeln an der Haustür sprang in Robby's Träume, vermischte sich mit ihnen, bis es immer deutlicher in sein Hirn drang, ihm sagte dass diese unliebsamen, lauten Töne blanke Realität waren. Da draussen stand Jemand der ohne jegliches Verständnis für einen Langschläfer gnadenlos bimmelte. „Soll er meinetwegen die ganze Nachbarschaft rebellisch machen, ich penne weiter," dachte er schlaftrunken und rollte sich auf die andere Seite. Schliesslich lag eine anstrengende Nacht auf der Autobahn hinter ihm. Die paar Stunden Schlaf die ihm bis jetzt vergönnt waren, kamen ihm wie ein paar Minuten vor. Leider gab der hartnäckige Mensch an der Tür nicht auf. In gleichmässigen Abständen drückte er auf den Klingelknopf. So wälzte sich Robby doch aus den Federn, zog seine Hausschuhe unterm Bett hervor und schlürfte grummelig zur Haustür.

Der Handwerker, der vor ihm stand, fuchtelte mit einer Ausweiskarte vor seinen Augen herum und sagte barsch: "Städtische Werke- Überprüfungsdienst. Ich muss die elektronischen Anlagen in den Häusern dieses Viertels kontrollieren."

Robby knurrte verärgert: „Mann – wissen sie wie spät es ist? Kommen sie in ein anderes Mal wieder. Ich muss jetzt unbedingt noch ein paar Stunden pennen."

"Meinetwegen pennen sie doch den ganzen Tag," herrschte ihn der Typ von der Stadt an. "Ich brauche sie bei meiner Arbeit nicht. Und jetzt lassen sie mich endlich rein. Ich hab noch ne ganze Menge Häuser zu überprüfen."

Am liebsten hätte Robby den Störenfried die Tür vor der Nase zugeknallt. Aber der Gewaltbrocken von Elektriker flösste ihm Unbehagen ein. Und so machte er ihm murrend Platz.

„Ich bin gerade beim Renovieren. Deshalb ist hier alles durcheinander", brummte er entschuldigend.

Dem Menschen von den städtischen Werken schien das wenig zu stören. Er schob sich an Robby und den Malerkübeln vorbei und fragte: "Geht's hier in den Keller?"

„Ja," knurrte Robby und trottete wieder ins Schlafzimmer. Müde wickelte er noch einmal die Bettdecke um sich. Doch jetzt, da er so ruhig da lag, kitzelten ihn seine Nerven wach. „Vielleicht sollte ich doch nachsehen was dieser Herkules so treibt", dachte er misstrauisch. Also kroch er wieder aus seinen mollig warmen Bett und ging ins Bad um sich zu erfrischen und umzukleiden. Inzwischen schien der Handwerker mit dem kontrollieren der Kabel und Stecker in den Kellerräumen fertig zu sein, denn er hörte ihn schon in der Küche rumoren und dann knarrten seine Schritte auf der alten Holztreppe nach oben und verrieten Robby dass er auf dem Weg zu seinem Allerheiligsten war. Ein fremder Mensch, allein bei seinen Computern? Das passte ihm gar nicht. Er öffnete die Badezimmertür, ging raus und stieg dem Mann hinterher. Hätte Robby dessen diabolisches Grinsen bei dem Anblick der Computer gesehen, wäre er sicher unten geblieben. So aber grollte er hinter dem Rücken des Arbeiters ins Zimmer: „Normalerweise hätten die städtischen Werke ihren Besuch ankündigen müssen."

„Normalerweise!" zischte der Hüne, "aber was ist schon normal?" Er drehte sich langsam um und sah ihn böse funkelnd an.

Robby starrte verwirrt auf den Revolver in der Hand des Handwerkers. Er war genau auf ihn gerichtet.

„Was soll das? stammelte er. Wer sind sie wirklich?"

Der Mann wirkte auf ihn, als hätte er sich gerade in ein Monster verwandelt. Und die Stimme dieses Monsters drang hart in seine Ohren: „Kannst du es dir nicht denken? Oder geht es nicht in dein Gehirn dass ich dich gefunden habe? Hast gedacht, bis wir dir auf die Spur kommen bist du längst mit dem Zaster verschwunden. Irrtum mein Lieber. Ich muss zugeben dass du ein kleveres Bürschchen bist, aber jetzt ist es genug. Es hat mir eine Menge Zeit gekostet dich zu finden. Dafür rückst du mir jetzt in Windeseile die Festplatte und falls du doch noch den Stick mit den Daten hast auch diese heraus."

„Festplatte? Stick?" Robby blieb reglos in der Tür stehen. „Ein Verrückter," schoss es ihm durch den Kopf.

Von welcher meiner Festplatten oder Sticks spricht der bloss? Ich habe doch jede Menge davon."

Der Mann mit dem Revolver wurde ungeduldig: „Na, wird's bald? Oder willst du dir wie dein Kumpan Werner die Radieschen von unten ansehen?"

„Werner – Festplatte!" Allmählich dämmerte es Robby.

Dieser Mensch hatte Werner auf dem Gewissen und nur alles wegen einer dämlichen Festplatte. Was sollte er nur tun? „Von welcher Festplatte reden sie?" stammelte er: "Ich habe mit Werner Dutzende dieser Dinger ausgebaut."

Die Stimme des Mannes wurde drohender: „Mach keine Mätzchen Kleiner – rück das Ding endlich raus!"

Doch Robby blieb noch immer starr stehen – „Ich weiss nicht...?"

„Was weißt du nicht?" Die Waffe kam gefährlich näher.
"Habt ihr etwa mit anderen Leuten das gleiche Spielchen wie mit uns getrieben? Dann will ich dir mal auf die Sprünge helfen. Ich sage nur Brückner – das ist deine letzte Chance."

Robby durchzuckte es heiss. Jetzt war es ganz gewiss.

Wegen dieser Festplatte hatte Werner sterben müssen.

Es war seine Schuld. Er hatte die Daten wieder hervorgeholt. Aber wie hatte es dieser Boxertyp erfahren?"

Gregs Geduld erschöpfte sich:

„Ist der Stick da drinnen?" Er zeigte mit dem Revolver zum Computer.

Robby fühlte dass ihm keine andere Wahl blieb als ihm das Gewünschte zu geben. Mechanisch ging er zum Computer. Dabei flogen ihm die unmöglichsten Fragen durch den Kopf. Hat Werner irgend jemandem etwas von den Daten erzählt die er von dieser Firma entdeckt hatte?

Oder hat er es gar diesem Killer verraten? Nein, das wollte er nicht glauben. Wenn Werner das getan hätte, wäre er wahrscheinlich noch am Leben. Aber wer kam sonst noch in Frage? Wer ausser ihm und Werner wusste etwas von seinem Hobby? Vanessa? Ein furchtbarer Verdacht stieg in ihm hoch. Doch bevor er diesen weiter ausspinnen konnte, spürte er den drohenden Atem hinter sich und gleich darauf den Revolver im Rücken. „Moment, Kommando zurück." befahl der Mann. "Bevor du das Ding auseinander nimmst, möchte ich auf dem Monitor sehen, ob es auch die Daten sind die ich suche."

Robby setzte sich an den Computer und befolgte die Befehle von Greg. Aber vor seinem geistigen Auge zog im Laufschritt immer nur der gleiche Satz vorüber. „Vanessa- hat Vanessa mich an diesen Kerl verraten?" Dicke Schweissperlen sammelten sich auf seiner Stirn. Was redete er sich da ein? Vanessa liebte ihn doch und bald würde sie bei ihm sein und das hier war alles nur ein böser Traum. Der Mann hinter ihm manövrierte ihn wieder in die Wirklichkeit.

„Du schlapper Sack, schläfst du etwa ein? Ich habe schon genug Zeit mit dir verplempert."

Der Druck der Waffe verstärkte sich und Robby versuchte sich zu konzentrieren.

Dabei beobachtete ihn Greg genau, sah was auf dem Bildschirm erschien und grinste breit. Jetzt hatte er ihn endlich, diesen windigen Erpresser. Jetzt gab es keinen Zweifel mehr. „Bist dir wohl sehr schlau vorgekommen, hast doch tatsächlich geglaubt wir kämen dir nicht auf die Schliche. Oder gibt's noch einen Komplizen der dir hilft uns die Moneten aus der Tasche zu ziehen? Übrigens, wo ist das Geld?" „Ich weiss nicht wie sie auf den ganzen Unsinn kommen, wehrte sich Robby. Erstens habe ich keinen Komplizen, zweitens haben ich niemanden erpresst und drittens habe ich kein Geld." Greg schüttelte ungläubig mit dem Kopf:

„Ach so, dann hat sich die Million die im Computer verstaut war in Luft aufgelöst?" "Jetzt ist der Kerl ganz übergeschnappt!" dachte Robby erschrocken, laut aber fragte er: „Im Computer? Ich versteh nicht ganz..."

Er wurde auf der Stelle unterbrochen: „Fang bloss jetzt nicht mit der gleichen – Ich weiss von nichts Nummer an wie dein Kumpel. Das kann sehr böse für dich ausgehen.

Aber vielleicht bist du dir auch tatsächlich sicher dass ich im Haus nichts finden werde weil du den Zaster inzwischen auf dein Frankfurter Konto einbezahlt hast."

Frankfurter Konto? Robby's Hände begannen zu zittern.

Der Kerl wusste alles von ihm. Nur mit der Höhe der Summe die auf seinem Konto war, täuschte er sich gewaltig. Es war nur so ein Notgroschen, etwa 5ooo.- Euro, den er noch, als er bei seinen Eltern wohnte, angelegt hatte. „Schön wär's schon, wenn ich eine Million auf dem Konto hätte," wagte er zu sagen.

Greg drohte: „Jetzt reichts mir endgültig. Du nimmst jetzt Papier und Bleistift und schreibst mir deine Frankfurter-Kontonummer auf. Dann händigst du mir eine Vollmacht über das Geld das sich darauf befindet aus."

Robby gab es auf, ihm zu widersprechen. Er nahm gehorsam ein Notizblatt und schrieb die Nummer und die Adresse der Frankfurter Bank auf. Er würde alles tun um den bulligen Menschen mit dem er sich auf keinen Kampf einlassen konnte, los zu werden.

„So, und als nächstes, befahl der Mann hinter ihm, rufst du deine Bank an. Ich will ganz sicher gehen dass alles stimmt. Robby erfüllte ihm auch diesen Wunsch. Er sagte dem Beamten dass in den nächsten Tagen ein Bevollmächtigter von ihm kommen würde, dem die Bank das Geld auf seinem Konto aushändigen solle.

Für Greg war die Sache nun so gut wie gegessen. Er nahm das Notizblatt und befahl Robby die Festplatte und den Stick aus dem Computer zu nehmen, danach steckte er alles in seine Handwerkertasche und dirigierte Robby nach unten. Worte waren jetzt seiner Meinung nach genug gefallen. Das einzige was er dem Computerfreak wirklich glaubte, war die Behauptung von ihm, dass er keinen Komplizen hatte, denn der lag, wie er genau wusste, schon unter der Erde und für einen dritten Mitwisser hatte es bei den Beiden nie einen Bedarf gegeben. Noch immer lag die Waffe schussbereit in Gregs Hand: „Falls du dir ein paar Hintertürchen offen gelassen hast, solltest du sie schnellsten vergessen," drohte er hinter Robby. "Eine weitere Erpressung wäre dein Tod."

„Die Festplatte und der Stick waren das Einzige was ich von der Firma Brückner besass," erklärte Robby ihm. Er schwor sich, nie mehr die Daten anderer Leute hervorzuholen. Doch die Angst glomm in ihm, denn er wusste, dass es noch einen Menschen geben musste, der die gleichen Daten hatte wie er, nämlich der wahre

Erpresser. Und es dämmerte ihn, dass es für ihn nur eine einzige Möglichkeit gab sich aus diesem Dilemma zu befreien. Er musste diesen Fiesling finden, der die Firma Brückner erpresste – und zwar noch ehe er sein böses Spiel fortsetzen konnte - aber wie?

Der Mann hinter ihm schnaubte: „Da droben in deiner staubigen Bude habe ich eine trockene Kehle bekommen.

Bevor du mich los wirst, möchte ich noch einen eisgekühlten Drink von dir." „Einen Drink?" fragte Robby überrascht. Er hatte gehofft dass sein Bedroher jetzt so rasch als möglich sein Haus verlassen würde aber so einen harmlosen Wunsch konnte er ihm ja noch erfüllen. Er stiess die Küchentür auf, schritt schnurstracks auf den Kühlschrank zu und während er ihn öffnete, fuhr mit geballter Wucht ein Feuer durch seinen Körper – schmiss ihn zurück – liess ihm keine Sekunde Zeit für einen letzten Gedanken an Vanessa.

Greg legte die Festplatte und den Stick auf Patrick's Schreibtisch. „Das wärs, sagte er knapp, der letzte Gruss des Erpressers."

Patrick kannte zwar die knallharte, kurze Redensart von Greg, doch diesmal drängte er ihn zu einem ausführlichen Bericht. Schliesslich musste er Mark und Stefan davon überzeugen dass die leidige Erpressergeschichte nun endlich vom Tisch war. Greg schilderte ihm daraufhin die näheren Details, erwähnte allerdings nicht, dass ihm ein entscheidender Fehler unterlaufen war. Das Frankfurter Konto hatte sich als wenig ergiebig erwiesen. Allerdings hätte er Patrick besser kennen sollen, denn dessen erste Frage nach Ende des Berichts war: „Und wo ist der Zaster?"

Greg zuckte die Schulter: „Kismet – Ich habe nach dem kurzen elektrischen Intermezzo das unser Freund hatte, die ganze Bude auf den Kopf gestellt und habe dabei nur ein paar lappige Hunderter gefunden. Auf dem Konto das er mir angegeben hat, lagerten ganze 5ooo,-Euro. Du hättest ihn sehen sollen wie zittrig und nervös er war, als ich ihn bedrohte. Wie konnte ich da ahnen dass er trotz seiner erbärmlichen Angst mich so hinters Licht führt? Es ist bedauerlich, aber ihr müsst die Million wohl oder übel abschreiben. Eine weitere Nachforschung würde viel zu viel Staub aufwirbeln."

Patrick überdachte kurz die Sachlage. Dann sagte er zu Greg:

„Es ist zwar nicht ganz ohne Federlassen für uns ausgegangen, aber im Grunde müssen wir froh sein, so gut davongekommen zu sein und es ist wahrscheinlich wirklich besser, wir lassen alles wie es ist. Mit einem lachenden und einen weinenden Auge griff er zum Telefon: "Mark, sagte er, „Akte E ist geschlossen. Wir treffen uns zum Lunch im Glockenbach."

Zufrieden lächelnd legte Mark den Hörer auf die Gabel. Langsam schien sich wieder alles ins rechte Licht zu setzen. Er war jetzt wieder ein freier Mann mit mehr Tantiemen als je zuvor und nun kam auch noch die gute Nachricht von Patrick. Er wusste ja noch nichts genaueres aber wie es schien war der Erpresser, dieser kleine Möchtegern-Millionär, Greg endlich in die Falle getappt. Fast hatte er schon nicht mehr an diese Möglichkeit geglaubt. Aber nun wunderte er sich selbst wie wenig ihn das noch berührte. Er war zufrieden mit Greg's Arbeit, so zufrieden, als habe er gerade eine lästige Fliege an die Wand geklatscht – das war alles!

Greg sah sich noch einmal sorgfältig in seiner Wohnung um. Gab es hier noch etwas, das auf ihn schliessen liess? Seine Koffer standen gepackt am Boden. Er hatte geglaubt dass er hier noch ein paar Jahre verbleiben könnte. Es tat ihm leid um dieses behäbige, stille Asyl, wie er es immer bezeichnet hatte. Denn es war der einzige Ort gewesen wo sein Leben in ruhigen Bahnen verlaufen war, wo er sich einfach fallen lassen konnte und wenn auch nur für ein paar Stunden. Was soll's . Er musste dieses liebgewonnene Domizil hier frühzeitig aufgeben, denn er hatte gegen sein eigenes, ungeschriebenes Gesetz verstossen. Werde nie in der Stadt in der du lebst, tätig. Jetzt wurde es ihm zu heiss in München. Nur schade, dass er auch Patrick nicht mehr sehen würde. Aber ein Killer besass keine Freunde.

Patrick würde ihm einen letzten Dienst erweisen und sich um den Verkauf der Wohnung und der Möbel kümmern, dann war das Kapitel München für ihn abgeschlossen und Gregor Kratzer würde irgendwo in der Versenkung verschwinden.

In der Kanzlei Schmitt brodelte es. Auf dem Schreibtisch von Rainer Merz stapelten sich die unerledigten Akten, denn das Personal war seit einer Woche total unterbesetzt. Er kam trotz mehrerer Überstunden seiner Arbeit nicht mehr nach, was seine Laune nicht gerade in Hochstimmung versetzte. Auch bei Emmi Foss lagen die Nerven blank. Ständig war sie dabei die ungeduldigen Klienten die sich bei ihr beschwerten, auf spätere Termine zu vertrösten. Sie kochte vor Wut. Was dachte sich diese Vanessa Winter eigentlich? Zuerst die unermüdliche Rechnerin mimen, dann schon nach ein paar Tagen krank feiern und nun lag auch noch das Kündigungsschreiben von dieser verkorksten Frau vor ihr. Allerdings, den grössten Ärger lieferte ihr dieser bisher so zuverlässige Robert Braun, der seinen Urlaub nun schon um drei Tage überzogen hatte. Gerade ihm hätte sie solche Eskapaden nicht zugetraut. Lag dies an dieser Frau Winter? Sie hatte längst gemerkt dass sie dem Braun schöne Augen machte. Oder war sie selbst zu grosszügig mit ihm umgegangen? „Das kommt davon," ärgerte sie sich, "dass ich ihm ausserplanmässig ein paar freie Tage gewährt habe. Schon nützt er das schamlos aus." Sie musste ihre angestaute Wut heraus lassen und rief Robby an. Doch bei ihm meldete sich niemand. "Typisch," grollte sie, "aber irgendwo werde ich dich schon erreichen." Sie versuchte es bei einer anderen Nummer. Hier hatte sie wenigstens das Glück Robby's Schwester an den Apparat zu kriegen und ehe diese wusste was ihr geschah, schüttelte Emmi Foss eine Schimpfsalve über sie. Sie wisse sicherlich wo sich ihr feiner Herr Bruder zur Zeit aufhält und sie solle ihn unverzüglich darüber informieren, dass er, falls er nicht auf dem schnellsten Wege in die Firma kommt, seine Anstellung bei der Kanzlei Schmitt vergessen kann.

Dieser heftigen Attacke war Vera nicht gewachsen und noch ehe sie die passende Antwort fand, hatte die Foss wieder aufgelegt.

„Was soll der Unsinn?" dachte Vera," Robby macht doch nicht einfach blau." Aber andererseits hatte diese Frau Foss doch keinen Grund sinnlos ins Telefon zu schimpfen. Normalerweise war sie eine echte Optimistin, die nie Schwarzmalerei betrieb, aber nun sorgte sie sich doch. Wenn Robby nicht zur Arbeit gegangen war, musste er krank sein. Doch in diesem Fall hätte er sicher im Betrieb oder bei ihr angerufen. Pflichtbewusster wie er konnte man doch gar nicht sein. Ausserdem war er doch noch völlig gesund als sie sich nach der Reise trennten- ein bischen müde- ja aber sonst? Vielleicht hatte er einen Autounfall und lag im Krankenhaus? Dann hätte sie sicher die Polizei oder jemand verständigt. Verschwieg er ihr etwas? Ihr fiel ein, dass er sich in letzter Zeit doch stark verändert hatte. Manchmal war er so abwesend als befinde er sich auf einem anderen Stern. Sicher lag dies mit dem Tod seines Freundes zusammen. „Ich muss zu ihm fahren und mit ihm sprechen," überlegte sie bange.

Eine halbe Stunde später parkte Vera ihr Auto vor Robby's Haus. Irgendwie kam es ihr heute so verlassen vor. Sie drückte auf die Klingel, aber alles blieb still. Dann versuchte sie es ein zweites, drittes Mal, nichts rührte sich. Und jetzt fiel ihr ein, dass sie den Ersatzschlüssel den ihr Robby für einen Ernstfall anvertraut hatte, vor lauter Aufregung daheim liegen gelassen hatte. Auch das noch! Vielleicht wusste die Nachbarin etwas? Aber nein, sie konnte doch hier nicht alles rebellisch machen und ausserdem lebte Robby hier fast wie ein Einsiedler. Was sollte sie nur tun? Sie beschloss zur Garage zu gehen. Falls sein Wagen darin stand, konnte Robby ja nicht weit weg sein, vielleicht beim Bäcker oder so. Dann würde sie auf ihn warten. Das Garagentor war wie immer unverschlossen. Sie hob es ein wenig hoch und senkte es auch gleich wieder. Das Auto war da. Als sie sich jetzt näher umsah, bemerkte sie, dass er das Gestrüpp hinter dem Haus entfernt hatte und alles deutete darauf hin, dass er endlich seinen verwilderten Garten in Ordnung bringen wollte. Es sah ihm zwar nicht ähnlich aber sie beruhigte sich. Langsam schlenderte sie wieder zurück und als sie am Küchenfenster vorbei kam, blieb sie stehen. Sie drückte ihre Nase an die Scheibe und spähte hinein. Ihr fiel der geöffnete Kühlschrank auf. „So ein Leichtsinn," schimpfte sie, "lässt die Tür sperrangelweit offen und geht."

Was war nur in Robby gefahren? Er tat lauter Dinge, die nicht zu ihm passten. Sie wollte sich wieder abwenden, lies aber doch ihren Blick noch einmal durch die Küche wandern, stellte sich auf die Spitzen, sah nach unten und entdeckte eine starre Gestalt am Boden liegend.

„Robby...!" Versa's Schrei gellte bis zur Nachbarin.

Knapp eine Stunde nachdem Patrick, Mark die kurze Nachricht von der Akte E durchgegeben hatte, traf sich das Dreiergespann im Restaurant Glockenbach. Patrick begrüsste die Brüder heiter und gelassen. Endlich war der Druck der Erpressung von ihm genommen. Mark nickte ihm freundlich zu und Patrick sah an seiner Miene dass er das Gespräch über den Erpresser bis nach dem Essen verschieben wollte. "Auch gut!" Mark und Patrick genossen ohne Eile die guten Speisen. Doch Stefan sass mit gepresster Miene am Tisch und brachte fast keinen Bissen hinunter.

Nach einer Weile bemerkte Patrick wie lustlos Stefan in seinem Teller herumstocherte. Er sah ihm nachdenklich in die Augen: „Hast du Probleme mit Luisa?"

Stefans Miene verhärtete sich noch mehr. Er mochte über Dinge, die ihn und Luisa betrafen, nicht sprechen.

Doch Patrick liess nicht locker: „Rücks raus, alter Junge, dann wird's leichter."

Nervös griff Stefan zu seinem Glas und spülte den ganzen Inhalt auf einen Sitz hinunter. Dabei löste sich seine starre Abwehrhaltung und er stellte das Glas mit einem harten Ruck auf den Tisch: „Ja, verdammt noch mal, ja es ist wegen Luisa," grollte er. "Langsam nervt mich ihr ständiges Gejammere. Die ersten Tage nach Bettinas Unfall habe ich es noch verstanden dass sie immer wieder weinte und sich Vorwürfe machte. Aber dann wurde es mir zuviel und ich konnte die ständig gleiche Leier nicht mehr mitanhören. Ich versuchte ihr also klar zu machen dass sie sich endlich mit der gegebenen Situation abfinden müsse. Doch da wurde es noch schlimmer. Sie nannte mich einen Barbaren und suchte Trost bei einem Geistlichen. Zuerst war ich froh darüber, aber dann sah ich die Summen die für karikative Zwecke von unserem Konto abgebucht wurden. Das schien mir eindeutig zuviel und ich stellte sie zur Rede. Es gab einen heftigen Streit weil ich ihre neu errungene tiefe Relligiösität und die damit verbundene Freigebigkeit nicht akzeptieren konnte. Seit dem rennt sie fast jeden Tag in die Kirche und beschimpft mich bei jeder Gelegenheit als unchristlichen Banausen ohne jeden Menschenverstand.

In ihrer Verbohrtheit gängelt sie das Personal so

ungerecht, dass mir schon von verschiedener Seite angedroht wurde zu kündigen, falls diese unerträgliche Lage im Haus sich nicht ändert. Und dieses ewige – mein Vater sagte -, kommt mir schon zu den Ohren raus."
"Ich glaube dir gerne dass du mit den Nerven am Ende bist Stefan," versuchte Patrick ihn zu beruhigen aber wahrscheinlich steht Luisa immer noch unter Schock. Sie kann Bettinas Anblick im Swimmingpool nicht vergessen. Vielleicht solltest du ein paar Tage mit ihr verreisen, dir wirklich viel Zeit für sie nehmen, das hat oft schon Wunder gewirkt."
Stefan sah ihn müde an: „Ich glaube nicht dass da ein Kurzurlaub noch ausreicht. Heute morgen überraschte sie mich mit einer neuen Variante ihrer abartigen Ideen. Sie fauchte mich an, es sei ihr in der Nacht endlich klar geworden, dass Mark und ich ein Komplott gegen Bettina und sie ausgeklügelt hätten."
„Ein Komplott?" fragte Mark, hellhörig geworden. Wie soll ich das verstehen?"
Stefan sah Mark entschuldigend an: „Ich bin ja selbst fast aus allen Wolken gefallen. Als ich sie gefragt habe, wie sie das mit einem Komplott meint, hat sie mich einen falschen Pharisäer, der seinen Bruder bei einem Mord gedeckt hat, genannt."
„Das ist die absolute Höhe, empörte sich Mark und wie bitte soll der sogenannte Mord nach ihrer Meinung geschehen sein?" „Luisa behauptet, du hättest sie damals

absichtlich in euer Haus gelockt. Sie sagt, dass du sicher auch dafür verantwortlich bist, dass Bettina zur Zeit ihres Unfalls ganz allein zu Hause war."

Marks Gesicht wurde bei dieser Beschuldigung puterrot.

Er trommelte mit den Fingern auf die Tischplatte und höhnte: „Aha, und dann habe ich Bettina per Fernbedienung in den Pool geschubst oder wie?"

"Ich war doch selber fassungslos über diese Anschuldigung," erregte sich Stefan. "Als Luisa merkte dass sie mich über Gebühr verletzt hat, wandte sie ein, dass ich mir meine Rolle in diesem Spiel vielleicht gar nicht bewusst gewesen bin."

„Na prima." Mark glühte innerlich vor Wut und Erregung, brachte es aber fertig, sich so darzustellen als ob er zwar verletzt über diese Beschuldigung sei, jedoch trotzdem Verständniss für Luisa aufbringe. „Ich muss gestehen, sagte er, dass ich mich im ersten Moment über die Aussage von Luisa geärgert habe. Aber wenn ich mir's recht überlege, ist Luisa ja schon früher nervlich schnell ausgerastet. Ich nehme an, dass Bettinas Tod über ihre belastbaren Grenzen geht. Ich glaube fast, dass weder du noch ich, hier noch etwas ausrichten können. Sie braucht psychologische Hilfe und das rund um die Uhr."

„Rund um die Uhr? Das bedeutet ja, dass sie in eine Klinik soll", entsetzte sich Stefan.

„Es klingt schlimmer als es ist," versuchte ihn Mark zu beruhigen. "Erinnerst du dich noch an Professor Klemt?

Wie du weißt half er unserer Mutter damals hervorragend. Ohne ihn hätte sie nie den tiefen Schmerz über Vaters Tod überwunden. Er leitet noch immer das kleine Privatsanatorium im Allgäu. Hier fände auch Luisa ihr seelisches Gleichgewicht wieder."

Stefan überlegte sich Marks Vorschlag und stimmte ihm zu: „In diesem Fall muss ich dir recht geben. Es wäre eine gute Lösung, denn Professor Klempt könnte sie sicher wieder in das normale Leben zurückführen."

Doch gleich darauf verschwand die erleichterte Miene in Stefans Gesicht wieder und er sagte mutlos: "Leider wird Luisa diesen Ratschlag nicht annehmen, schon gar nicht, wenn ich ihn ausspreche. Sie wird sofort hysterisch reagieren und mich beschuldigen, dass ich sie mir vom Hals schaffen will."

Mark blieb bei seiner Meinung. „Immerhin wäre es einen Versuch wert," schlug er Stefan vor. "Wenn du es erlaubst werde ich mit ihr reden. Ich weiss dass es ein grosser Fehler von mir war, nicht sofort nach Bettinas Unfall mit Luisa zu sprechen. Hätte ich damals versucht mit ihr diesen schrecklichen Tag gemeinsam zu rekonstruieren, würde sie vielleicht nicht mehr in diesem seelischen Tief stecken. Ihr wäre schon längst klar geworden, dass weder ihr noch mir, oder sonst wem eine Schuld an Bettinas tragischem Tod trifft. Aber ich war zu sehr mit mir und meiner eigenen Trauer beschäftigt. Verzeih Stefan..."

„Ist schon gut Mark," winkte Stefan ab: "Sprich mit Luisa, das heisst, wenn sie überhaupt mit sich sprechen lässt. Ein Versuch ist es jedenfals wert, denn wenn nicht bald etwas positives geschieht, lande ich selbst in der Klappsmühle."

Patrick sass starr auf seinem Stuhl. War er in ein Schmierentheater geraten? Oder was spielte sich hier ab? Es sah aus, als möchten die Brüder Brückner, Luisa auch noch los werden. Zwar mit verschieden Motiven – aber sehr massiv. Jetzt wurde ihm bewusst wie sehr er auf der Hut sein musste. Noch war er der Freund und Teilhaber der Beiden..!

Mark beendete mit zusammengekniffenen Augen das Thema Luisa abrupt. Er wandte sich an Patrick und fragte ihn: „Greg hat also diesen Kerl?"

Patrick fühlte sich total überrumpelt, brachte es aber dennoch fertig, sich auf Mark einzustellen.

"Ja," sagte er zu ihm ironisch. "Das heisst, er hatte ihn.

Doch jetzt ist unser Erpresser mausetot. Ein elektrischer Schlag hat ihn dahingerafft."

„Und das Geld?" zischte Mark.

Patrick wandt sich wie ein Aal. „es ist leider noch nicht aufgetaucht."

Jetzt lag blanke Sketiptik in Marks Augen.

„Bist du sicher dass Greg diesmal den Richtigen erwischt hat?" „Bombensicher!", sagte Patrick und lockerte seine Krawatte.

Mark sah ihn scharf an: „Und warum bist du dann so nervös?"

„Weil ich glaube dass hier nicht gerade der richtige Ort ist über ihn und Greg zu sprechen. Ausserdem befindet sich die Festplatte und der Stick in meinem Büro."

„Gut, sagte Mark, dann schlage ich vor, wir fahren nach dem Essen zu dir."

Patrick nickte und räumte ein:

"Allerdings bleibt mir nur wenig Zeit für einen ausführlichen Bericht. Um drei steht mir der Besuch einer Frau Karsten bevor. Sie liess sich diesen Termin von meiner Sekretärin geben. Anscheinend so eine Witwe oder Geschiedene die nicht weiss wie sie die hart erarbeiteten Moneten ihres Mannes anlegen soll."

Während der Fahrt zu Patricks Büro blieb es im Auto still. Jeder der drei Männer hing so seinen Gedanken nach. Irgend etwas unangenehmes lag zwischen ihnen, das noch geklärt werden musste. Keiner hätte so richtig sagen können was sich in ihrer freundschaftlichen Beziehung geändert hatte, aber jeder spürte die Kluft, die sich zwischen ihnen aufgetan hatte. Oben im Büro gab Patrick Mark und Stefan alles was ihm Greg berichtet hatte, fast wortgerecht wieder. Danach funkelte Ärger in Marks Augen auf und er blaffte Patrick an:

„Du schliesst dich also der Meinung Gregs an, dass wir das Geld in den Wind schreiben sollen!"

Patrick sah an Mark vorbei und erwiderte zögernd: „Es wird uns nicht anderes übrig bleiben. Der Erpresser ist tot und wenn wir in seinem Umfeld herum spionieren, könnte leicht der Verdacht aufkommen, wir hätten etwas mit diesem Stromschlag zu tun." „Sehr schön, ärgerte sich Mark, das hat Greg wieder prima eingefädelt. Er lässt einen nach dem anderen hinübersegeln und dann verschwindet er auf Nimmerwiedersehen."

Stefan glaubte Mark in seiner Verachtung Greg gegenüber unterstützen zu müssen und schimpfte: "Dabei hat uns Greg doch zu Beginn der Suche nach dem Erpresser noch versprochen, das Geld im Nu wieder beschaffen zu können."

„Manchmal kommt halt alles anders wie man denkt," resümierte Patrick. "Wenn ihr euch weiter auf die Suche begeben wollt, bitte, aber ich schliesse mich da aus. Mir reichts bis oben hin. Ich will endlich wieder ein normales Leben führen."

Ihm gelüstete es nach einem Drink, aber er drängte diesen Wunsch mit Mühe zurück. er kannte Marks verächtlichen Blick.

Nach einer kleinen nachdenklichen Pause renkte Mark ein: „Also gut, das Geld ist zwar futsch aber dafür kann uns ein toter Erpresser auch nicht mehr schaden.

Allerdings stehe ich eurer Meinung dass es keinen dritten im Bunde der Erpresser gab, sehr skeptisch gegenüber. Doch wie es scheint, bleibt uns im Moment nichts anderes übrig als die Sache erst mal ruhen zu lassen."

Stefan schloss sich wie in den meisten Fällen der Ansicht seines Bruders an. Somit war die Sitzung beendet und die Brüder verabschiedeten sich von Patrick.

Im Flur streifte Mark der Hauch eines erotischen Parfüms und er lächelte amüsiert – Patrick, der alte Schwerenöter erwartete sicher alles andere als eine reizlose Witwe. Unerklärlich, warum er da an ein paar unergründliche grüne Augen dachte.

Stefan fuhr nach dem Treffen mit Mark und Patrick mit gemischten Gefühlen nach Hause. Vielleicht war es ein Fehler gewesen so schonungslos über Luisa's Zustand zu reden. Patrick stellte dabei kein Problem dar. Aber er wusste doch wie kompromisslos Mark in solchen Dinge handeln konnte. Wenn der sich einschaltete gab es in den seltensten Fällen ein Zurück. Wie sollte er nur Luisa den Klinikaufenthalt schmackhaft machen? Sie wird bei meinem Vorschlag ausrasten, dachte er beklommen. Sie wird mir sofort ins Gesicht schreien, dass Mark hinter diesem frommen Wunsch steckt. Ihre Launen werden, da sie sich von mir verraten fühlen wird, noch extremer werden und sie wird den letzten Rest Vertrauen zu mir verlieren. Unbehaglich wischte er sich die Schweissperlen von der Stirne. Er hätte ihr, um sich wiederzufinden, mehr Zeit zugestehen sollen. Eine so verwöhnte Frau wie Luisa ist eben so einer starken Belastung nicht gewachsen.

Doch diese Einsicht kam wahrscheinlich zu spät. Als er seinen Wagen in der Garage parkte, stellte er fest, dass Luisa's Flitzer fehlte. Er ging ins Haus und rief nach Luisa.

Frau Martha, die Hausdame kam ihm entgegen und meldete ihm, dass seine Frau vor ungefähr einer Stunde abgereist ist und ein Brief von ihr in der Bibliothek liegt.

„Abgereist?" Luisa ahnte also dass er sich Mark anvertrauen würde und zog daraus die Konsequenzen. Er dankte Martha kurz und ging an ihr vorbei.

Als Stefan den Brief öffnete sprangen ihm Luisa's geschwungene, verschnörkselte Buchstaben vorwurfsvoll und verbittert entgegen. Sie schrieb ihm dass sie bei ihrem Vater von dem schrecklichen Geschehen Abstand nehmen möchte und keine Lust mehr hätte mit ihm darüber zu sprechen. Eine kurze Unterschrift, als wäre er ein Fremder. Enttäuscht liess er den Brief sinken, doch dann sann er nach. Vielleicht war dies der einfachste Weg.

Patricks soeben noch gelangweilter Blick zur Tür veränderte sich schlagartig. Die Frau die sein Büro betrat, widersprach allen seinen Erwartungen. Keine Spur von einer langweiligen Witwe. Fasziniert sprang er von seinem Drehstuhl auf, eilte ihr entgegen und begrüsste sie überschwenglich. Sein devotes Lächeln blieb auch nach dem sie im Besuchersessel Platz genommen hatte, in seinen Mundwinkel hängen.

Vanessa's erster Eindruck von Patrick war nicht so schmeichelhaft. Ihr kam sein Lächeln falsch und wie eingemeiselt in dem schon etwas verlebten Gesicht vor.

Sie fand sein Gehabe eine Nuance zu übertrieben.

Zuviel schmeichlerische Freundlichkeit. Blicke die ohne ein Wort seine wollüstigen Gedanken verrieten. Der rundliche Bauchansatz den er durch sein Jacket geschickt verbarg. Die Ringe an seinen schwabelligen Fingern... „

Meine Sekretärin sagte mir, sie seien an einer Geldanlage interessiert?" Er rückte seinen Stuhl zurecht und sass ihr jetzt gegenüber. "Ja," antwortete sie betont lässig. "Allerdings benötige ich keine Beratung von ihnen.

Ich weiss schon genau in welche Firma ich investieren möchte."

Ihre eiskalte Sicherheit irritierte ihn. Weshalb kam sie dann zu ihm? Nahm sie überhaupt Notiz von ihm oder lagen hinter dieser schönen Stirn nur Zahlen über die besten Gewinne? Sein Lächeln wurde geschäftsmässig.

"Dann erübrigt sich meine Frage an welche Art Anlage sie gedacht haben. Aber es gäbe da sicher noch Möglichkeiten die sie noch nicht erwägt haben. Wir können ihnen Investments, Aktien, Immobilien, Bundesanleihen anbieten."

„Stopp!" Knapp und hart unterbrach sie ihn. "Ich habe mich doch klar ausgedrückt. Meine Wahl steht schon fest. Ich wünsche lediglich von ihnen, dass sie diese Geldtransaktion für mich übernehmen."

"Bitte," sagte Patrick mit gekränktem Unterton, "hier liegt sicher ein Missverständniss vor. Meine Sekretärin sagte mir, Sie wären an einer Beratung interessiert."

Vanessa beobachtete das leichte Zucken seiner Augenlider und das Abfallen seiner Mundwinkel. Es liess sein Lächeln zu einer höflichen Grimasse gefrieren. Sie schaltete ihre Taktik um. Ihr Spiel mit diesem Mann begann.

„Ich glaube ihnen gerne dass sie so manchen guten Tip für mich auf Lager hätten," lächelte sie gewinnend. "Aber ich habe mich schon an mehreren Stellen über eine gute und sichere Anlage meines Geldes erkundigt und bin dabei wieder zu der Firma zurück gekommen, die ich schon zu Beginn meines Münchner Aufenthalts ausgewählt habe, nämlich die Brückner AG an der sie, soviel mir bekannt wurde, auch mit einem kleinen Anteil beteiligt sind."

„Ja, das stimmt," sagte Patrick verwundert und blickte Vanessa wie ein Fisch mit offenen Maul an: "Woher wissen Sie das und weshalb haben sie sich gerade unsere Firma ausgesucht? Wir sind noch eine junge AG. Die Firma war lange im Privatbesitz." „Ausgesucht? Nein ausgesucht habe ich die AG nicht direkt. Sie wurde mir empfohlen," sagte Vanessa.

In Patrick glomm das Gefühl auf, dass er diese Frau kannte. Aber woher? Sicher nicht von einer fröhlichen Party. Diese Frau beunruhigte ihn aber er wusste nicht warum. Er sah sie misstrauisch an und fragte sie: "Von wem stammt die Empfehlung?"

Vanessa hatte Mühe, nicht in dieses feiste Gesicht zu schlagen. Er war genau der Typ Mann, den sie am wenigsten ausstehen konnte. Aber im Moment war es wichtig für sie, ihn für sich zu gewinnen. Trotzdem blickte sie ihn eisig an.

„Der Rat stammt von Bettina Brückner".

„Bettina? Sie kannten Bettina? Ungläubig starrte er sie an:

„Ich habe Sie bei ihr noch nie gesehen und sie hat auch nie ein Wort über sie verloren. Ausserdem ist sie tot."

Nervös trommelte er mit seinen Fingern auf den Schreibtisch. Ein Schatten der Erinnerung zog an ihm vorüber und dann wusste er wo er sie gesehen hatte. Es war am Grab von Bettina.

„Ich weiss dass Bettina nicht mehr lebt," sagte Vanessa bedauernd. Aber kurz vor ihrem Tod hatten wir eine längere Unterhaltung in der sie mir zu dem Kauf der Aktien der Firma Brückner geraten hat."

Sie lehnte sich zurück und studierte seine argwohnische Miene.

„Seit Bettinas Tod," erklärte er, "misstraue ich jedem aus ihrem Umfeld. Besonders wenn da neue Bekannte auftauchen. Bettina stand mir sehr nahe..."

„Ich verstehe sie, unterbrach sie ihn, "aber fragen Sie jeden Ihrer Klienten ob und warum er gerade bei dieser oder jener Firma sein Geld anlegen möchte? Ich habe Sie nur deshalb aufgesucht, weil mir Bettina damals dazu geraten hat. Sie hat gemeint, ich wäre bei Ihnen in den besten Händen aber nun sehe ich das in einem anderen Licht."

Sie rückte ihren Sessel zurück und stand auf. Patrick versuchte zu retten was noch zu retten war und sagte: "Bitte, eintschuldigen Sie dass ich so undiskret war. Es ist sonst nicht meine Art meine Klienten so zu befragen.

Nehmen Sie doch bitte wieder Platz."

Vanessa zögerte einen Moment, dann setzte sie sich wieder. "Also gut, lassen wir das Private und gehen zum Geschäftlichen über. Eigentlich hatte ich erwartet in Ihnen einen persönlichen Berater zu finden. Doch wie ich die Sache jetzt sehe, könnte ich ebensogut meine Bank mit dem Aktienkauf beauftragen." Patrick nickte zerknirscht: " Ich gebs ja zu. Ich habe mich sehr unprofessionell verhalten aber ich verspreche Ihnen mich zu bessern."

Vanessa lächelte leicht: "Gut, wenn Sie es einsehen?"

Jetzt gewann Patrick wieder Oberhand. "Darf ich Ihnen was zu trinken anbieten?"

Vanessa schlug ihre langen Beine übereinander: "Ja, ein Glas Sekt bitte.

Als Patrick ihr das gewünschte Getränk brachte, fragte sie ihn aprupt. "Vor wem oder was möchten Sie Bettina schützen?" Patrick sank auf seinem Sessel und wusste einen Moment nicht wie er ihre Frage beantworten soll.

"Ich weiss selbst nicht," sagte er. Ich kannte Bettina sehr gut und ich kannte all ihre Freunde. Ihr Tod war so geheimnisvoll. Jetzt tauchen Sie plötzlich auf und sagen mir, sie wären mit ihr befreundet gewesen. Wenn es stimmt was Sie behaupten, hatte Bettina auch im Leben ihre Geheimnisse."

Vanessa lächelte: "Sicher war unsere Freundschaft Bettinas einziges Geheimnis. Ich spreche sehr ungern mit Fremden über mein Privatleben. Aber ich hoffe, dass wir so eine Art Geschäftspartner werden. Deshalb werde ich Ihnen kurz über Bettinas Freundschaft mit mir berichten.

Ich habe mich erst vor kurzem mit Bettina wieder in Verbindung gesetzt und heute tut es mir leid dass ich mich erst so spät wieder an Bettina erinnerte. Vielleicht hätte ich dies auch nie mehr getan, wenn meine Schulkolleginnen und ich nicht zwecks einem Klassentreffen nach Bettina Hattinger aus München gesucht hätten. Wir fanden schnell heraus dass sie durch ihre Heirat eine Frau Brückner geworden war. Ich übernahm es damals mich mit Bettina in Verbindung zu setzen."

Patricks Miene zeigte noch immer ein gewisses Misstrauen. „Fand dieses Treffen statt?"

Vanessa ignorierte seine ernsten Blicke und sagte: „Natürlich fand es statt! Nur leider ohne Bettina. Sie rief mich damals an und sagte dass sie einen Autounfall gehabt hätte und das Haus nicht verlassen kann."

Patrick bohrte nach: „Und weshalb besuchten sie Bettina nie?"

„Es tut mir jetzt unheimlich leid. Bettina und ich besuchten nur ein halbes Jahr das gleiche Internat. Nach all den Jahren waren wir uns fremd geworden. Ich sprach ihr mein Mitgefühl aus und sagte dass ich sie, falls ich mal nach München kommen würde, besuche. Haben sie noch nie so oberflächliche Gespräche geführt?"

„Ja doch, musste er zugeben, "aber Sie sprachen doch von dem Rat, den Bettina Ihnen gegeben haben soll."

„Ach was sind Sie ungeduldig!" seufzte Vanessa. Diesen Rat gab mir Bettina erst später. Kurz nach dem Klassentreffen verunglückte mein Mann tödlich. In meinem Schmerz habe ich erst mal mein Versprechen das ich Bettina gab, vergessen." Vanessa blickte ihn unsagbar traurig an, so dass Patrick's Stimmung gegen sie ins schwanken geriet. Doch dann siegte das Mitgefühl über den Argwohn und er sprach ihr sein Beileid aus.

Danach fragte er sie. „Kann es sein, dass ich sie auf Bettina's Beerdigung gesehen habe?"

"Ja, das ist möglich. Ich war da. Allerdings kann ich mich nicht erinnern sie dabei gesehen zu haben. Ich stand wie versteinert an ihrem Grab und konnte es nicht fassen, dass sie wirklich tot sein sollte. Vor ein paar Wochen habe ich sie noch einmal angerufen und habe ihr von meinem Unglück erzählt. Dabei sagte ich ihr auch, dass ich es in meiner Heimatstadt vor lauter Erinnerung an meinem Mann nicht mehr aushalte. Sie hat mir sofort geraten, hierher nach München zu ziehen. Dabei hat sie mir gesagt, dass sie hier eine Immobilienfirma besitzt und mir beim Kauf eines Hauses behilflich sein kann."

Vanessa strich sich fahrig eine Strähne aus ihrer Stirne.

"Ich verstehe die Art und Weise wie sie starb nicht. Bettina war bei unserem letzten Gespräch noch so guter Dinge. Sie freute sich über ihre gesundheitlichen Fortschritte und berichtete mir von der AG der Brüder Brückner. Sie war so stolz auf ihren Mann und sie hat mir empfohlen, dass ich mich an Sie wenden soll falls ich finanzielle Fragen hätte. Bettina und ich haben noch Pläne geschmiedet. Ich versprach ihr, dass ich sie gemäss dem Falle, dass ich mich in München ansässig mache, sie so oft wie möglich besuchen werde. Wir glaubten beide dass sie bald wieder fest in der Welt stehen würde. Nach meinem letzten Gespräch mit Bettina war ich mir vollkommen sicher, in ihr eine Freundin gefunden zu haben und es deshalb eine gute Wahl wäre, München als meine neue Heimatstadt zu betrachten.

Danach überhäuften sich bei mir die Behördengänge, und die Vorbereitungen für meinen Umzug kamen auch noch dazu. Es vergingen Wochen bis alles unter Dach und Fach war und als ich endlich hier in München ankam, erfuhr ich dass Bettina gestorben ist. Sie können mir glauben dass ich sofort wieder abreisen wollte..."
Vanessa wirkte erschöpft und von der anfänglichen Härte war nicht mehr viel zu spüren.
In Patrick erwachte der Beschützerinstinkt: „Es ist gut, ermunterte er sie, "dass Sie nicht wieder abgereist sind.
Bettina hätte das sicher nicht gewollt und da sie Ihnen den Rat gegeben hat, sich an mich zu wenden, dürfen sie ohne jedes wenn und aber meine Hilfe in Anspruch nehmen."
„Danke," sagte Vanessa fest. "Ich werde also trotz allem versuchen hier Fuss zu fassen."
Patrick atmete befreit auf. „Das kann ich ihnen nur empfehlen und ich bin mir sicher dass sie bald jede menge Bekannte haben werden. Gibt es ein besonderes Ziel für sie?"
Vanessa nickte: „ Ich habe BWL studiert und werde mich wahrscheinlich selbsständig machen."
„Dann sind wir ja fast Kollegen, lachte Patrick. Und bleibt der Plan, hier ein Haus zu kaufen auch bestehen?"
„Ja," überlegte Vanessa kurz, "aber das hat noch Zeit. Ich möchte jetzt nichts überstürzen." Patrick nickte

verstehend und fragte sie: „Wohnen Sie zur Zeit im Hotel?"

"Ja," erwiderte sie, "im Hotel Königshof."

Patrick lächelte, "welch ein Zufall! Genau in diesem Hotel treffe ich mich heute Abend mit Mark und Stefan Brückner. Darf ich sie bei dieser Gelegenheit mit meinen Partnern bekannt machen?"

„Gerne," sagte Vanessa leichthin. "Doch jetzt schlage ich vor das wir auf das geschäftliche zurückkommenin."

"Also gut," willigte Patrick ein, "an welche Summe haben Sie gedacht?" Vanessa tat als zögere sie doch noch, aber dann sagte sie: „Ich möchte erst mal vorsichtig einsteigen, sagen wir mal 3oo ooo,- Euro."

Mark fuhr nach dem Gespräch mit Patrick über das Ende vom Erpresser wie geplant in Richtung seines Büros. Zuerst war er erleichtert dass nun alles vorüber war. Aber nun stiegen wieder Zweifel in ihm hoch. Er glaubte im Gegensatz zu Patrick nicht hundertprozentig an die These dass die beiden Computerfreaks die Sache allein durchgezogen hatten. Die Tatsache dass sie nur eine Million verlangten war der einzige Punkt der ihm dies bestätigte. Trotzdem gab es für ihn noch viele offene Fragen. Vielleicht stand ein intelligenter Kopf dahinter, der ihn testen wollte, der etwas völlig anderes gegen ihn plante? Ausserdem, wer sagte, dass es unbedingt ein Mann sein musste, der ihm schaden wollte?" Er änderte die Fahrtrichtung und fuhr nach Hause. Zwar galt sein Versprechen, das er Patrick gab, die Sache nun ruhen zu lassen, nach wie vor, aber was hinderte ihn daran dem Verdacht der sich gegen sein eigenes Umfeld richtete, nach zu gehen? Still empfing ihn die kühle Halle seines Hauses. Es gab Zeiten in denen er bedauerte dass Bettina nicht mehr auf ihn wartete. Doch dies waren nur kurze Momente. Was hatte er davon, wenn ihm ein jämmerliches Abbild von der Frau die er geheiratet hatte vorwurfsvoll entgegen blickte, wenn man die heiteren Stunden zählen konnte? Liebe war es von seiner Seite nie gewesen aber eine Art Bewunderung hatte er für sie empfunden. Er wusste zwar wie sie sich abmühte wieder gesund zu werden aber gerade davor hatte er noch mehr Angst. Sie war auf dem besten Weg sich nach ihrer Genesung voll in die Geschäfte zu stürzen und eines Tages hätte sie ihn zur Rechenschaft gezogen. Der Gedanke der ihn schon zu ihren Lebzeiten verfolgt hatte, setzte sich immer stärker in ihm fest. Er war schrecklich und zugleich beruhigend denn dieser Gedanke rechtfertigte seine schurkische Tat. „Sie war im Komplott mit dem Erpresser." Ohne zu zögern eilte er die Treppe hinauf und betrat Bettinas Zimmer, das er seit ihrem Tod nur einmal betreten hatte. Damals fand er nichts was ihn belasten könnte. Doch er erinnerte sich an die Hektik dieser Tage und es konnte leicht möglich sein, dass er damals etwas für ihn wichtiges übersehen hatte. Er setzte sich an Bettinas Schreibtisch und schaltete ihren Computer ein. Sämtliche Dateien zeigten nur die üblichen geschäftlichen Berichte der Immobolienfirma. Nichts persönliches – nichts verdächtiges. Weshalb dann ihr heimliches Getue? Glaubte sie, er mache sich an ihrem Computer zu schaffen und fand deshalb Papiere die man wegschliessen konnte, sicherer? Die Papiere! Er fühlte ihren erschrockenen Blick, als sässe sie noch hier, sah wie ihre schönen schlanken Hände die Schublade verschloss. Und wohin tat sie den Schlüssel? Es blieb ihr doch fast keine Zeit für ein Versteck. Entweder befand er sich noch in ihrer Kleidung die sie damals getragen hatte oder im Rollstuhl. Diesen verdammten Schlüssel zu suchen fand er zu aufwändig. Für was gab es den Trick mit der Büroklammer? Er benötigte nur wenige Minuten um das Schloss zu öffnen. Dann lagen die geheimnissvollen Dokumente vor ihm. Aufgeregt holte er sie hervor.

Er kam sich wie ein Spion vor, der auf wichtiges Material der Gegenseite gestossen war. Nach dem er ein paar Seiten gelesen hatte, pfiff er durch die Zähne: „Nicht schlecht, sie hat ein einsparendes, recht lukratives Konzept entwickelt." Aber was sollten die angehefteten Tabellen auf denen jede Menge Fragezeichen prangten?

Langsam begriff er. Ein Teil der Fragezeichen stand hinter Ländern in denen er, Stefan und Patrick ihre Geldwäschergeschäfte abgewickelt hatten. Wollte sie in diesen Regionen investieren, neue Märkte erschliessen?

Nein, es gab für ihn nur eine Antwort. Sie hatte ihn tatsächlich durchschaut. Deshalb ihr übersteigertes Interesse an der Firma. Dieses heimtückische Luder beabsichtigte mich zu ruinieren. Sie wollte nach und nach alles für sich. Wäre er nicht so misstrauisch ihr gegenüber gewesen, wäre es ihr auch geglückt. Ihr erster Angriffspunkt war sicherlich Patrick. Nichts leichter für sie, als ihn scheinheilig zu umgarnen. Er hatte ihr zu Beginn ihrer Karriere als Geschäftsfrau das Wissen über die Computersprache vermittelt. Mit Patrick hatte sie mehr gefachsimpelt als mit ihm. Sicher hatte er ihr von seiner neuen Computeranlage erzählt und sie wusste auch wo die alten gelandet waren. Dieser ahnungslose Trottel lässt sich ja allzu gerne von schönen Frauen bewundern. Und für den Händler und seinen Komplizen war die angebotene Million natürlich ein unwiderstehliches Lockmittel. Plötzlich kam Mark noch ein schwerwiegenderer Gedanke. Vielleicht hatte sie schon am Tag ihres Unfalls seine geschäftlichen Ungereimtheiten entdeckt und war deshalb so unkonzentriert gefahren? Es passte alles so schön zusammen. Als sie sich wieder ein wenig erholt hatte, hatten die Erpressungsversuche begonnen. Er steigerte sich immer mehr in diese Theorie.

Für ihn war Bettina nicht mehr die Frau, die er gerne um sich hatte, die er wegen ihrer sportlichen Ausdauer bewundert hatte und von der er angenommen hatte, dass sie ihn liebe. Für ihn gab es nur noch die Verräterin, die

Drahtzieherin dieses Komplottes gegen ihn. Er dachte gar nicht mehr daran dass auch Stefan und Patrick in diesen Sog der Gefahr der Aufdeckung ihrer unsauberen Geschäfte geraten waren. Nur eines war für ihn vollkommen klar – sie hatte diesen Tod verdient. Nicht einen Moment wurde ihm bewusst wie absurd diese Gedanken waren. Sein übersteigerter Hass verdrängte in diesem Fall seine kalte Intelligenz, sein sonst so reales Denken. Er raffte die Papiere zusammen. Das Konzept war brauchbar aber die Tabellen würde er vernichten.

Mechanisch sah er sich noch einmal in dem Zimmer um und wusste dass es ab diesen Tag für ihn für immer tabu bleiben würde. Bedächtig zog er die Tür zu und wandte sich ab. Dieses Kapitel war nun für ihn endgültig abgeschlossen. Alle drei Drahtzieher der Erpressung waren tot und für ihn war nun, wie für Patrick, der Fall beendet. Niemand ausser ihm würde je den wahren Sachverhalt erfahren. Als er den Fuss schon an der ersten Stufe nach unten hatte, vernahm er das läuten des Telefons, das aus Bettinas Zimmer drang. "Lass es klingeln," dachte er zuerst, aber dann siegte doch die Neugier. Er ging zurück, doch der Teilnehmer hatte schon aufgelegt. Ein Knopfdruck auf den Anrufbeantworter sagte ihm wer es war. Die Stimme seines Schwiegervaters erfüllte den Raum: „Schade Bettina – ich hätte gerne mit dir gesprochen. Fiona und ich sind jetzt am Londoner Flughafen. Wir kommen heute Abend zurück. Ich melde mich dann – also bis bald – dein Vater." Klack, das wars, Benno Hattinger kam zurück und der Anruf sagte aus, dass er noch nichts vom Tod seiner Tochter wusste. Jetzt hiess es sich auf die Konfrontation mit ihm vorzubereiten.

Benno Hattinger liess enttäuscht den Hörer sinken. Zu gerne hätte er ein paar Worte mit Bettina gewechselt.
Ging es ihr wieder schlechter? Lag sie wieder in der Klinik? Er machte sich Vorwürfe darübe, dass er sich so lange nicht mehr um sie gekümmert hatte. Schon als sie ein Kind war, lief das so. Erst die Bank, die Konferenzen, die Reisen und dann die Familie. So konnte sich nie ein richtiges Vater- Kind- Verhältnis aufbauen. Das versäumte kann ich nicht nachholen, bedauerte er, aber ich kann immer noch viele Dinge ändern. Auf dieser langen Reise mit seiner zweiten Frau war ihm bewusst geworden, dass er in Zukunft kürzer treten muss. Er hatte eingesehen, dass die Bank auch ohne ihn existieren konnte. "Nach unserer Ankunft in München werde ich mit Bettina sprechen," hatte er sich überlegt. Ich werde ihr meine neuen Pläne vorlegen. Falls sie weiterhin kein Interesse an der Führung der Bank zeigt, werde ich diese an eine der Grossbanken verkaufen und mich zur Ruhe setzen."
Der Aufruf nach München riss ihn aus seinen Gedanken.
Er nahm seine Frau zärtlich am Arm und sagte: "Die Reise war bombastisch aber jetzt bin ich froh wieder nach

Hause zu kommen." Im Jet überfiel ihn wieder dieses für ihn früher unbekannte depressive Gefühl das ihn zum ersten Mal unter der glühenden Sonne Jameikas traf.

Vielleicht hatte er sich damals zu viel zu zugemutet. Der kleine Schwächeanfall war die Folge einer Herzattacke gewesen, die ihm fast den Atem genommen hatte, die er jedoch nach ein paar Tagen als harmlos abgetan hatte. Er hatte versucht, das ganze zu vergessen. Jetzt spürte er es wieder, dieses Ziehen. Er öffnete seinen Hemdkragen und atmete tief durch. Dann griff er in die Tasche und holte das Spray das ihm der Arzt gegeben hatte, hervor und benutzte es. Nach wenigen Minuten fühlte er sich wieder wohler. "Es ist die Aufregung, dachte er, sonst nichts." Planmässig landeten sie in München, mieteten sich ein Taxi und liessen sich nach Starnberg zu ihrer Villa fahren.

Die Hausdame Ida Werner sass an ihrem Schreibtisch und überprüfte die Belege der Ausgaben die in diesem Monat angefallen waren. So lange die Herrschaft nicht anwesend war, hielten sie sich allerdings gering. Keine Empfänge – keine Gäste – also auch keine grosse Einkaufsliste. Irgendwie sehnte sie sich wieder nach mehr Leben im Haus. Fast bedauerte sie dass sie heute allen Bediensteten frei gegeben hatte, denn trotz der Stille in allen Räumen konnte sie sich nicht konzentrieren. Sie dachte immer wieder an die junge Bettina, die ihr früher manchmal bei dieser Arbeit über die Schulter geblickt hatte und ihr verschmitzt geraten hatte, die Zahlen nicht durcheinander zu wirbeln. Auch nach ihrer Heirat war sie noch oft hier in Starnberg zu Besuch gewesen. Bis zu diesem schrecklichen Unfall. Danach setzten alle auf die Stärke der jungen Frau und es schien auch so, als wäre das schlimmste schon überstanden. Herr Hattinger forderte von den behandelnden Ärzten einen ausführlichen Krankenbericht über seine Tochter und war danach davon überzeugt dass sie bald wieder gehen kann und völlig gesund werden würde. Ansonsten hätte er seine Reise verschoben. Und dann dieser plötzliche Tod Bettinas in seiner Abwesenheit. Wie sollte sie nur mit Herrn Hattinger umgehen, wenn er nach Hause kommen, und davon erfahren würde? Wie würde er bei der Nachricht dass sie schon beerdigt ist, reagieren? Der Gedanke jagte ihr ein Schauern über den Rücken. Wieder versuchte sie sich ihrer Arbeit zu widmen. Doch irgendwie hatte es geklungen als ob die Haustür geöffnet wurde.

„Jetzt höre ich schon Gespenster, erschrak sie sich. Die Angestellten kommen doch durch den Hintereingang und sicher auch erst später. Doch jetzt leuchtete auch noch das Lämpchen auf, das Herr Hattinger vom Wohnzimmer aus per Knopfdruck betätigte, wenn er sie benötigte. Sie starrte auf die Armatur auf der eine Vielzahl derartiger Lämpchen angebracht war. Alle numeriert, wie in einer Klinik. Ein Spleen von Herrn Hattinger. Er liess jedes

Zimmer elektronisch miteinander verbinden. Das Aufleuchten konnte nur bedeuten dass die Herrschaften eingetroffen waren. Sie fragte sich weshalb das ohne jede Ankündigung geschah. Das war soweit sie zurück denken konnte noch nie geschehen. „Halt wieder so eine spleenige Idee vom Chef uns zu überraschen," dachte sie, und verlies eilig ihr Arbeitszimmer.

Für Benno Hattinger war Frau Werner in den dreissig Jahren in denen sie bei ihm arbeitete mehr eine Vertraute wie eine Bedienstete geworden. Deshalb ahnte er sofort als sie ihm und seiner Frau so bedrückt entgegen kam, dass in seiner Abwesenheit etwas unerfreuliches geschehen sein musste. Trotzdem begrüsste er sie mit einem freundlichen Lächeln:

„Mir scheint," sagte er," ich bin selbst daran schuld dass meiner Frau und mir kein Begrüssungskomitee zur Verfügung steht." „Tut mir leid, stammelte Frau Werner, ich ahnte ja nicht dass Sie heute nach Hause kommen.

Das ganze Personal ist abwesend, aber ich..."

„Macht doch nichts, beruhigte Hattinger die aufgeregte Frau. Ihre Anwesenheit genügt uns vollkommen. Meine Frau und ich werden uns ein wenig erfrischen und danach zu meiner Tochter fahren. Sie brauchen sich also keine Umstände wegen Abendessen und so weiter machen."

"Zu ihrer Tochter? Es ist – ich weiss nicht- es ist so furchtbar...!"

Verzweifelt suchte Frau Werner nach den richtigen Worten. Aber gab es in diesem Fall überhaupt ein richtiges Wort? „Bettina ist tot," sagte sie mit rauher Stimme.

Vanessa schloss die Tür ihres Hotelzimmers hinter sich, steuerte auf einen Sessel zu, sank hinein und lachte, lachte bis ihr die Tränen kamen. Dieser arrogante Schnösel von Anlageberater war ihr voll auf dem Leim gegangen. Ab jetzt konnte sie sich Aktionärin der Firma Brückner nennen. Nur schade dass sie ihm nie erzählen konnte, wessen Geld er da angelegt hatte. Zudem zwängte ihr dieser Neufeld seine Hilfe bei der Suche nach einem Haus förmlich auf. Wenns ihm Spass machte – bitte! Der Weg zu Mark wurde für sie immer kürzer. Sie dachte an ihren Plan mit den vielen, schon markierten roten Pfeilen. Dabei kam ihr Robby in den Sinn und ihr Lächeln verflüchtigte sich. In den letzten Tagen hatte sie ihn fast schon vergessen. Doch das konnte gefährlich werden. Von einem Moment zum anderen veränderte sich ihre Stimmung. Sie fragte sich besorgt ob Robby seinen Computer mit den wenigen Daten die er von ihr besass gefüttert, oder gar über ihre Begegnungen eine Art Tagebuch geführt hatte. Ein lästiger Gedanke. Sie musste ihn unbedingt erreichen. Im Grunde verstand sie es nicht, weshalb die Brüder Brückner ihn nicht schon längst eliminiert hatten. Besser konnte die Spur die sie zu Robby gelegt hatte doch gar nicht sein. Sie musste unbedingt herausfinden ob irgend etwas schief gelaufen war.

Vielleicht hatte er seinen Urlaub verlängert und weilte noch in Frankfurt. Aber das war eher unwahrscheilich.

Das würde die Foss nie zulassen. Sicher sass er wieder im Büro und vertiefte sich in die Akten. Oder er grübelte wieder nach, wer Werner auf dem Gewissen hat und vielleicht kommt ihm der Stick in den Sinn. Ob er sie dann verdächtigen würde jemandem etwas von deren Geheimnis verraten zu haben? Es hat keinen Zweck so hin und her zu rätseln, sagte sie sich, und wählte seine Nummer.

Die Leitung blieb still. Also musste sie es doch in der Kanzlei versuchen. Beate Kern war am Apparat und in Sekundenschelle wurde es Vanessa bewusst, dass sie ihre Stimme erkennen würde. Eine Kundin deren Steuerangelegenheiten von Robby bearbeitet wurden fiel ihr ein und sie benutzte deren Stimme und Namen. „
Kunz, meldete sich Vanessa mit dem hohen Singsang der Kundin. Ich habe ein paar Fragen an Herrn Braun."

„Tut mir leid Frau Kunz – Herr Braun ist nicht mehr bei uns beschäftigt. Ihre Akten werden jetzt von Herrn Merz bearbeitet. Haben sie die schriftliche Nachricht noch nicht erhalten?"

„Eine schriftliche Nachricht? Davon ist mir nichts bekannt. Weshalb hat er mich nicht angerufen? Ich finde es unhöflich – nach jahrelanger Zusammenarbeit...!"

„Bitte beruhigen sie sich Frau Kunz. Herr Braun konnte sie nicht verständigen. Er ist plötzlich verstorben."
„Gestorben? Entschuldigen sie bitte. Ich rufe später noch einmal an."
Vanessa hielt den Hörer verkrampft in der Hand. Im Hintergrund vernahm sie das leise Schluchzen von Frau Kern und sie stellte sich die Aufregung im Büro vor.
Natürlich hatte sie damit gerechnet dass mit Robby das gleiche geschehen würde wie mit Werner. Aber jetzt, da es Tatsache war, berührte es sie doch. Obgleich sie sich eingestehen musste, dass es ihr eher um Robby's Wissen ging. Sicher hatte derjenige, der Robby ins Jenseits beförderte die Festplatte ausgebaut. Und wieder fragte sie sich ob Robby etwas verräterisches über sie eingetippt hatte. Sie überlegte scharf. Was könnte er notiert haben? Von Robby zu ihr spannte sich ein kleiner, roter Faden. Aber würde jemand die blonde Vanessa Winter mit der dunkelhaarigen, südländisch wirkenden Vanessa Karsten in Verbindung bringen? Wohl kaum! Der einzige Anhaltspunkt war Würzburg. Sie hatte Robby unsinniger Weise von ihrer Heimatstadt erzählt. Konnte so ein kleiner Zufall ihr schaden? Nach all diesen Überlegungen fand sie, dass dies sicher nicht zutreffen würde. Die Brüder Brückner und Co, dachte sie, werden jetzt noch eine Weile vorsichtig abwarten ob sich noch einer in dieser Sache meldet und wenn eine gewisse Zeit ohne jede Behelligung des Erpressers verstrichen sein wird, werden

sie den Fall als beendet ansehen. Sie glaubte nicht dass die Herren allzu lange nach der verlorenen Million suchen würden. Ihr Nacken begann zu schmerzen und sie löste sich aus dieser starren Haltung. Ihre Ängste waren unnötig. Das neue Leben lag vor ihr.

An diesem Abend erfüllte jeden der drei Männer die sich im Hotel Königshof trafen eine heitere Stimmung. Jeden auf seine Art. Mark lächelte tiefsinnig in sich hinein. Er war, so nahm er an, der Einzige der über die wahren Hintergründe der Erpressung Bescheid wusste und das würde sich auch niemals ändern. Für ihn war in dieser Hinsicht alles geklärt und er fühlte sich frei wie ein Adler.
Entspannt studierte er die Speisekarte. Patrick lies sich Zeit mit der Menüzusammenstellung. Er spähte erwartend auf den Eingang und freute sich auf die Überraschung die er den Beiden gleich bieten würde. „Sie werden beim Anblick dieser Spitzenfrau, die ich zum Essen eingeladen habe neidisch auf mich sein," schwelte er im Stolz seiner Eroberung.
Stefan dachte an den Anruf Luisas am späten Nachmittag, der ihm die Hoffnung auf Versöhnung mit ihr gab. Anscheinend war ihr Vater auch der Meinung, dass sie den Tod Bettinas vergessen muss und die Beschuldigungen über Mark und ihm sein lassen soll. Schlieslich steht der gute Ruf der Familie auf dem Spiel und er als Politiker muss ja sowieso alles vermeiden was sich in

einem Skandal ausweiten könnte. Ein paar Wochen Erholung in der Rheinländischen Heimat werden Luisa sicher gut tun und dann wird unsere Ehe wieder funktionieren, ohne dass Mark eingreifen muss. Zum ersten mal seit Tagen las auch er die Speisekarte mit aufkommenden Appetit.

Endlich wurde Patricks warten belohnt. Sein Pulsschlag verdoppelte sich als er Vanessa eintreten sah. Jetzt am Abend schien sie ihm noch aufregender als am Nachmittag. Das enganliegende Kleid lag wie eine zweite Haut auf ihrem Körper, legte Patricks Fantasie frei. Erhitzt erhob er sich und ging ihr entgegen. Sie schenkte ihm bei der Begrüssung ihr strahlendstes Lächeln und schürte damit seine Hoffnungen. Und nun tat es ihm leid, dass er sich nicht alleine mit ihr verabredet hatte. Er kannte doch Mark. Er würde sicher versuchen sofort mit ihr zu flirten.

Allerdings war sie der genaue Gegenpol zu Bettina. Nicht eine Spur burschikos. Es hiess doch eigentlich, dass sich Männer immer wieder den gleichen Typ Frau aussuchten. Warum sollte das bei Mark anders sein?

Als er nun Vanessa, Mark und Stefan vorstellte, legte sich seine übersteigerte Unruhe etwas. Und die folgende Konversation ähnelte in dieser Runde einer geschäftlichen Besprechung. Mark hielt sich höflich zurück, überlies Patrick die Rolle des Redners, stellte nur Fragen was ihren beabsichtigten Haus- und Aktienkauf betraf und spielte im übrigen die Rolle des Beobachters. Das äussere Bild stellte diese Frau und Patrick wie ein frisch verliebtes Paar dar. Sie schien nur Augen für ihn zu haben und Patrick aalte sich triumphierend in diesem Gefühl. Mark lies sich nicht täuschen. Hinter der Aufmerksamkeit die sie Patrick entgegen brachte verbarg sich etwas anderes. Ihre kühlen präzisen Sätze passten nicht zu einer verliebten Frau und es reizte ihn, ihre Pläne zu enträtseln. Doch das hatte Zeit. Seine Gedanken über Vanessa wurden vom Ober, der soeben an ihren Tisch trat, unterbrochen. Er sagte zu Mark dass er am Telefon verlangt würde. Mark erhob sich etwas verärgert. Zum Abendessen nahm er extra nie ein Handy mit, denn diese Stunde wollte er in Ruhe geniessen. Sein Umfeld kannte diese Angewohnheit von ihm. Also musste der Anrufer einen trifftigen Grund haben ihn hier zu stören.

„Brückner!" bellte er ungehalten in die Muschel.

„Bitte verzeihen sie die Störung Herr Brückner, stotterte seine Haushälterin aufgeregt. Frau Werner rief gerade an – es tut mir so entsetzlich leid – aber das Unglück nimmt kein Ende...!"

Ihr Gestammele nervte ihn. Er hielt den Hörer wie einen Feind ein Stück von seinem Ohr entfernt und entnahm aus ihren überstürzenden Worten dass sein Schwiegervater heute von seiner Reise zurückgekehrt ist und bei der Nachricht von Bettinas Tod einen Herzinfarkt erlitten hat. Er, Mark ,solle bitte sofort zur Klinik rechts der Isar fahren. Herr Hattinger verlange nach ihm. Langsam legte

er auf und schritt nachdenklich wieder zu seinem Tisch.
Diese Nachricht war für Mark alles andere als erwartet.
Er wusste dass Benno Hattinger an diesem Abend zurückkehren würde- aber so eine Reaktion? Es schien ihm so unwirklich. Er sah seinen Schwiegervater so vital und lebensfroh vor sich und dieser Mann sollte..?"
„Ein Notfall," entschuldigte er sich. "Ich muss sofort aufbrechen." Ein kurzer Gruss und schon eilte er dem Ausgang entgegen.
Eine Weile sassen sie starr da. Dann fragte Stefan Patrick fassungslos: "Du lieber Himmel! Was ist jetzt wieder passiert? Nimmt denn das kein Ende mehr?
Warum lässt Mark uns mit einer so vagen Erklärung zurück?"
Patrick zog die Schultern hoch: "Entschuldige bitte, aber da bin ich überfragt. Es ist für mich ebenso unerklärlich wie für dich. Mit der Firma hat es sicher nichts zu tun, denn in diesem Fall hätte er es uns gesagt. Es muss eine sehr persönliche Angelegenheit sein. Und über solche Dinge müsstest du doch eher Bescheid wissen wie ich."
„Wie du siehst ist es nicht der Fall," sagte Stefan noch immer perplex. Dann fügte er hinzu: "Bis vor einigen Minuten sah es so aus, alls würde alles wieder in normalen Bahnen verlaufen. Mark war doch bester Laune." Es war so, als hätte Stefan diesen Satz zu sich selber gesagt. Gedankenverloren griff er zu seinem Glas

und trank seinen Wein aus. Danach stand er auf und verabschiedete sich.

Patrick fühlte dass jetzt seine grosse Stunde schlug.

„Ein unerwarteter Ausklang," sagte er, als bedauere er dies. "Darf ich sie noch zu einem Drink an der Bar einladen?"

Vanessa war nicht abgeneigt. Bei so einem lauschigen Gespräch konnte sie sicher so allerhand aus diesem Mann heraus holen.

In der darauffolgenden Nacht plagten Vanessa diese immer wieder kehrenden Alpträume. Sie stand in einem Schuppen. Ihr Mund glich einer dunklen, weit geöffneten Höhle. Schreie lagen auf ihrer Brust, in ihrer Kehle, aber der Schreck nahm ihr die Stimme und so blieben sie in ihrer Seele hängen. Die dunkle Männergestalt verriegelte die Tür und näherte sich ihr mit überdimensionalen Händen. Sie versuchte davon zu laufen, doch es gelang ihr nicht. Ihre Füsse schienen im dicken, zähen Morast zu stecken. Dabei stand sie auf festen harten Boden. Sie spürte seinen keuchenden, alkoholisierten Atem hinter sich. Irgend ein Geräusch weckte sie und sie bemerkte dass sie aufrecht in ihrem Bett sass. Der Regen prasselte an die Scheiben. Das Gewitter musste direkt über München hängen, denn der Donner folgte dem Blitz auf dem Fuss. Das feucht geschwitzte Nachthemd klebte an ihr, aber sie war nicht fähig aufzustehen. Mit einem Mal erinnerte sie sich an die Situation die diesen schrecklichen Traum immer wieder auslöste. Alles was sie in den vergangenen Jahren verdrängt hatte, schoss mit Gewalt in ihr Bewusstsein. Es hatte diesen Schuppen und diesen Mann wirklich gegeben. Ein Schluchzen drang durch ihre Kehle und der Gedanke an die Vergangenheit lies sie frösteln. Sie ahnte dass es noch eine geraume Zeit dauern würde bis sie die gewalttätigen Erlebnisse ihrer Kindheit nicht mehr berührten. Langsam kroch sie aus ihren Bett und ging zum Bad. Unter der Dusche fühlte sie sich gleich wieder besser. Die Schatten der Nacht verschwanden mit dem Wasser im Gulli. Doch sie trödelte länger als sonst herum, stellte sich die passende Garderobe zusammen, entschied sich dann doch nach einem Blick aus dem Fenster zum immer noch regenverhangenen Himmel für eine andere Kleidung und rief sich endlich zur Ordnung. An diesem Morgen verspürte sie nicht die geringste Lust in den Frühstücksraum zu gehen und mit irgendwelchen Leuten vielleicht über das schlechte Wetter oder ähnliche unbedeutende Dinge zu sprechen. Also bestellte sie ihr Frühstück in ihr Zimmer.

Während sie ass, fiel ihr ein, dass sie am Nachmittag eine Verabredung mit Patrick hatte. Das brachte ihre Gedanken wieder zurück zu ihrem vorgesetzten Ziel. Auf dem Weg dort hin gab es noch jede Menge zu tun. Keine Zeit sich gehen zu lassen. Sie bestellte sich ein Taxi und liess sich ein paar Minuten später zu ihrem Apartment fahren. Dort öffnete sie, obwohl sie von niemanden Post erwartete ihren Briefkasten, denn er quoll schon wieder vor lauter Reklamezettel über. Es bereitete ihr Spass die vielen Stufen zu ihrer Wohnung hinauf zu spurten und sie sah es als eine Art Sport an, aber drinnen in den vier Wänden fühlte sie sich wieder eingesperrt. Je näher sie ihrem Ziel kam, desto kleiner, erdrückender, kam es ihr hier vor. Sie sah die einzelnen Prospekte durch und fand sie alle gleich für den Mülleimer geeignet. Doch dazwischen schielte ein weisser Briefumschlag hervor. Es handelte sich um eine Nachricht des Hausverwalters. Er schrieb ihr, dass er von ihrer Kündigung des Apartment's benachrichtet worden sei. Man habe ihn beauftragt, etwaigen Mietinteressenten die Räumlichkeiten zu zeigen.

„Räumlichkeiten", lachte sie und sah sich um. Viel gab es da nicht vorzuzeigen. Trotzdem hatte sie für Spässe dieser Art wirklich keine Zeit. Sie sollte den Hausverwalter Termine für die Besichtigung angeben. Dazu hatte sie wahrlich keine Lust und so beschloss sie den Makler der ihr diese Wohnung vermittelt hatte, anzurufen, damit er diese Aufgabe übernähme. Doch das hatte noch Zeit. Die vorgenommene Arbeit am Computer hatte Vorrang. So kurz vor ihrem Ziel musste sie sich zur Ruhe zwingen und durfte es auch nicht zulassen dass ein anderer sie störte.

Bisher war alles super gelaufen und so sollte es auch bleiben. Sie schaltete den Computer an und holte sich Punkt für Punkt die Pläne für ihre weiteren

Unternehmungen die sie eingetippt hatte, hervor. Sie las sie durch und stellte fest, dass alles gut ineinander lief. Mark Brückner würde keinen Anhaltspunkt finden der zu ihr führte. Es sei denn, er und seine Partner hätten bei Robby ganz tief gegraben und etwas das sie übersehen hatte, hervorgehoben; aber das glaubte sie nicht. Nur hätte sie allzu gerne gewusst woran Robby gestorben war. Welche Taktik sie sich diesmal ausgedacht hatten. Bei einiger Recherche hätte sie es bestimmt erfahren aber zuerst lagen wichtigere Termine vor ihr. Sie stellte fest, dass ihre nächsten Anlaufziele weit auseinander lagen. Langsam wurde es ihr zu umständlich mit den öffentlichen Verkehrsmitteln herum zu fahren oder sich ein Taxi zu mieten. Ein eigenes Auto wäre da viel praktischer. Aber von einem Autohändler zum anderen fahren, bis sie endlich den richtigen Wagen gefunden hätte, das war ihr zu zeitaufwändig. Dann fiel ihr Patrick ein. Der kannte sicher einige Autofirmen und konnte sich schon mal nach einem geeignetem Modell für sie umsehen. Für was hatte man denn seine Lakeien? Zufrieden mit sich selbst schaltete sie ihren Computer aus. Das was sie jetzt zu erledigen hatte, konnte sie telefonisch tun. Es waren kurze, sachliche Gespräche für die sie nur eine halbe Stunde benötigte. Ein Blick auf die Uhr zeigte ihr, dass ihr noch mehr Zeit bis zur Verabredung blieb als sie erwartet hatte. Und nun ritt sie ein kleiner Teufel. Sie verliess ihr Apartment, nahm sich ein Taxi und gab den Fahrer die Adresse des Lokales, in dem Emmi Foss fast jeden Tag zu speisen pflegte, an. Es war kurz vor zwölf als sie an einem Tisch mit Blick zur Eingangstür Platz nahm. Hier konnte die Foss sie unmöglich übersehen. Sie bestellte ein Selters bei der freundlichen bayerisch sprechenden Bedienung, die ihr gleich eine Speisekarte in die Hand drückte und sie auf den besonders leckeren Schweinebraten hin wies.

Vanessa bedankte sich lächelnd und sah trotz ihrer lebhaften Empfehlung die Speisekarte nach den übrigen Gerichten durch. Sie entschied sich schliesslich für das Tagesmenü. Die Foss liess auf sich warten. Vanessa glaubte schon, dass sie vergebens hierhergekommen war aber als sie gerade beim Dessert angelangt war, kam ihre ehemalige Vorgesetzte mit der bekannt verbiesterten Miene ins Lokal. Anscheinend hatte es wieder Ärger in der Kanzlei gegeben. Sie sah sich nach einem freien Tisch um und fand ihn schräg gegenüber von Vanessa.

„Das ist die Feuerprobe, dachte Vanessa. Erkennt sie mich, habe ich ein Problem. Falls sie es nicht tut, kann ich, ohne mich noch einmal mit ihr beschäftigen zu müssen, beruhigt von ihr zurückziehen."

Zuerst war Emmi Foss mit der Speisekarte beschäftigt.

Doch nach dem sie der Bedienung ihren Wunsch geäussert hatte, sass sie gelangweilt vor ihrem Getränk.

Es schien als spüre sie Vanessas fixierenden Blick. Sie sah in deren Richtung und musterte sie so abschätzend

als wolle sie Vanessa in irgendeine Kategorie von Mensch stecken. Vielleicht gelang es ihr nicht so recht.
Die Überheblichkeit, die sie so gerne zur Schau stellte, zog über ihr Gesicht. Es gab kein verräterisches Zucken.
Kein neugierig nachdenklicher Blick der fragte: „Ist mir diese Frau schon einmal begegnet? Das flüchtige Interesse das die Foss ihr entgegen gebracht hatte, verflog sofort wieder. Sie sah auf die Armbanduhr, runzelte ärgerlich die Stirne und sah ungeduldig zum Fenster hinaus. Wahrscheinlich wartete sie auf jemandem, und dieser Jemand schien von Pünktlichkeit nicht viel zu halten. Vanessas These, dass Menschen zu leicht zu täuschen und zu manipulieren waren, bestätigte sich an dem Verhalten der Foss wieder einmal. Hätte die Foss sich nur einmal die Mühe gemacht, mich näher zu erforschen, hätte sie mich auch mit dem neuen Outfit erkannt. Aber es war besser so. Die Gefahr auf irgendeiner Party oder sonst wo von ihr erkannt zu werden, war ohne diese Frau ausschalten zu müssen, gebannt. Jetzt erschien ihr Emmi Foss nur noch wie ein Windhauch der sie einmal gestreift hatte und nie mehr in ihrem Leben eine Rolle spielen würde. Die Zeit war zu kostbar um sich noch mit ihr zu beschäftigen. Vanessa zahlte und verliess das Lokal. Sie fröstelte. Der beginnende Herbst zeigte sein kühles Gesicht.

Patrick freute sich auf das Wiedersehen mit Vanessa. Der gestrige Abend mit ihr würde nie in seiner Erinnerung verblassen. Er sah sie vor sich mit diesem geheimnisvollen Lächeln das er bei der ersten geschäftlichen Besprechung mit ihr, für hintergründig gehalten hatte. Es liess ihre Gefühle nur erahnen. An der Bar waren alle Gespräche über Geldanlage und sonstige Geschäfte erloschen. Ihre Fragen und Anworten hatten vor Witz und Klugheit nur so gesprüht. Er hatte seine üblichen aufreisserischen Sprüche die er allzu oft Frauen gegenüber anwandte, unterlassen. Ihm war klar geworden, dass er sich an diese Frau nur vorsichtig herantasten konnte. Nur nicht zu aufdringlich sein. Sie ja nicht verletzen. Auf einmal hatte er geglaubt, dass es sich lohnen wird für sie zu kämpfen und die Unabhängigkeit seines Junggesellenlebens aufzugeben. Denn er hatte sich gefragt. Was denn schon an diesem sogenannten freien Dasein so gut war? Die meisten Freunde waren schon verheiratet. "Meine Familie lebt in Berlin," hatte er resümiert "und die paar Besuche hin und her, verlaufen immer im gleichen Trott. Bis jetzt habe ich Mark und Stefan als eine Art Familienersatz angesehen. Allerdings hat es seit der Erpressergeschichte zwischen uns zu krisen begonnen."

Doch vielleicht hätte es sich alles wieder eingerengt, wenn diese faszinierende Frau nicht aufgetaucht wäre, denn seit diesem Abend verfolgte ihn eine kämpferische

Stimmung den beiden gegenüber. Vor allen Dingen gegen Mark. Plötzlich hatte er in ihm einen Rivalen gesehen. Mark hatte zwar so getan als interessiere er sich nicht für Vanessa aber er traute ihm nicht mehr. Zum Glück war Marks Typ irgendwo gebraucht worden und so konnte er ihr ungestört den Abend widmen. Je später es geworden war, desto besser hatte er sich mit Vanessa verstanden und zum Schluss waren sie beim Du gelandet. Es hatte nur einen zarten Bruderschaftskuss gegeben aber seit dem floss sein Blut schneller in seinen Adern wenn er an sie dachte. Er suchte die Hausangebote die er sich von der Immobilienfirma faxen lies heraus und legte sie vor sich auf den Schreibtisch.

Vielleicht interesssierte sich Vanessa gleich für eines der Objekte. Je schneller sie zugriff je eher konnte er sich sicher sein dass sie hier blieb. Sie sollte nicht auf die Idee kommen sich für eine andere Stadt zu entscheiden. Die Zeiger der grossen silbernen eingerahmten Uhr sagten ihm dass nur noch fünf Minuten bis zum vereinbarten Termin fehlten. Als sein Telefon klingelte stieg seine Nervosität. Sagte sie ab? Aber weshalb? Zögernd hob er ab. Mark war in der Leitung. Er erklärte ihm den Grund seines überstürtzten Aufbruchs am Abend zuvor und sagte, dass er seine Hilfe brauche. Mark war gewohnt dass jeder sofort sprang wenn er einen Laut von sich gab.

Doch dieses mal vertröstete er ihn auf einen späteren Zeitpunkt, denn dieser Nachmittag gehörte Vanessa.

Patrick vergass alles um sich herum. Er bewunderte Vanessas Lächeln, ihren geschwungenen Gang, ihre raffinierte Eleganz. Er geleitete sie nach der Begrüssung wie bei ihrem ersten Besuch in seinem Büro zum Sessel.

Doch dieses mal sassen sie sich entspannter gegenüber.

„Hattest du einen guten Vormittag?" fragte er höflich.

„Ja danke. Mich regt nur das ewige Taxifahren auf. Am liebsten möchte ich mir einen Wagen zulegen. Kennst du vielleicht einen guten Händler?"

Patrick freute sich, dass er ihr einen Gefallen tun kann.

„Natürlich," sagte er schnell. Du musst mir nur sagen an welchem Modell du interessiert bist und ob es ein Neu- oder Gebrauchtwagen sein soll."

Vanessa überlegte kurz: „So zwei – bis drei Jahre dürfte das Auto schon alt sein. Dann ist es schon eingefahren, hat die ersten Macken hinter sich und der Wertverlust ist auch nicht mehr so hoch. Ich dachte da an einen BMW oder Mercedes." „Gut," versprach ihr Patrick. "Ich setze mich gleich Morgen mit den entsprechenden Händlern in Verbindung und hole mir Angebote herein."

„Danke Patrick," freute sich Vanessa. dann fragte sie ihn: "Und wie stehts mit den Häusern? Hast du schon ein paar Projekte für mich ausfindig gemacht oder sollten wir besser einen der Makler von Bettinas Firma einschalten?"

Sie bemerkte seine leichte Verärgerung. "Du darfst meine Frage nicht falsch verstehen," bat sie ihn. "Aber

Bettina geht mir nicht aus dem Sinn. Wie du weißt hatte ich ihr versprochen den Kauf meines Hauses ihrer Firma zu überlassen." Sie strich sich eine Strähne aus dem Gesicht und sagte traurig: "Ich kann es immer noch nicht fassen dass sie tot sein soll."

Patrick blickte über sie hinweg zum Fenster: "Ich auch nicht." Vanessa legte eine kleine Pause ein. Dann fragte sie: "Kanntest du Bettina schon lange?" Patrick lehnte sich unbehaglich in den Sessel zurück. Er hätte liebend gerne das Thema gewechselt, aber Vanessas nachdenklicher Blick liess es nicht zu. „Bettina ist mir vor etwa vier Jahren zum ersten mal begegnet. Es war auf dem Tennisplatz. Sie spielte wie ein Profi. Ich bewunderte sie deshalb und wir kamen uns näher. Doch eines Tages habe ich sie Mark vorgestellt und dann...! Du kannst dir sicher vorstellen was dann geschah."

Einen Moment herrschte Stille zwischen Vanessa und Patrick, dann hob sie bedauernd die Schulter: "Tut mir leid wenn..." "Schon vergessen," beruhigte er sie, "Bettina und ich blieben gute Freunde." Aber er dachte dabei wie frustrierend es war wenn die Frauen die er gerne sah, immer wieder zu Mark überwechselten.

Vanessa ahnte seine Gedanken. Sie stand auf, stellte sich hinter ihn und deutete auf die Fotos und Pläne der Häuser: „Darf ich sie mir mal ansehen?"

Ihre lange Mähne streichelte seine Wangen. Er atmete ihr aufregendes Parfüm und zog sie erregt an sich und küsste sie. Vanessa löste sich sanft aus seinen Armen.

„Erst die Arbeit, dann das Vergnügen," lächelte sie.

Nur ungern wandte sich Patrick seiner wahren Aufgabe zu. Er schob die Pläne und Fotos der Häuser zu einem Packen zusammnen und reichte sie ihr. Vanessa betrachtete prüfend eines nach dem anderen. Doch es fand sich bei den Hausangeboten die er für sie ausgewählt hatte, keines dabei, das ihr gefiel.

"Also -wenn ich die Preise so sehe," argumentierte sie, sind mir diese Objekte zu teuer. Ich weiss noch nicht wie lange ich hier bleibe. Ausserdem bin ich solo und somit genügt mir ein Reihenhaus oder vielleicht ein kleines Einfamilienhaus. Nicht so etwas pompöses. In der Hauptsache geht es mir nur um die eigenen vier Wände in denen ich mich in Ruhe entspannen kann. Vielleicht finden wir im Umfeld der Stadt etwas preisgünstiges, das meinen Vorstellungen entspricht."

Patrick reagierte erstaunt und besorgt:

„Du willst nicht hier in München bleiben? Ich dachte das wäre beschlossene Sache." Jetzt war wieder das undefinierbare Funkeln in Vanessas Augen, das ihn irritierte.

„Zu Neunzig Prozent schon," sagte sie und schwärmte leichthin: "Es gibt da noch verschiedene Dinge zu klären.

Das heisst, vielleicht bleibe ich – vielleicht auch nicht- es gibt viele tolle Städte die mir gefallen."

Einerseits war er versucht sich geschlagen zu geben, andererseits trieb es ihn dazu weiter um sie zu kämpfen.

„Also suchen wir weiter!", schlug er ihr vor. Fast hätte er ihr angeboten zu ihm zu ziehen. Er biss sich auf die Lippen. Es wäre viel zu früh.

Ein kurzes Klopfen und schon wurde die Tür geöffnet. Mark stürmte mit hochrotem Gesicht in den Raum. Er grüsste Vanessa knapp und wandte sich sofort an Patrick: "Ich kann unsere Besprechung nicht länger aufschieben!"

Patrick sah ihn abweisend an: „Wie du siehst bin ich mitten in einer Beratung..!"

Vanessa ergriff ihre Handtasche. "Schon gut Patrick," sagte sie. "Die wichtigsten Dinge haben wir für heute schon geklärt. Ich darf mich also verabschieden. Aufwiedersehen Herr Brückner- bis Morgen Patrick."

Vanessa zog die Tür hinter sich zu und blieb für eine Weile unschlüssig im Flur stehen. Die barsche Begrüssung Marks und dessen explosive Stimmung verwirrten sie. Sicher hing dies alles mit dem Anruf von gestern Abend zusammen. Wie konnte sie nur herausfinden was geschehen war? Konnte es möglich sein, dass er einen Verdacht gegen sie hegt? Das wäre fatal. Sie beschloss zu ihrem Apartment zu fahren.

In ihrem Briefkasten lag schon wieder eine Nachricht. Diesmal vom Hausmeister. Er bat sie ihn anzurufen.

Was für ein Tag! Gab es noch mehr Grund sich Sorgen zu machen? Die Wohnung des Hausmeisters Ziegler lag im Parterre. Warum nicht gleich zu ihm gehen? Vielleicht handelte es sich nur um eine kleine Reparatur. Weshalb sollte sie sich so lange auf die Folter spannen? Doch dann fiel ihr noch rechtzeitig ein dass Herr Ziegler sie noch nie mit dunklen Haaren gesehen hatte und das sollte auch lieber so bleiben. Sie nahm ausnahmsweise den Aufzug nach oben. Ein paar von ihren alten Klamotten lagen noch in ihrer Schlafkoje und zum Glück hatte sie die graublonde Perücke die sie bei ihrem Einzug trug nicht weggeworfen. So gelang es ihr in Minutenschnelle sich in ein Mauerblümchen zu verwandeln.

„Wenn Patrick sie jetzt so sehen könnte!" Sie lachte aus vollem Halse. Der würde einen Schreikrampf kriegen.

Aber es gab nun anderes zu tun als an ihn zu denken.

Als erstes rief sie den Hausmeister an und der versprach ihr sofort zu ihr herauf zu kommen. Sie sah sich nach irgendeinem verräterischen Detail in ihrer Wohnung um, aber sie konnte nichts ungewöhnliches entdecken. Ihre Ordnungsliebe lohnte sich wieder einmal.

Nur wenige Minuten später klingelte der Hausmeister schon bei ihr. Vanessa bat ihn freundlich herein, fragte ihn nach seinem Anliegen. Er druckste auch nicht lange herum und kam sofort auf seine Wünsche zu sprechen.

„Frau Winter, sagte er, ich habe vom Hausverwalter erfahren dass sie hier ausziehen."

„Ja, das stimmt, aber wenn sie wegen anfälligen Reparaturen kommen, muss ich sie enttäuschen. Ich bin erst seit ein paar Monaten hier und..."

„Halt, halt, junge Frau, deswegen bin ich nicht hier. Es ist so, und er sah sich interessiert um. Mein Neffe würde gerne hier einziehen. Sein Studium beginnt jetzt im Herbst hier in München. Er hätte somit bei uns Familienanschluss und trotzdem seine eigene Bude. Sie wissen ja wie die jungen Leute so sind. Sie möchten sich nicht gerne etwas drein reden lassen."

„Das verstehe ich gut und an mir solls nicht liegen ob ihr Neffe die Wohnung bekommt oder nicht, aber haben sie schon mit dem Verwalter gesprochen?"

„Ja, das hab ich," sagte der Hausmeister. Er ist einverstanden. Ich bin eigentlich aus zwei anderen Gründen bei ihnen. Erstens, wollte ich sie bitten, mir zu sagen, zu welchem Termin mein Neffe hier frühestens einziehen kann und zweitens wollte ich sie fragen ob sie die Möbel noch benötigen. Bei einem guten Preis würden wir sie gerne übernehmen."

Vanessa lachte verbindlich. „Ihr Angebot kommt zwar überraschend- aber ehrlich gestanden bin ich froh darüber. Falls ihr Neffe meine Möbel übernimmt, kann er meinetwegen schon morgen hier einziehen, denn ich habe nur noch wenig zu packen." Sie einigten sich auf einen für beide akzeptable Summe für die Möbel und für die Schlüsselübergabe am Abend.

Als sich der Hausmeister verabschiedet hatte, setzte sich Vanessa an ihren Computer und speicherte alle wichtigen Daten auf Sticks und löschte danach alles was sich auf der Fetsplatte befand. Nach dieser Aktion stopfte sie alle Kleider die sie als Vanessa Winter getragen hatte in Müllsäcke und schleppte sie zur nächsten Altkleidertonne.

Es war das zweite Mal das sie so etwas tat. Damals waren es die Klamotten von Alex gewesen, denen sie sich auf diese Weise entledigte. Wieder würde sie eine winzige Wohnung zurücklassen. Doch dieses Mal für immer. Nie wieder würde sie sich so einzwängen lassen.

Sie eilte wieder zurück zu ihrem Apartment um ihre restlichen Sachen die sie noch benötigte in ihre Reisetasche zu packen. Endlich geschafft! Langsam wurde es düster. Sie stellte ihre Tasche in die Nähe der Tür und setzte sich ohne das Licht einzuschalten in ihren Sessel und sann über ihre nächsten Schritte nach. Wohnungsschlüssel abgeben, zum Bahnhof fahren, sich wieder in Vanessa Karsten verwandeln und das Abendessen in irgendeinem Lokal einnehmen. Vielleicht würde sie noch eine Zeitlang in der Stadt herumbummeln, denn sie wollte erst, wenn sie sich sicher war, dass sie weder Patrick noch einen der Brüder treffen würde, ins Hotel zurückkehren. Zwischen Patrick und Mark schien sich schon ein kleiner Keil geschoben zu haben. Doch sie wollte Patrick nicht bedrängen, ihn nicht nach dem sonderbaren Anruf den Mark an jenem Abend erhalten hatte, fragen. Sie war sich sicher, dass sie dies auch auf eine andere Art herausfinden würde. Ausserdem schadete es nie, sich bei den Männern rar zu machen. Das klingeln an der Tür unterbrach ihre Gedanken. Der Hausmeister trat ein..

Mark war zu spät gekommen. Benno Hattinger war tot und somit erwies sich die Strategie die er für die Auseinandersetzung mit seinem Schwiegervater aufgestellt hatte, als hinfällig. Nach der pompösen Beerdigung Benno Hattingers in der alles was Rang und Namen hatte, teilnahm, blieb Mark nichts anderes übrig als eine grossangelegte Trauerfeier für den Verstorbenen zu geben. Eine Laudatio nach der anderen erklang. Es wurde reichlich gegessen, getrunken und alle möglichen Spekulationen aufgestellt. Wie ging es wohl nun mit der Bank weiter? Bettina die einzige Tochter tot. Erbte der Schwiegersohn jetzt alles oder seine junge Frau? War die Trauer der Ehefrau echt? Mark sprach mit ihr und allen möglichen Trauergästen und fieberte dem Ende dieser Feier zu. Wiedereinmal hatten ihn Stefan und Patrick geholfen alles zu arrangieren. Man konnte die Witwe ja nicht alleine lassen in ihrem Schmerz. Endlich hatten sich die letzten Gäste verabschiedet. Mark hatte Fiona Hattinger noch nach Hause gefahren, wobei nur wenige Worte gefallen waren. Danach wünschte er sich nur noch in seine stille Villa zu kommen. In der Bibliothek empfing ihn die gewünschte Ruhe die er jetzt benötigte um das ganze Geschehen noch einmal an sich vorüber ziehen zu lassen. Er mixte sich einen Drink und setzte sich in die

Leseecke. Warum konnte er nicht froh über diese einfache Lösung sein? Ein leichtes Unbehagen zog an seinen Nerven. Es lief alles zu glatt. Viel lieber hätte er den offenen Kampf mit Benno Hattinger, einem gleich starken Geschäftsmann wie er, ausgetragen. So gab es keinen Sieger und keinen Besiegten. Alles verlief fad in den Sand. Vielleicht versuchte ihm jetzt die Witwe einen Strick zu drehen. Frauen schienen ihm hinterhältiger als Männer. Er betrachtete sein Glas als ob darin seine Zukunft läge. Frauen, dachte er, Frauen werden mir immer Stolpersteine in den Weg legen. Er musste an die neue Eroberung von Patrick denken. Zuerst hatte er sie unter den vielen Leuten nicht bemerkt und plötzlich sah er sie mit trauriger Miene einen Strauss weisser Nelken ins Grab werfen. Kannte sie seinen Schwiegervater persönlich? Bei ihr schien ihm Vorsicht geboten. Irgendetwas geheimnisvolles ging von dieser Frau aus, oder bildete er sich das nur ein? Wieso tauchte sie so urplötzlich in München auf? Er überlegte wo er sie zum ersten mal gesehen hatte. Ach ja, im Hotel Königshof. Damals tat sie als ob sie keinen von ihnen kenne, aber das bezweifelte er. Als er sie zum zweiten mal gesehen hatte, war sie am Grab von Bettina gestanden. Das dritte mal war es wieder im Hotel gewesen als Patrick, Stefan und ihn mit ihrer Bekanntschaft überraschte. Er wusste ja wie schnell Patrick auf schöne Frauen flog. Ihn einzufangen war wirklich nicht schwer. Er hatte dabei erfahren dass sie

Aktien von ihnen kaufen möchte. Verfolgte sie damit einen gewissen Zweck? Oder hatte Patrick sie dazu überredet? Am nächsten Tag als er Patrick unbedingt wegen des Todes seines Schwiegervaters sprechen musste, war sie wieder zugegen und die beiden waren schon beim Du. Als sie das Feld so schnell geräumt hatte, hatte er die Gelegenheit genutzt Patrick über sie auszuquetschen.

Patrick hatte ihn abweisend angezischt: "Lass bloss die Finger von Ihr. Ich habe mich in Vanessa verliebt. Sie ist die tollste Frau, die mir je untergekommen ist. Sie wird sich Aktien von uns kaufen, ein Haus hier in München oder Umgebung erwerben und sich hier niederlassen.

Aber dieses mal werde ich nicht zulassen dass du mir in die Quere kommst." Seine Drohung hatte wirklich ernst geklungen. „Deine Frau Karsten interessiert mich nicht im Geringsten," hatte er gekonntert "aber ich bin wie du weisst von Haus aus misstrauisch."

Patrick hatte sofort abgewehrt: " Es gibt nicht den geringsten Grund an ihr zu zweifeln. Sie stammt aus Würzburg, ist die Tochter eines Arztes..." Er hatte ihn zynisch unterbrochen. „Und schon so früh Witwe?"

„Findest du das merkwürdig?" hatte Patrick ebenso zynisch, aber auch zweideutig zurückgekontert.

"Heutzutage verunglücken die Leute eben schnell." Es hatte ihn Mühe gekostet sich zu beherschen, Patrick nicht zu beuteln wie einen reudigen Hund. Er hatte ihn so ruhig als möglich geraten, sich von ihrem Aussehen und Auftreten nicht beeindrücken zu lassen. Hatte ihn gebeten ersteinmal nachzuprüfen ob sie die Wahrheit sagt. „Na toll! Denkst du ich bin bescheuert und falle auf jede Frau herein?" hatte Patrick gehöhnt. "Natürlich bin ich ihren Angaben nachgegangen und es stimmt alles was sie sagt. Nur über ihren verstorbenen Mann weiss ich wenig.

Er soll Fotograf gewesen sein und sie durch eine Lebensversicherung gut abgesichert haben. Mir kanns nur recht sein. Übrigens- sie ist durch Bettina auf uns aufmerksam gemacht worden."

„Bettina?" Mark erinnerte sich daran, dass bei dem Namen seiner Frau alle Alarmglocken in ihm erklungen waren. Deshalb hatte er Patrick perplex angesehen und gefragt: „Wieso durch Bettina? Sie hat nie von einer Frau Karsten gesprochen."

Einen Moment war es ihm so vorgekommen, als käme Patrick diese Tatsache auch spanisch vor, aber dann hatte er abgewunken: „Ich nehme an, dass es für Bettina nicht wichtig genug war. Vanessa ist nur ein halbes Jahr mit ihr im gleichen Internat gewesen. Danach haben sich ihre Wege wieder getrennt. Sie waren fast noch Kinder..."

"Interessant!" hatte er gespöttelt" Und nach all den Jahren hat sich Frau Karsten plötzlich wieder an Bettina erinnert – findest du das nicht seltsam?"

"Nein- gar nicht," hatte ihm Patrick widersporchen, "denn Vanessa hat mir erklärt, dass zu der Zeit ein

Schülertreffen geplant war und ihr die Aufgabe übertragen worden ist, einen Teil der ehemaligen Schulkolleginnen anzuschreiben. Bettina war eine davon, das wars eigentlich."

„Du glaubst wirklich, Bettina hätte mir nichts von einem Schülertreffen erzählt?" hatte er gefragt.„

"Nein, im Normalfall hätte sie das sicher getan, aber es war ja kurz nach ihrem Autounfall und Bettina hatte kein Interesse an so einem Treffen. Wie sollte sie auch? Sie konnte sich doch sowieso nicht daran beteiligen. Also weshalb sollte sie mit dir darüber reden? Sie rief Vanessa an, dass sie krank ist und nicht daran teilnehmen kann," hatte Patrick Vanessas Verhalten erklärt. Und er hatte gehänselt: "Ach und dabei frischten sie ihre Freundschaft auf, die wohl nie richtig bestanden hatte?"

"Was willst du eigentlich mit deinen zynischen Fragen? Ich habe den Eindruck dass sich dein Wesen seit Bettinas Tod oder wenn ich recht bedenke, schon seit dieser Erpressergeschichte noch mehr verhärtet als es je zuvor schon war. Und dein ständiges Misstrauen macht mich langsam krank." hatte Patrick an ihm herumgemäkelt.

"Misstrauen hat schon Manchen vor Schaden bewahrt aber wie ging die Geschichte weiter?" hatte er gefragt.

Und Patrick hatte ihm erklärt: "Ein paar Wochen nach diesem Treffen verunglückte Vanessas Mann und sie vergass für eine Weile das Versprechen das sie Bettina gegeben hatte, sie einmal zu besuchen. Sie hatte durch den Tod ihres Mannes genug mit sich selbst zu tun."

„Das verstehe ich," hatte er zugegeben, " aber sie muss sich doch dann irgendwann mal mit Bettina in Verbindung gesetzt haben."

„Hat sie auch. Es war zwei Wochen später. Vanessa fiel in Würzburg fast die Decke auf den Kopf. In ihrer Stadt erinnerte sie alles an ihren Mann und dies konnte sie nicht mehr ertragen. Sie suchte nach einen Ausweg und dabei fiel ihr das Gespräch das sie damals mit Bettina geführt hatte, ein. Sie zögerte nicht lange, rief sie an und erzählte ihr von ihrem Unglück. Daraufhin schlug Bettina ihr vor, hierher nach München zu ziehen. Bei dieser Gelegenheit erzählte Bettina Vanessa dass sie hier in München eine Immobilienfirma besitzt. Deshalb könne sie ihr ohne Schwierigkeiten helfen ein geeignetes Haus für sie zu finden. Ausserdem schwärmte sie Vanessa auch von unserer neuen AG vor und meinte sie könne ja einen Teil ihres Vermögens in diese Aktien anlegen. Vanessa glaubte in Bettina eine neue Freundin gefunden zu haben und so beschloss sie, ihren Haushalt in Würzburg aufzulösen und hier her zu ziehen. Habe ich dir jetzt genug von ihr erzählt oder brauchst du noch mehr Details?"

Bei dieser Frage hatte Patrick schon ziemlich ärgerlich geklungen. „Ja, es reicht," hatte er gesagt, aber sich nicht verkneifen können zu sticheln: "Das klingt ja alles so romantisch und kommt mir ziemlich kitschig vor. Zwei Frauen vom Ünglück verfolgt. Mir kommen fast die Tränen. Trotzdem erscheint es mir immer unglaubwürdiger dass mir Bettina von dieser Story nichts erzählte."

Patrick hatte ihn darauf hingewiesen wie wenig Zeit er sich für Bettina genommen hätte und vielleicht wollte sie ihm auch erst von Vanessa erzählen wenn sie tatsächlich hierher gezogen wäre. Möglich war alles. Aber es gab noch jede Menge Fragen die er dieser Frau zu stellen beabsichtigte. Mit ihm würde sie kein so leichtes Spiel haben wie mit Patrick. Mark grinste hämisch als er an Patricks eifersüchtigen Blick dachte, den er ihm bei dieser Befragung zugeworfen hatte. Da er es nicht auf die Spitze treiben wollte, hatte er ihm, wie schon ein paar Tage zuvor, versichert, dass jegliches Interesse das er für diese Frau aufbrachte, rein geschäftlicher Natur war und man nicht vorsichtig genug sein kann mit so neuen Bekanntschaften. Sollte sich herausstellen dass diese Frau wirklich so harmlos war wie Patrick sie hinstellte, würde er sich vielleicht von ihr zurückziehen. Schliesslich war Patrick sein Freund. Aber das Vielleicht blieb in der Luft hängen.

Für Patrick war nichts überraschendes oder merkwürdiges daran, dass Vanessa an der Beerdigung Benno Hattingers teilgenommen hatte, war er doch der Vater einer Schulkollegin. Sicher hätte sich zwischen Bettina und Vanessa eine gute Freundschaft entwickelt. Doch Bettinas plötzlicher Tod...! Langsam wurden Patrick die allzu schnellen Tode um ihn herum unheimlich. Die beiden Computerfreaks gingen auf Gregs Konto, aber sonst? Greg der einzige dem er vertraute, war auf und davon, und das verstand er auch. Was sollte er nun tun?

Er musste mit den Wölfen heulen. Vanessa war nicht zur Feier zu Ehren des Verstorbenen gegangen, aber sie hatte sich für später mit ihm verabredet. Nun war er auf dem Weg zu ihr ins Hotel.

Vanessa fuhr mit ihrem Mercedes in die Tiefgarage des Hotels. Patrick hatte Wort gehalten und war mit ihr zu verschiedenen Händlern gefahren und nach einigen hin und her hatte sie sich für dieses drei Jahre alte, gut gepflegte Auto entschieden. Der Händler hatte gleich die Anmeldung beim TÜV und der Versicherung übernommen und kurze Zeit darauf konnte sie das Auto abholen. Eine prima Sache. Wie lange war es schon her, dass sie so einen komfortablen Wagen steuern durfte? Er war ein Teil ihres Fortschrittes und es war ein enorm gutes Gefühl das sie beflügelte. Ein paar Minuten später sass sie vor dem Laptop den sie sich als Ersatzcomputer zugelegt hatte und tippte ihre neuesten Vorhaben hinein.

Sie war sich sicher dass sie bald den letzten Punkt zum Gipfel setzten konnte. Nur, wie weit durfte sie mit Patrick und Mark gehen? Patrick war, was Geschäfte anbetraf, knallhart aber wie verhielt er sich Frauen gegenüber? Bis jetzt konnte sie ihn ohne weiteres um den Finger wickeln.

Aber was wird geschehen, wenn er merkt, dass er ihr im Grunde gleichgültig war? Mit ihm hatte sie nur geflirtet um Mark aus der Reserve zu locken, hatte aber nicht damit gerechnet dass er sich gleich so in sie verlieben würde.

Bei all seinen vielen Frauenbekanntschaften war es ihm doch nie so ernst gewesen. Jetzt rückte er ihr schon viel zu nahe auf die Pelle und er war dabei sein ganzes Leben umzustellen. Das konnte Komplikationen hervorrufen von denen sie nicht wusste, wie sie schliesslich endeten. Mark hingegen zeigte keinerlei Intersse für sie. Er misstraute ihr sogar. Vielleicht war die Nummer mit Bettinas Bekanntschaft doch eine Nummer zu gross gewesen? Unruhig stand sie auf und verstaute ihr Laptop im Schrank. Es wurde Zeit sich umzuziehen. Als sie aus dem Zimmer trat, kam ihr Patrick schon mit einem Rosenstrauss entgegen.

Es war der falsche Mann am falschen Ort. Ob Mark sie jemals so anstrahlen würde?

Sie tauchte ihr Gesicht in die Rosen. "Sie sind wunderschön, lächelte sie. Ich werde sie gleich ins Wasser stellen."

Patrick folgte ihr ins Zimmer. Er sah Vanessa zu, wie sie die Rosen in die Vase stellte und sie liebevoll anordnete.

Er ging auf sie zu und nahm sie in die Arme und versuchte sie zu küssen.

Vanessa entwandt sich seiner Umarmung und sagte:
„Patrick, ich mag dich sehr gerne, aber ich habe nicht die Absicht eine deiner vielen Liebschaften zu werden."

„Vanessa, glaube mir - es gibt keine andere Frau mehr in meinem Leben," versicherte er ihr mit rauher Stimme.
"Ich werde es dir beweisen."

Während er sie galant aus dem Zimmer begleitete und schweigend mit ihr zum Aufzug schritt überfielen ihm leichte Zweifel. Würde er sie jemals ganz für sich erobern? Dabei hatte er schon fest daran geglaubt, dass sie ihn lieben würde. Hatte er ihre geheimnissvollen Blicke falsch interpretiert? "Nein! Es braucht eben alles seine Zeit," redete er sich ein.

Vanessa hakte sich bei ihm ein, als wären sie die besten Freunde und sagte lächelnd: "Mal sehen wie lange du es fertig bringst nur mit einer Frau auszugehen. Im Moment habe ich allerdings andere Wünsche. Ich würde gerne mit dir weitere Immobilienangebote durchsehen."

Er atmete auf: „Natürlich, das mache ich doch gerne, aber ich müsste mir erst welche faxen lassen."

„Wieso faxen?" fragte sie erstaunt. "Wir könnten doch gleich zur Maklerfirma fahren."

Was sollte er ihr hier entgegensetzen? Dass er Angst hatte, Mark dort zu treffen, der ihm sicher das Zepter aus der Hand nehmen würde? Lächerlich. Er musste sich ihrem Wunsch unterordnen. Dann fiel ihm ein, dass Mark und Stefan für heute im Baumarkt ein Marktleitertreffen einberufen hatten um ein neues Konzept einzuführen. Demnach blieb Mark heute gar keine Zeit sich um die Immobilienfirma zu kümmern. Patricks Laune stieg zusehends.

Für Vanessa hingegen wurde es eine herbe Enttäuschung. Als Patrick sich heuchlerisch bei der Sekretärin nach Mark erkundigte, sagte diese: "Tut mir leid, Herr Brückner kommt heute nicht in die Firma, aber vielleicht kann ihnen Herr Maar weiter helfen."

„Danke," sagte er und wandte sich an Vanessa. "Herr Maar ist einer der besten Makler in der Firma. Hast du Lust dich von ihm beraten zu lassen?"

Vanessa machte eine gute Miene zum bösen Spiel. Wenn sie sich nicht verraten wollte, musste sie zusagen. Also lächelte sie freundlich: "Warum nicht?"

Herr Maar erwies sich als überaus redegewanter Mensch. Er breitete alle möglichen Pläne vor ihnen aus, holte nach Vanessas abweisender Miene immer wieder neue Pojekte hervor und bot ihr an, mit ihr ein paar Häuser zu besichtigen. „Danke," lehnte sie ab, "ich werde sicher auf ihr Angebot zurück kommen, aber heute fehlt mir leider die Zeit dazu."

Sie verabschiedete sich von ihm und Patrick musste sich ihr wohl oder übel anschliessen. „Schade," bedauerte er, als sie das Büro verlassen hatten, "ich hatte angenommen du hättest dir den ganzen Nachmittag für die

Haussuche reserviert." „Das hatte ich auch vor..." Ihr Gesichtsausdruck glich einer kühlen Maske.

Patrick gab auf. Was für einen Sinn würde es ergeben noch weiter in sie einzudringen? Inzwischen kannte er sie schon gut genug, um zu wissen, dass er sich, sobald sie diesen in die Ferne gerückten Blick aufsetzte, zurückziehen musste.

Vanessa knallte ihre Tasche auf den Tisch. Wieso hatte sie nur geglaubt, Mark müsse genau in dem Moment in der Immobilienfirma sein, wenn sie auftauchte. Die Baumärkte waren doch viel wichtiger. Aber sie besass eben solche Starallüren. Dieser Tag war ihr verhagelt.

Erstens ging ihr der schmeichlerische, schleimige Patrick auf die Nerven. Sie durfte ihm nicht zu viele Avancen machen, sonst bestand die Gefahr, ihn nicht mehr los zu werden, und zweitens bekam sie fast die Krise wenn sie an Mark dachte. Weshalb zeigte er sich ihr gegenüber so unnahbar, ja fast abweisend? Alles hatte sie vorausgerechnet nur das nicht. Aber jetzt kurz vor dem Ziel aufgeben? Nein, sie musste eben ihre Taktik ändern. "Allerdings," so überlegte sie," muss ich doch noch ein paar mal mit Patrick ausgehen. Er ist so ein überheblicher Schwätzer. Für ein bisschen Schmeichelei erfahre ich alles von ihm. Jedes Detail über die Firma und über das Privatleben der Brüder Brückner von dem ich noch nichts weiss. Er ist meine nächste Strohpuppe, wenn sie Feuer fängt und lichterloh brennt ist sie verloren." Langsam kehrte ihr Optimismus wieder zurück.

Der Tag war lange nicht so gelaufen wie Mark es sich erhofft hatte. Verschiedene Märkte lagen im Minus. Die Rechtfertigungen der zuständigen Marktleiter klangen plausibel aber für ihn nicht akzeptabel. Er fand es zu einfach, alles auf die schlechte Wirtschaftslage der Region, Arbeitslosigkeit oder zu grosse Konkurenz zu schieben. Hier war mehr Aktivität seitens dieser Herren gefordert. Er musste ihnen die Daumenschrauben anziehen. Er sah missmutig zum Beifahrersitz in dem sein Bruder vor sich hin döste. Die roten Zahlen schrieben gerade die Geschäfte, die in dessen Führungsbereich gehörten. „Schlappschwanz," dachte er, "überall lässt er die Zügel schleifen." Er stellte das Radio etwas lauter.

Stefan schreckte hoch: „Bist du taub? Ich bin zu nervös für diesen Lärm." Er zog sich aus seiner bequemen Stellung hoch und schob den Regler auf eine leisere Lautstärke.

„Du bist also nervös," sagte Mark ironisch. "Das solltest du auch sein bei den Ergebnissen der Märkte. Wir müssen schnellstens etwas unternehmen. Oder hast du vergessen dass wir jetzt eine AG sind und somit den Anlegern gegenüber eine hohe Verpflichtung haben, von unserem Gewinn ganz zu schweigen?" „Wie sollte ich das vergessen?" Stefan der sich schon wieder in den Sitz gekrümelt hatte um weiter zu schlafen, rappelte sich wieder hoch: "Die paar Märkte die im Moment etwas schwächeln bringen wir schon wieder in die Höhe."

„Hast du auch schon das richtige Konzept dafür? Oder hat das Zeit bis die Aktien fallen?" Stefan gähnte: „Deine Häme kannst du dir sparen. Patrick wird mir sicher bei der Lösung dieses Problems helfen. Für was ist er denn unser Wirtschaftsberater?"

„Wie kann man sich nur immer auf andere verlassen?" brummte Mark und stellte das Gespräch ein. Er durfte sich jetzt nicht mit Stefan auseinandersetzen. Es würde ihn immer wütender machen und ihn vom fahren ablenken. Sie befanden sich auf der Autobahn nach Hause. Das nieseln der letzten Stunde wich einem starken Regen den die Scheibenwischer fast nicht bewältigten. Stefan suchte sich wieder die beste Sitzlage und schwieg ebenso beharrlich. Mark konnte er sowieso nie etwas recht machen und ein Palaver bei diesem Wetter? Nein danke!

Mark hatte Stefan bei dessen Haus abgesetzt und war gleich weiter gefahren. Stefan entspannte sich. Er war froh dass es keine weitere Diskussion gegeben hatte.

Langsam wurde es ihm zuwider ständig im Schatten seines Bruders zu stehen und dessen Befehle entgegen zu nehmen. Die Eltern hatten ihr Geld zwar gerecht zwischen ihnen aufgeteilt, aber Mark hatte aus seinen

Gewinnen immer mehr herausgewirtschaftet wie er. Alles was sein Bruder angefasst hatte, war zu Geld geworden und seine Frau Bettina hatte ihm bis zu ihrem Tod noch dabei geholfen es zu vermehren. Vielleicht hätte er sich auch so eine geschäftstüchtige Frau an seine Seite holen sollen? Mit Luisa konnte er nie über seine Geldangelegenheiten sprechen. In ihr schlummerte eine totale Abneigung gegen alles geschäftliche. Sie glaubte es ihm schuldig zu sein immer mit den teuersten Kleidern zu glänzen, sich mit Schmuck zu behängen und den halben Tag bei der Kosmetikerin oder Frisörin herumzuschlagen.

Manchmal ärgerte ihn ihre Affektheit, aber nun, da sie sich für eine Weile aus seinem Leben geschlichen hatte, fehlte sie ihm und die Ruhe im Haus schien ihm manchmal unerträglich. Er hatte sich an ihr ständiges Geplaudere und ihr Kinderlachen gewöhnt. "Pfeiff auf das ganze Geld!" Am liebsten hätte er alles liegen und stehen gelassen und wäre zu Luisa gefahren. Aber Mark hatte ihn schon wieder mit allen möglichen Aufgaben betraut.

Eines Tages, so schwor er sich, würde er den Mut aufbringen, sich von ihm zu lösen.

Patrick blinselte zur Whiskyflasche die vor ihm stand. „Halb leer – oder halbvoll?" brütete er vor sich hin. Es gibt nichts halb leeres, hatte Mark ihm einmal erklärt. Optimisten wie wir geben sich nicht mit so negativen

Aussagen ab. Er sah auf die Flasche. "Also bist du noch halbvoll, grinste er, denn Mark weiss das, Mark kann alles. Er ist für die raffiniertesten Geldanlagen zuständig und für die besten Frauen geboren." "Noch einen Schluck," dachte er, "heute muss ich mit Mark abrechnen." Er liess den Whisky ins Glas gluckern, dann rückte er das Bild das Mark und ihn lachend auf dem Tennisplatz zeigte, näher heran. „Auf dich Mark, Skal! Du bist mein Freund – oder warst mein Freund? Wegen dir bin ich in München gelandet. Wegen dir habe ich nach dem Studium statt den elterlichen Betrieb in Berlin zu übernehmen, den Anlageberater gespielt. Und wegen dir, hat mir so manche Frau den Laufpass gegeben. Ich habs nicht so tragisch genommen, das mit den Frauen, meine ich. Es gibt noch tausend andere schöne Mädchen habe ich immer gedacht. Aber jetzt, jetzt geht's nicht mehr, jetzt ist Schluss damit. Vanessa gehört mir, mir allein. Meinst du, ich durchschaue deine fiese Taktik nicht? Erst den Abweisenden mackieren und dann voll anbaggern Prost!

Noch ein Toast!" Wieder rann die gelblich-braune Flüssigkeit aus der Flasche ins Glas. "Oh, ein Tropfen zuviel im Schwenker," lallte er, "egal Chirio! Vanessa war heute verärgert, ehrlich verärgert als du ihr heute nicht als Makler zur Verfügung gestanden bist. Es beginnt schon in ihr zu kribbeln. Pfeiff aus das Haus. Ich muss sie, bevor es für mich zu spät ist, überzeugen mit mir nach Berlin zu ziehen." Zitternd stellte er das leere Glas auf den Tisch.

Er griff wieder nach der Flasche. "Es hilft nichts, wenn du dich verdoppelst, ich erwische schon die richtige von euch beiden. Viertel voll!" Das Glas verdrehte sich, vervielfältigte sich, der Whisky floss daneben. Ein haltloses, verzweifeltes Lachen schüttelte ihn. Er rutschte vom Sessel landete auf dem Teppich und vergass für ein paar Stunden seinen Kummer.

Eigentlich mochte Peter Karsten den Herbst. Er färbte die Natur so prächtig bunt und seine frische Luft liess die Menschen leichter atmen. Die Sonne brannte nicht mehr auf der Haut, sie wärmte nur noch. Aber an diesem Samstagmorgen schien sie sich verkrochen zu haben. Nicht ein Strahl durchbrach die lichten Bäume. Er fröstelte am Frühstückstisch und philosophierte vor sich hin. So wie er es an jedem freien einsamen Tag tat. "Der Herbst ist eben so. Man sollte jetzt jede sonnige Stunde nützen, besonders wenn das eigene Leben auch schon im Zenit des Herbstes steht." Der Tag an dem er sein fünfundsechzigstes Jahr erreichen würde, rückte mit Riesenschritten näher. Vielleicht sollte er sich zur Ruhe setzen, sich noch ein paar Reisen in die Länder, von denen er immer geträumt hatte, gönnen. Was hielt ihn hier noch? Das Warten auf seine Tochter? Lächerlich! Sie waren zwei Fremde geworden. Wie lange schon? Er stand auf und zog sich eine Strickjacke über. "Mal sehen was im Postkasten liegt," brummte er vor sich hin. Im Flur blieb er einen Moment stehen, sah in den Spiegel und fuhr sich durch das schüttere graue Haar. „Ja Kamerad, du wirst langsam alt." Der dichte Nebel war einem Nieseln gewichen und er beeilte sich mit dem hereinholen der Post. "Jede Menge Reklame," ärgerte er sich, als er alles sortierte. Und dann erkannte er Vanessas Handschrift.

Sein Puls schnellte in die Höhe. Unentschlossen wiegte er den Brief in der Hand. Dann griff er nach dem antiken Brieföffner und fuhr vorsichtig, als habe er Angst etwas wertvolles zu vernichten, durch die obere Kante des Umschlags. Er zog das Blatt heraus und liess es gleich darauf mutlos sinken. Kein persönliches Wort, keine Frage wie es ihm gehe, nur eine Forderung. Sie verlangte Hunderttausend Euro von ihm für die Anzahlung eines Hauses in München. Dazu teilte sie ihm noch mit, dass sie sich selbsständig machen möchte und von ihm eine monatliche Unterhaltszahlung erwarte. Patsch, das sass. Wie eine Geschäftsfrau die ihre Aussenstände einforderte. Er legte den Brief beiseite. Diese kalten Zeilen schmerzten ihn, aber es war für ihn klar, dass er ihr das Geld auszahlen würde und ihr Leben mit einer gewissen monatlichen Summe zu finanzieren bedeutete für ihn auch kaum Schwierigkeiten. Doch wieso war sie nicht zu ihm gekommen und hatte über all diese Dinge mit ihm gesprochen. War er so ein Unmensch? Seine Züge härteten sich und er wischte das Gesicht seiner Tochter aus seinem Denken. Dafür dachte er jetzt an den jungen

Dr. Stein, der ihm seit längerem assistierte. Er schätzte dessen ungezwungene heitere Art wie er mit den Patienten umging und zuweilen hatte er schon bemerkt dass die Leute im Dorf sich gerne von ihm behandeln liessen. Dieser junge Mann ertrug sogar seine Launen.

Weshalb sollte er ihn nicht bitten, sein Nachfolger zu werden? Soviel er wusste, war er auch schon verlobt. Er würde ihm das Haus und die Praxis so günstig wie möglich überlassen und wenn Dr. Stein die nötigen Tantiemen noch nicht besass, konnte er eine Ratenzahlung mit ihm vereinbaren. Sein Entschluss stand fest.

Noch heute würde er ihn zu sich bitten. Doch zuerst würde er Vanessa einen ebenso kühlen Brief schreiben, wie der gewesen war, den sie ihm gesandt hatte.

Stefan fühlte sich nach dem ausgiebigen Schlaf in der Nacht wieder fit und seine Gedanken richteten sich längst nicht mehr so krass wie am vergangenen Abend gegen Mark. Am Morgen sah er Marks Handeln aus einer anderen Perspektive. Die Geschäfte erforderten eben eine gewisse Härte und sein Interesse an der Fima sowie seine Arbeitsauffassung in der letzten Zeit musste er selbst als lasch bezeichnen. Und er nahm sich vor, wieder aktiver zu werden. Auch Mark war wieder um einige Grade besser gestimmt. Sie sassen miteinander im Büro und brüteten neue Konzepte aus. In naher Zukunft fand eine Mitgliederversammlung statt und bis dahin wollten sie auf alle Fälle für die Antworten jeglicher Fragen der Teilnehmer gerüstet sein. Dann schweiften Stefans Gedanken in eine ganz andere Richtung. „Wie findest du Patricks neue Eroberung?" fragte er seinen Bruder. "Mark sah ihn verwundert an. " Wie kommst du jetzt gerade auf Frau Karsten?" "Ich dachte gerade an unsere Aktionäre und dabei ist mir eingefallen, dass sie jetzt bei uns Mitaktionärin ist. Vielleicht hegt sie die Absicht sich in die wirtschaftliche Dinge der AG einzumischen?"

„Also, das glaube ich nicht," schob Mark Stefans Überlegung zurück. "Dazu ist ihre Einlage zu niedrig.

Und wenn - es gibt eine Menge Streuanleger die absolute Mayorität besitzen als wir mit unseren sechzig Prozent. Allerdings könnte ich mir bei dieser Frau vorstellen dass sie zur Versammlung kommt."

Mark tat als sei das Thema Vanessa Karsten hiermit abgehängt, aber immer wieder tauchte ihr Bild vor ihm auf. Deshalb bemerkte er auch nicht wie sein Bruder immer unkonzentrierter wurde. Früher hatte Stefan nur dann und wann eine leichte Zigarre geraucht, aber seit Bettinas Tod und Luisas Zusammenbruch genügte ihm das nicht mehr. Er griff immer öfter zur Zigarette. Mark mochte es nicht, wenn er in Rauch eingehüllt wurde.

Deshalb stand Stefan jetzt auf und sagte: „Ich brauche eine kleine Pause." Er ging ins Besucherzimmer, öffnete das Fenster, holte sein silbernes Etui hervor und entnahm daraus eine Zigarette. Nachdenklich sog er den Rauch in seine Lungen und blies ihn wieder raus. Ihm kam es seltsam vor, dass sich Mark so wenig für Vanessa Karsten interessierte. Früher, so dachte er, hätte Mark sofort nach dem Kennenlernen mit ihr geflirtet und Patrick wäre gleich auf der Strecke geblieben. Aber das war eben vor der Hochzeit mit Bettina. Jetzt zeigte es sich, dass er sich damals in Mark geirrt hatte, als er annahm er hätte genau das Gegenteil von einem Typ Frau geheiratet die seinen Idealen entsprach. Es gab nicht den geringsten Zweifel an Marks Liebe zu Bettina. Er musste Luisa unbedingt von dieser Überlegung berichten. Er schnippte den Zigarettenstummel in den grossen Aschenbecher und ging wieder zurück zu Mark. Mark sah kurz von dem Bericht der vor ihm lag hoch:

„Du solltest deinen Zigarettenkonsum wieder einschränken, deine Bronchien sind nicht gerade die besten."

„Fast hätte Stefan „Jawohl Mama", gesagt ‚aber Mark hielt nichts von derartigen Kindereien und so hielt er sich zurück. Ausserdem war Mark schon beim nächsten Thema angelangt. Später ergaben sich noch ein paar Fragen die Mark gerne Patrick gestellt hätte, doch der war telefonisch nicht erreichbar. Überlegend sah Mark Stefan an, und fragte ihn:

„Hast du eine Ahnung wo Patrick stecken könnte?"

„Vielleicht ist er bei Vanessa Karsten versackt."

Mark sah über das zweideutige Grinsen seines Bruders hinweg und fragte sich: " Wie kann sich eine Frau von ihrem Format, an einen Mann wie Patrick hängen und was bezweckte sie mit dieser Freundschaft? In den letzten Tagen liessen ihn die wichtigen Geschäftstermine wenig Zeit sich mit ihr zu beschäftigen. Doch jetzt da Stefan immer wieder ihren Namen erwähnte, kam er ins grübeln. Es kam ihm auch heute noch spanisch vor, dass Bettina nicht ein einziges Mal über sie gesprochen hatte.

War diese Vanessa doch eine Hochstaplerin? Woher hatte sie das Geld für die Aktien und das Haus? Es liess ihm keine Ruhe und er beschloss ihre Angaben die Patrick für richtig hielt, selbst zu überprüfen. Es konnte sich herausstellen, dass sein Misstrauen umsonst war, da ihm Bettina ja ganz andere Dinge auch verschwiegen hatte. Aber er wollte auch der noch so schönen Frau nicht auf dem Leim gehen. Er würde sich nach allen Seiten absichern. Unruhig trommelte er mit den Fingern auf die Schreibtischplatte. Dabei ging er Stefans fragenden Blick aus dem Weg und sagte: „Ich habe ganz vergessen dass ich Frau Kiesel noch ein paar Briefe diktieren muss.

Unser Konzept steht ja im grossen und ganzen schon fest und für den Rest der Ausarbeitung brauche ich sowieso Patrick. Ich schlage vor, wir treffen uns dann zum Mittagessen im Glockenbach und arbeiten am Nachmittag weiter."

„Ja dann – bis bald," sagte Stefan, ohne Mark noch weitere Fragen zu stellen und ging rüber in sein eigenes Büro. Mark schritt unruhig auf und ab. Der Gedanke dass Patrick wahrscheinlich genau in diesem Moment mit Vanessa zusammen war, brachte ihn in Rage. Er spürte dass seine Gefühle ihr gegenüber Amok liefen und er wusste doch sehr genau dass er dies nicht zulassen dürfe. Nach dem Lunch musste er unbedingt Patrick erreichen.

Vanessa stand vor ihrem Schrank und suchte sich die passende Garderobe für das Abendessen heraus. Sie legte sich alles aufs Bett zurecht und ging ins Bad. Unter der Dusche dachte sie an Patrick der sich am Telefon so sonderbar gepresst angehört hatte. Irgend etwas ging ihm anscheinend gegen den Strich. Vielleicht lag es an gestern Nachmittag als sie sich so schnell von ihm verabschiedet hatte. Sie sah noch seinen enttäuschten Blick vor sich, aber sie hätte ihn einfach nicht mehr länger ertragen können. Diese hündische Ergebenheit in seinen Augen und in seinem ganzen Gehabe widerte sie an und sie fragte sich weshalb sich immer wieder die falschen Männer in sie verliebten. Nachdem Patrick sie beim Hotel abgesetzt hatte, war sie in ihr Zimmer gegangen und hatte ihr Laptop hervorgeholt. Sie hatte verschiedene Daten eingetippt. Dabei war sie immer unruhiger geworden, denn sie konnte die Gedanken an Mark nicht zurückweisen. Er war so eine harte Nuss. Um die zu knacken musste sie etwas tun, das ihn imponieren würde. Aber was? Für ihn zählte doch nur Geld. Sie hätte ganz einfach mehr von ihm erpressen sollen. Um an ihn heranzukommen, reichten keine Dreihunderttausend aus, das war für ihn nur ein Klacks. Peanuts- wie die Bankiers sagten. Sie brauchte mehr Geld. Als sie beim Makler die Häuserpreise gesehen hatte, war es ihr schon ganz schwindelig geworden. Der Rest der Million würde gerade mal für ein Reihenhaus ausreichen. Das, was ihr ihre Oma für ihren Neustart mitgegeben hatte, reichte für den Mercedes, ihre neue kostspielige Garderobe und den Aufenthalt in diesem Hotel. Also musste sie ihren Lebensunterhalt sichern. Deshalb hatte sie ihren Vater in die Pflicht genommen. Es war ihr gutes Recht. Sie stieg aus der Dusche und frottierte sich ab. Sicher hatte ihr Vater den Brief heute schon bekommen und er würde tun, was sie von ihm verlangt hatte. Aber das half ihr nicht, ein geeignetes Konzept zu finden, das ihr helfen würde Mark an sich zu binden.

Nach und nach verflogen die Spuren der letzten Nacht. Patrick ärgerte sich über sich selbst. Natürlich gab es schon mal Feste die sich bis zum frühen Morgen durchgezogen hatten, in denen er mehr als angeheitert war. Doch einen derartigen Alkoholexzess wegen einer Frau hatte es bei ihm noch nie gegeben. Dabei gab es noch nicht einmal den geringsten Anlass für einen Liebeskummer. Vanessa war eben früher als erwartet gegangen und weshalb sollte sie den Abend nicht mal ohne ihn verbringen? Wie töricht von ihm, zu denken, dass sie nach den paar flüchtigen Küssen schon ein Liebespaar sein sollten. So ein Ausrasten durfte es nicht mehr für ihn geben, denn so würde es ihm nie gelingen eine Frau wie Vanessa zu erobern oder gar fest an sich zu binden. Zum Glück ahnte sie nichts von alledem.

Irgendwann in der Nacht musste es ihm im Wohnzimmer zu kalt geworden sein, denn als er am Mittag erwachte, lag er in seinem Bett. Er hatte keine Ahnung wie es ihm gelungen war dort hin zu kommen. Er hatte sich dann auch noch einen freien Nachmittag gegönnt und jetzt hoffte er, Vanessa am Abend im Hotel Königshof zu treffen. Als er dort eintraf sassen Mark und Stefan schon am gewohnten Tisch. Er gesellte sich zu ihnen und fand deren neugierige Blicke provozierend. „Ich brauchte eine Auszeit," erwiderte er gereizt ,als Mark ihn fragte, wo er den ganzen Tag über gesteckt hätte. Er wandte sich der Speisekarte zu und tat als ob er sich nicht entscheiden konnte welches Gericht er sich bestellen sollte. Wieso konnte er Mark nicht mehr vorbehaltlos gegenübersitzen?

Wann traten die ersten Risse dieser langen Freundschaft auf? War es wirklich nur weil er Vanessa für sich haben wollte? Wenn er es tiefer betrachtete, wurzelte diese Abneigung gegen Mark schon viel länger in ihm.

Den ersten Keil trieb dieser Erpresser zwischen sie beide oder gab es schon vor ihm ein paar Kratzer in dieser Freundschaft? Wenn, dann war es ihm nie so richtig bewust gewesen. Doch schon beim ersten Auftreten von dem Erpresser hatte dieser einen Schatten über das Leben von Mark, Stefan und ihm geworfen.

Sogar Greg war davon betroffen. Er war der erste, der seine Konzequenzen aus dieser Geschichte gezogen und deshalb seine Zelte hier abgebrochen hatte. Würde er es auch tun müssen? Der Ober kam an den Tisch und Patrick bestellte sich nur einen Salat.

Vanessa begrüsste Patrick als wären sie gerade mal eine Stunde von einander getrennt gewesen und so drehte sich dessen Stimmung sofort um 180 Grad. Er strahlte sie an: „Vanessa - Du siehst bezaubernd aus."

„Danke lächelte sie, und begrüsste auch Mark und Stefan. Danach tat sie dasselbe wie zuvor Patrick. Sie vertiefte sich eifrig in die Speisekarte.

Patrick beobachtete sie neugierig und konnte sich nicht zurückhalten sie zu fragen: „Hast du heute bei mir im Büro angerufen?"

Sie senkte die Karte. „Nein!" hast du etwa auf einen Anruf von mir gewartet? Dann tut es mir leid. Ich war heute den ganzen Tag unterwegs und hatte sehr viel zu erledigen."

Patricks Hände zitterten leicht und seine Augen zuckten nervös als er sie fragte: „Gibt's was neues?"

Vanessa strahlte ihn an: "Ich habe mich jetzt endgültig dafür entschieden, hier in München zu bleiben. Wie findest du das?" Patrick fiel fast das Glas aus der Hand.

„Gestern kam es mir so vor, als ob es dir überhaupt nicht ernst damit sei, dich hier ansässig zu machen. Deshalb wollte ich dir eine andere Alternative vorschlagen."

Vanessa sah ihn überrascht an:

„Ja, es stimmt, gestern war ich noch unschlüssig, aber wie gesagt, heute habe ich mich entschieden. Ich wusste nicht dass du dir soviele Gedanken über mich machst. An welche Alternative hattest du denn gedacht?"

Ihr fragender Blick traf ihn bis ins Mark. „Es gibt noch andere interessante Städte, sagte er gepresst – "zum Beispiel – Berlin..."

„Berlin?", fragte sie perplex. Wie kommst du auf Berlin?"

In seinem Eifer sah Patrick nur noch sie, vergass dass Mark und Stefan mit am Tisch sassen und ihr Gespräch verfolgten. „Berlin ist meine Heimatstadt."

Mark blick fast die Spucke weg. Er wusste genau auf was Patrick hinaus wollte. Er hatte Angst dass er ihm Vanessa ausspannen könnte. Deshalb würde er hier alles aufgeben und doch noch den Betrieb seines Vaters übernehmen, nicht schlecht ausgedacht. Er schoss Patrick einen harten Blick entgegen.

„Du möchtest also nach Berlin und beabsichtigst deine Agentur aufzugeben? Wie schön dass wir das so nebenbei erfahren."

Patrick ahnte dass er sein Spiel fast verloren hatte, aber so schnell wollte er die Flinte nicht ins Korn werfen. Ausserdem lag es auch an Vanessa wie alles enden würde.

„Erstens wollte ich das erst mit Vanessa alleine klären und zweitens bestimme ich mein zukünftiges Leben immer noch selbst. Mein Einstieg in Vaters Firma besagt ja nicht dass ich meine Anteile aus eurer Firma nehme."

„Sachte, sachte, bevor sich da ein Streit zwischen euch breit macht," schlichtete Vanessa, "möchte ich dir ‚Patrick sagen, dass ich mich auf keinen Fall in der nächsten Zeit binden möchte. Ich bin erst seit ein paar Monaten Witwe und muss mein Leben selbst erst wieder ordnen. Es gibt also keinen Grund sich über mich Gedanken zu machen.

In den nächsten zwei Jahren bleibe ich ganz sicher hier in München. Und was ich dann mache, steht noch in den Sternen. Vielleicht gehe ich ins Ausland? Wer weiss..."

Lächelnd sah sie in drei verdutze Männergesichter: „Und jetzt habe ich Hunger!"

Die Debatte war somit beendet. Sie bestellte sich das Menü, das sie vor dem ganzen Trara schon ausgesucht hatte. Irgendwie schien zwischen den Männern eine feindseelige Stimmung zu herrschen aber Vanessa ass mit gesundem Appetit. Danach versuchte sie ein harmloses Gespräch aufzubauen.

Doch für Patrick war in wenigen Minuten eine Welt zusammen gebrochen. Er konnte sich an der belanglosen

Konversation nicht beteiligen. Mühsam beherrscht murmelte er von einer Verabredung die er noch hätte, verabschiedete sich kurz und verliess enttäuscht das Hotel. Langsam fragte er sich wirklich was ihn hier noch hielt.

Mark sagte: "Ich hatte nicht die geringste Ahnung, dass in Patrick der Gedanke an Berlin und die Firma seines Vater noch so tief verwurzelt ist. Die ganzen Jahre über, erwähnte er nichts davon und somit dachte ich dass er auf dem besten Weg dazu ist, ein echter Münchner zu werden."

„So kann mann sich täuschen, meinte Stefan, wenn er wirklich geht, verlieren wir einen guten Partner und ich glaube kaum dass wir einen besseren finden. Du solltest ihn zum Bleiben überreden."

„Es ist nicht meine Art jemandem zu überreden oder zurückzuhalten. Ich bin für eine freie Entscheidung. Reisende soll man nicht aufhalten."

Stefan sah Mark ungläubig an: „Ich dachte, er wäre dein Freund?"

Mark sah mit eiskalten Augen, die sagten, wenn es sein müsste würde ich sogar auf dich verzichten, über seinen Bruder hinweg.

Stefan verstummte und Vanessa bekannte betrübt: „Es war nicht meine Absicht Patrick Hoffnungen zu machen und es war auch nicht meine Absicht Unfrieden zwischen ihnen zu stiften." Mark musterte ihr Mienenspiel. War diese Aussage echt oder Theater? Er würde ihre wahre Natur schon noch ergründen. Im Moment beruhigte er sie: "Sie sollten sich darüber keine Gedanken machen. Ich glaube kaum, dass unsere Freundschaft unter seiner Entscheidung leidet. Patrick ist schliesslich Manns genug eine Niederlage einzugestehen und wenn er die Firma seines Vaters übernehmen will, ist es sein gutes Recht von hier weg zu gehen. Wahrscheinlich schwelte dieses Vorhaben schon lange in ihm. Sie haben seinen Traum nur beschleunigt. Vielleicht hat er auch plötzlich das Gefühl alt genug zu sein, um eine Familie zu gründen."

„Könnte sein, lächelte sie, aber nicht mit mir!"

Marks Kopfkissen schien sich in dieser Nacht in ein unbequemes Knäuel verwandelt zu haben. Er brachte es ständig in eine andere Position, aber der Schlaf wollte sich trotzdem nicht einstellen. Diese Vanessa ging ihm einfach nicht aus dem Sinn. Verdammt nochmal! Er hatte nicht die Absicht sich noch einmal von einer Frau einfangen zu lassen. Das trübt nur den Verstand. Es gab genügend Damen die sich, ohne dass er eine Verpflichtung eingehen musste, gerne mit ihm vergnügten.

Für alles andere hatte er seine Lakeien. Wieder wälzte er sich herum. Was war nur mit ihm los? Weshalb lies ihn der Gedanke an sie nicht los? Selbst im Dunkeln sah er ihre grünen Augen spöttisch blitzen. Sie war eben anders.

Hinter ihrem Lächeln verbarg sich alles und nichts. Er

konnte es nicht ergründen. Was wusste sie von ihm? War ihre Gleichgültigkeit nur gespielt – oder wollte sie ihn damit herausfordern? Er rekonstruierte in Gedanken was an diesem Abend noch geschehen war. Nachdem Patrick das Hotel verlassen hatte, hatte er sich mit Vanessa äusserst gut unterhalten. So gut, dass Stefan sich gelangweilt mit irgend einer fadenscheinigen Ausrede verabschiedet hatte. Danach waren etliche Stunden wie Sekunden verflogen. Ihr perlendes Lachen hatte ihn wie Sekt überrieselt aber er war trotzdem auf freundlicher Dstanz geblieben. Ihre Bewegungen hatten ihn an eine Schlange erinnert und er war sich einige Male so vorgekommen wie der Hase der starr vor dem Reptil sass und sich nicht von der Stelle rührte, obwohl er wusste dass es ihn auffressen würde. Doch dieses Gefühl war nach jeden Glas Champagner mehr und mehr dem Wunsch gewichen, ihre vollen, weichen Lippen zu küssen. Aber er hatte es dann doch geschafft, den Abend noch ehe er die Kontrolle über sich verlor, zu beenden.

Unruhig rollte er sich noch ein paar mal im Bett herum.

Dann knipste er das Licht an, nahm das Buch vom Nachtisch und versuchte sich mit Lesen abzulenken.

Meistens verhalf ihm dies zum Schlaf.

Nachdem Patrick das Hotel verlassen hatte, war er aufgewühlt und ohne jedem Ziel in der Stadt umher gelaufen. Was hatte er jetzt wieder gebracht? Ohne jeden Widerstand hatte er das Weite gesucht, war vor der

Konfrontation mit Mark gefohen, der dadurch freie Fahrt bei Vanessa hatte. Wieso überliess er immer wieder Mark das Feld? Sogar bei einer Frau wie Vanessa, die ihm fast um den Verstand brachte, schlug er einen Haken.
 Vielleicht lohnte es sich trotz ihrer Ablehnung einer neuen Bindung, um sie zu kämpfen. Es war doch möglich dass diese Absage im Moment an alle Männer gerichtet war, auch für Mark. Sie benötigte eben eine Zeitlang ihre Freiheit. Das hatte er nicht rechzeitig erkannt und war ihr zu schnell zu nahe getreten. Er musste unbedingt zurück zum Hotel und ihr erklären, dass er mit gebührigem Abstand auf sie warten würde. Als er den Speisesaal des Hotels betrat, bemerkte er, dass Stefan auch schon gegangen war. Verzweifelt sah er wie Mark und Vanessa miteinander turtelten. Sie hatten keine Augen mehr für die übrigen Gäste. Er ging ein paar Schritte auf ihren Tisch zu und vernahm einige Wortfetzen die ihn verletzten. Ohne sich noch einmal an Vanessa zu wenden, drehte er sich um und stolperte aus dem Hotel. Er lies seinen Wagen stehen und nahm sich ein Taxi nach Hause. Später lief er wie besessen in seinem Zimmer hin und her. Sollte er Mark ans Messer liefern? fragte er sich. Aber nach dem er seinen ersten Frust überwunden hatte, kam er zur Ansicht, dass Rache zwar süss war, doch sehr bitter wenn sie auf ihn zurück kam. Er steckte viel zu tief mit in Marks Machenschaften. So stand letztendlich sein Entschluss mit bitterer Ironie fest: „München ade!"

Vanessa rieb sich den Sand aus den Augen. Gott! War es schon so spät? Sie schob die Bettdecke zurück, schlupfte in ihre Hausschuhe und spähte zum Fenster hinaus. Zum Glück hatte die Sonne endlich den tagelangen Regen verdrängt. Gerade als sie ihr tägliches Toiletten- und Gymnastilritual beendet hatte, klingelte das Telefon. Mark schwärmte ihr vor, dass er ein Haus für sie entdeckt hätte das ihren Vorstellungen entsprechen könnte. Ein wenig ausserhalb, doch dafür recht preisgünstig. „Ohne Hintergedanken," lachte er fröhlich, als sie ihre Antwort hinauszögerte. Es ist eine rein geschäftliche Verabredung. Sagen wir in einer Stunde?"

„Also gut, ich glaube dass ich eine Hausbesichtigung noch in meinem Tagesplan unterbringen kann," gab sie seinem Wunsch nach.

„Dann bis später, sagte er erfreut, ich melde mich in Kürze im Hotel."

"Danke." Sie wusste wie gespreizt sich ihre Zusage angehört hatte, aber sie waren auch noch nach dem heiteren, ungezwungenen Beisammensein von gestern Abend beim förmlichen Sie. Vanessa dachte an ihren Plan. Falls es heute mit dem Hauskauf klappte, gab es nur noch einen einzigen Pfeil ohne Punkt. Sie lächelte berechnend. Es wurde Zeit für diesen letzten, dicksten Punkt unter dem Ziel.

Sie trafen sich in der Hotelhalle. Mark überreichte ihr die Unterlagen von dem Haus das sie besichtigen wollten.

Aber sie lehnte sein Angebot ab, vor der Besichtigung die Pläne anzusehen. „Für mich ist das verschwendete Zeit," sagte sie. Mir reichts, das Haus erst mal in Natura zu sehen. Die Pläne werden dann wichtig wenn ich es mir wirklich erwerbe."

Mark schob die Unterlagen wieder in seine Mappe. "Also gut, fahren wir."

Er begleitete sie höflich hinaus und beide spürten die Spannung die sich zwischen ihnen entwickelte. Mark schien sich ganz auf den Verkehr zu konzentrieren und Vanessa wollte ihn dabei nicht stören. Warum musste sie ausgerechnet jetzt an ihren Vater denken? Vielleicht weil das Geld für das sie von ihm gefordert hatte schon auf ihrem Konto war? Er hatte ihr einen ebenso kühlen,kurzen Brief geschrieben wie sie ihm. Es betraf seine monatlichen Unterhaltszahlungen an sie und dass er sich von der Praxis zurückziehen und in die Mühle ziehen wird. Das war alles und sie erwartete auch nicht mehr. Ihr war egal was er mit der Praxis, und aus seinem weiteren Leben machte. Haupsache er hielt sich aus dem ihrigen heraus. Sie versuchte die Gedanken an ihren Vater zu verdrängen und konzentrierte sich auf die Fahrt.

Mark sass immer noch still neben ihr. Aber innerlich war er alles andere als ruhig. Er musste seine aufkommenden Liebesgefühle ihr gegenüber bremsen, denn er misstraute ihr noch immer. Hatte Vanessa Bettina wirklich gekannt? noch immer konnte er es sich nicht vorstellen. Aber wenn es so war musste Bettina einen triftigen Grund gehabt haben, nichts von ihrer Schulkollegin zu erzählen. Es gab da sehr wenige Dinge, die ihm Bettina aus ihrem vorehelichen Leben verschwiegen hatte. Somit konnte er sich ausrechnen, dass es nur um die Erpressergeschichte gehen konnte. Würde diese Frau ihm eines Tages eine Falle stellen? Wollte sie gar Bettinas Tod rächen? Er konnte ja nicht wissen wie sie wirklich zu Bettina stand. Oder würde sie es fertig bringen seine Zweifel zu zerstreuen? Abwarten- hiess die Devise. Inzwischen waren sie in Garching bei München angelangt. Mark stoppte vor einer Reihenhaussiedlung. Danach führte er sie über einen asphaltierten Weg an Häusern mit winzigen, gepflegten Gärtnen entlang und blieb bei dem vorletzten, einzig unbewohnten Haus stehen. „Das wärs, sagte er, das Haus hat zwar schon einige gute Tage hinter sich, aber dafür ist es sehr preisgünstig für die Münchner Gegend." Es schien als wolle er ihr den Kauf schmackhaft machen. In diesem Moment war er nur Geschäftsmann, nichts weiter.

Vanessa betrachtete die erst kürzlich restaurierte Fasade und sagte ironisch: „Mir kommt dieses Schmuckstück eher wie ein zu schmal geratenes Handtuch vor."

"Das täuscht," beschwichtigte er sie. Er holte einen Schlüssel aus der Tasche und öffnete die Tür. Danach liess er ihr den Vortritt.

Im Gegensatz zum äusseren Eindruck überraschte sie die innere Einteilung des Hauses angenehm. Sie liess ihrer Fantasie freien Lauf. Stellte sich die passenden Möbel vor und zauberte aus den Hundertzehn Quadratmetern ein gemütliches Heim. Dann begann sie wieder realistisch zu denken. Dieses Haus sollte ja keine Bleibe für die Ewigkeit werden. So ein Projekt liess sich später sicher gut vermieten.

Mark beobachtete jede ihrer Bewegungen. Seltsamerweise tat ihm ihre Nähe gut. Er fühlte dass sie auf seiner Wellenlänge lag. Trotzdem drängte es ihn, sie mit ein paar verfänglichen Fragen zu testen. Obgleich er Patricks Angaben über ihre Herkunft überprüft hatte und sie sich als wahr herausgestellt hatten, traute er ihr noch immer nicht. Hatte sie sich München tatsächlich nur wegen ihrer Liebe zu dieser Stadt ausgesucht? "Sie kannten meinen Schwiegervater?" Es sollte leicht und nebensächlich klingen aber seine dunkle Stimme vibrierte.

„Wenig," sagte sie, "nur von seinen kurzen Besuchen im Internat."

„Weshalb waren Sie auf seiner Beerdigung?"

Vanessa lächelt dünn: "Sie stellen Fragen! Ich kannte Bettina gut. Warum sollte ich ihren Vater nicht die letzte Ehre erweisen? Ich hielt mich doch sowieso gerade in München auf."

Apprupt drehte sie sich um. Sie ging in die Küche und begutachtete sie.

Mark folgte ihr und fragte sie: „Bettina war also ihre Freundin? Ich verstehe dabei nur nicht warum sie uns nie besucht haben und warum meine Frau nie über sie gessprochen hat. Sie standen auch nicht auf der Gästeliste zu unserer Hochzeit..." Vanessa öffnete, als berühre sie seine ungeduldigen, zweifelnden Fragen überhaupt nicht, die Schränke und begutachtete die Einteilung. Aber als er so nah hinter ihr stand, dass sie seinen Atem im Genick spürte, fühlte sie sich beengt, ja sogar bedroht.

Sie wandte sich um, ging ein paar Schritte weiter und fragte patzig: "Soll das ein Verhör werden?"

"Nein!", sagte er beschwichtigend. "Ich wollte nur..."

"Mich mit privaten Fragen löchern," unterbrach sie ihn.

"Gehen Sie allen ihrer Kunden bei den Hausbesichtigungen so auf die Nerven?" Ohne sein verdutztes Gesicht weiter zu beachten, begutachtete sie den Herd. "Ziemlich alt", stellte sie fest."

"Einen neuen Herd einzubauen, ist sicherlich das Einfachste," sagte er," doch was meine Fragen betrifft, bitte ich sie diese nicht falsch zuverstehen aber... "

"Ist schon gut," unterbrach sie ihn. "Wenn sie alles über mich und Bettina wissen wollen, kann ich es ihnen erklären. Ich verstehe nur nicht wieso das gerade jetzt sein soll."

Mark sah sie nachdenklich an: "Ich kann nicht sagen weshalb aber es beschäftigt mich die ganze Zeit..."

Vanessa lächelte ironisch: "Es beschäftigt Sie also? Warum tat es das nicht als Bettina noch lebte? Damals hätten Sie sich Zeit für sie nehmen sollen. Dann hätte sie ihnen vielleicht von mir erzählt. So hätten Sie erfahren, dass wir als junge Mädchen nur Schulkolleginnen die zufällig ein halbes Jahr in dem gleichen Internat verbrachten, waren. Sie hätte Ihnen zudem erzählt, dass wir zu der Zeit nicht sehr gut aufeinander zu sprechen waren, denn mit fünfzehn kann man sehr eifersüchtig sein."

Vanessa lachte als amüsierte sie die Erinnerung. „Wir hatten uns beide in den gleichen Sportlehrer verknallt.

Bettina ärgerte es sehr, dass er mich, obwohl sie im Sport das absolute Ass unserer Klasse war, mehr beachtete. Ich hingegen ärgerte mich, dass ich an ihre sportlichen Leistungen nicht rankam. Somit waren wir damals eher Rivalinen, als Freundinnen. Ich wechselte die Schule und wir kamen erst wieder in Verbindung als ich die Briefe für das Schülertreffen schrieb. Genügt das?"

Mark nickte nachdenklich: „Natürlich! Aber verzeihen sie dass ich so indiskret bin. Es ist nur – ich möchte alles über Bettina erfahren, dazu gehört eben auch ihre Vergangenheit von der ich nichts weiss. Ihr Tod kam so plötzlich für mich, dass ich mich noch mit ihr und ihrem Umfeld auseinander setzen muss um ihn zu überwinden."

Vanessa fühlte bei seinen scheinheiligen Worten dass er ihr charakterlich sehr nahe stand. Irgendwie amüsierte es sie aber sie liess sich nichts anmerken. Sie sagte:

"Jetzt verstehe ich Sie. Mir ergeht es mit mit meinem verstorbenen Mann auch so ähnlich." Dann ging sie weiter. Als sie sich im Bad umsah, bemängelte sie die altmodischen Kacheln. Er war ihr gefolgt und versprach ihr alles nach ihren Wünschen installieren zu lassen.
Doch die Spannung zwischen ihnen blieb bestehen.
Vanessa fühlte wie nahe sie daran war ihn für sich zu gewinnen. Es fehlte nur noch ein kleiner Funke.
"Sie möchten jetzt sicher noch wissen," sagte sie, "woher ich wusste dass Bettina keine Hattinger mehr war."
"Ja, in der Tat!" erwiderte er erstaunt. "Ehrlich gesagt, habe ich mir schon Gedanken darüber gemacht. Insbesondere wie die Freundschaft zwischen ihnen und Bettina entstand und wie sie trotz der langen Zeit in der sie sich weder gesehen noch sonst wie in Verbindung miteinander standen, alles von ihr wussten." Vanessa sah ihm amüsiert von der Seite an.
"Ganz einfach," erklärte sie ihm: "Ich interessierte mich schon immer für die Münchner Schickeria, und ich las damals in der Zeitung von ihrer Riesenhochzeit."
Sein ungläubiger Blick sagte ihr, dass sie ihm noch mit weiteraufklärenden Geschichten kommen musste, deshalb fuhr sie fort: "Ja, ich weiss, sie fragen sich jetzt weshalb meine Gratulation ausblieb. Es tut mir leid aber damals drehte sich meine Welt fast ausschliesslich um meine unglückliche Ehe. Ehrlich gesagt habe ich Bettina

beneidet. Erst als sie mich nach Erhalt meines Briefes angerufen hat und mir gesagt hat, dass sie einen schweren Unfall gehabt hätte und zur Zeit gelähmt ist, habe ich meine Oberflächlichkeit ihr gegenüber bereut."

„Bettina hat mir gegenüber nie etwas von einem derartigen Anruf erwähnt," konnterte er.

„Sie sind wirklich ein harter Brocken," bemerkte sie in einem etwas ärgerlichen Ton. "Ich könnte meinen, ich sässe im Beichtstuhl. Doch einerseits frage ich mich weshalb ich ihnen Teile aus meinem Leben erzählen soll und andererseits sage ich mir – es ist alles vorüber und es kann weder mir noch Bettina, noch sonst wem schaden wenn ich einige Details aus meinem Leben preisgebe."

Mark entschuldigte sich: "Ich möchte sie natürlich nicht bedrängen..."

"Das haben sie schon – aber egal -also, wenn sie es genau wissen wollen. Ich war damals in einer sehr schlechten Verfassung, denn ich wollte mich von meinem ständig eifersüchtigen Mann trennen und ich hatte die Befürchtung dass er mir nachspionierte und mich überall aufspüren würde. Ich erzählte Bettina einen Teil meiner Eheschwierigkeiten und bat sie um absolutes Stillschweigen über diesen Anruf. Sie sagte mir das auch zu und riet mir mich so oft als möglich sie anzurufen. Sie versprach mir über eine Lösung meiner Probleme nachzudenken und sie war sich sicher auch etwas für mich tun zu können. Ich war damals sehr erleichtert jemanden gefunden zu haben, dem ich ab und zu mein Herz ausschütten kann und habe sie auch öfter angerufen. Wir kamen uns dabei so nahe, dass sie mir vorschlug nach meiner Scheidung hierher nach München zu ziehen. Dabei gab sie mir die Adresse von Patrick und von ihrer Immobilienfirma. Nach meiner Scheidung wollte sie mich Ihnen vorstellen aber es kam ja bei uns beiden alles völlig anders als erwartet. Doch anscheinend war Bettina wirklich so verschwiegen wie sie es mir versprochen hat."

„Das muss ich allerdings zugeben," bestättigte Mark.

"Schweigen konnte sie. Aber gestatten Sie mir noch eine Frage. Erzählte sie Ihnen auch etwas über unsere Ehe?"

Vanessa warf ihm einen abweisenden Blick zu. „Was erwarten sie jetzt von mir?" sagte sie. "Etwa dass sie sich bei mir ausweinte, weil sie so wenig Zeit für sie aufbrachten? Nein, dazu war sie viel zu viel Geschäftsfrau um darüber zu klagen aber ich hörte aus ihren Sätzen heraus dass sie oft traurig darüber war. Sie vermisste sie sehr, denn sie liebte sie. Aber ich muss zu meiner Schande gestehen, dass sich unsere Gespräche meist um Bettinas Unfall und ihrer Genesung und um meine Sorgen ging. Wir freuten uns schon auf die Zeit die wir miteinander verbringen würden, wenn ich erst einmal in München wäre. Ich weiss nicht warum? Aber ich gab mir keine Mühe, mir ein Bild von Ihnen zu machen, weil es mich ehrlich gesagt auch gar nicht interessierte. Vanessa bemerkte Marks gekränkten Blick, sprach aber ungerührt weiter. "Bettina war eben anders. Sie war eine sehr starke Frau, die noch ihre Ideale hatte und an die Liebe glaubte. Doch ich glaube nicht mehr an eine gute Ehe und ich verspüre nicht den geringsten Schmerz über den Verlust meines Mannes." Vanessas bittere Miene sagte alles, denn in dieser Hinsicht brauchte sie nicht einmal zu schauspielern. Sie lies Mark stehen und trat hinaus auf den Balkon. Sie beugte sich über das Geländer und sah hinunter auf den winzigen Garten. Ob sie ihn lange benützen würde? Nein! Sie lächelte diabolisch – es war soweit. Mark hing wie ein Fisch an ihrem Haken. Aber wo blieb das euphorische Gefühl das sie erwartet hatte, wenn sie an ihrem grossen Ziel angelangt war? Vielleicht kommt es, wenn ich den letzten Punkt auf meinen Plan gesetzt habe, versuchte sie sich einzureden. Doch der bittere Geschmack in ihrem Mund liess sich nicht vertreiben. Es war egal ob sie in Würzburg, München oder sonst wo auf der Welt weilte, überall würde es gleich sein. Überall würde sie diese Zerrissenheit spüren. Sie sah an sich herunter: "Der Hass steckt mir bis in den Schuhen."

Eine Minute stand Mark wie angegossen im Zimmer und blickte ihr mit widerstrebenden Gefühlen nach. Was für eine Frau! Noch nie hatte eine Andere ihn so in Bann gezogen. Und noch nie hatte er sich mit dem Wesen einer Frau derartig intensiv beschäftigt. Noch immer war vieles worüber er sich Gedanken gemacht hatte unerklärt. Aber was brachte all das viele Nachdenken? Sie waren noch jung genug und hatten noch alle Zeit der Welt in die gegenseitigen Geheimnisse einzutauchen. Allerdings würde sie bestimmte Dinge nie erfahren - und er? Egal!

Er schaltete alle Alarmglocken die ihn vor ihr warnten aus. Alle Befürchtungen schienen ihm mit einen Mal purer Unsinn gewesen zu sein. Wie konnte er jemals glauben dass sie etwas von seinen unsauberen Geschäften wusste, dass sie eventuell sogar mit Bettina unter einer Decke stand, was die Erpressergeschichte betraf. Es gab ihr gegenüber vieles gutzumachen. Obwohl er sich sagte, dass es noch zu früh sei, von seiner Liebe zu ihr zu sprechen, wehrte er sich nicht mehr gegen dieses starke Gefühl. Langsam betrat er den Balkon, sah sie verloren wie ein Kind am Geländer stehen und nahm diesen Eindruck eine winzige Sekunde in sich auf. Danach näherte er sich ihr behutsam und nahm sie in den Arm
„Es tut mir leid..."

Zwei, drei grosse Kartons standen schon verpackt im Büro. In dem noch geöffneten, kleineren Karton verstaute Peter Karsten seine persönlichen Utensilien die noch auf dem Schreibtisch lagen. Er überflog die Regale. Nein, er hatte nichts vergessen. Hier standen nur noch die

Krankenakten seiner ehemaligen Patienten und Bücher die sein Nachfolger benötigte. Zufrieden atmete er auf. Wenigstens einen Menschen hatte er beglücken können. Er lächelte wenn er an Dr. Steins überraschtes Gesicht dachte, als er ihm vorschlug die Praxis zu übernehmen. Zuerst lag Freude in dessen Augen aber dann zeigte sich eine gewisse Ratlosigkeit in dem jungen Arzt. „Ihr Vorschlag ist mir eine Ehre, hatte er niedergeschlagen gesagt, aber es ist mir unmöglich ihn anzunehmen." „Und warum nicht?" hatte er gepoltert, wie es seiner Art entsprach. "Zu wenig los hier in der Gegend oder ist ihnen hier alles zu veraltert? Sie wissen doch genau dass ich alle technischen Geräte erst vor kurzem erneuert habe und das bisschen Renovierung der Räume – was ist das schon?" „Sie verstehen mich falsch, hatte ihn Dr, Stein unterbrochen, aber sie wissen doch dass ich nicht gerade aus begüterten Verhältnissen stamme. Ich kann es mir ganz einfach nicht leisten die Praxis zu übernehmen." Er hatte seinem jungen Assistenten auf die Schulter geklopft und gesagt: „Am schnöden Geld solls nicht liegen." Dann hatte er ihm so gute Konditionen angeboten, die er nicht ausschlagen konnte, zumal er alles mit niedrigen Raten bei ihm abstottern konnte. Bald würde er für den jungen Arzt auch das grosse Haus räumen und in die Mühle ziehen. Sie bot ihm für die Zeit, die er darin verbringen würde, genügend Platz, denn in aller erster Linie wollte er in Zukunft reisen und so eine Art Globetrotter werden. Mit

Vanessa hatte er innerlich so gut wie abgeschlossen. Die von ihr geforderten Hunderttausend Euro mussten inzwischen auf ihrem Konto liegen und ihre Apanage war auch abgesichert. Er trug die Kartons hinaus zu seinem Kombi und packte sie hinein. Danach füllte er das Auto noch mit Gegenständen aus dem Haus, die er noch benötigte voll und fuhr in Richtung Mühle. Er dachte an sein verpfuschtes Familienleben. Warum war nur alles so abstrakt bei ihm gelaufen? Er liebte doch damals seine Frau und seine Tochter. Bis...am besten nicht mehr daran denken. Seine Handy klingelte, deshalb fuhr er zum Stassenrand und blieb dort stehen. Wer versuchte ihn jetzt noch zu sprechen? Er hatte doch allseits bekannt gegeben dass seine Praxis bis zur Übernahme von Herrn Dr.Stein geschlossen war. Der junge Mann beabsichtigte natürlich zuerst einmal die Räume zu renovieren und sie so einzurichten wie es ihm gefiel. „Karsten", brummte er ins Handy. Eine weibliche Stimme flehte: „Herr Doktor, mein Mann möchte sie dringend sprechen, bitte kommen sie sofort." „Frau Gruber, sagte er, "Sie wissen doch, dass ich nicht mehr praktiziere."

„Ja, ich weiss," drängte sie ihn, "aber mein Mann bat mich eindringlich, sie zu uns zu holen. Er möchte etwas persönliches mit ihnen regeln, hat er gesagt."

"Also gut, ich komme," brummte er verstimmt. Er legte sein Handy zur Seite und fuhr los. Der Bauernhof der Grubers lag ein wenig ausserhalb des Dorfes und sowieso auf dem Weg zur Mühle. Jahrelang hatte er die Bäuerin und ihre Kinder ärztlich betreut ,aber der Bauer selber war, falls er krank wurde, in die Stadt zum Arzt gefahren. Er war ihm stets aus dem Weg gegangen. Noch heute konnte er sich diese starke Abneigung, die er gegen ihn hegte, nicht erklären. Vielleicht wusste der Bauer etwas über den Streit den er vor vielen Jahren in der nahegelegenen Scheune des Hofes mit seiner Frau hatte? Konnte es möglich sein, dass er alles mitangehört hatte? Wollte er deshalb nichts mit ihm zu tun haben? Aber das was er mit seiner Frau austrug, ging dem Mann doch nichts an und so zartbesaitet war er ihm auch nie vorgekommen. Langsam fuhr er ins Gehöft.

Die Bäuerin kam ihm schon aufgeregt entgegen: " „Herr Doktor," stammelte sie, "ich bin ja so froh , dass sie so schnell hergekommen sind."

"Ja, ja Frau Gruber,beruhigen sie sich. Sagen sie mir lieber warum ihr Mann ausgerechnet mit mir sprechen will."

"Ich weiss es nicht Herr Doktor," jammerte sie. "Vielleicht hofft er noch auf ein Wunder. Er war ein paar Wochen im Krankenhaus. Aber dort konnten die Ärzte ihm auch nicht mehr helfen. Sie haben gesagt es geht zu Ende mit ihm und da wollte er wieder nach Hause." Sie wischte sich mit dem Schürzenzipfel die Tränen ab. "Dr. Hoffmann, sein Hausarzt kommt regelmässig, aber was er von ihnen will, weiss ich nicht."

Peter Karsten bemerkte gleich beim Eintritt in das Zimmer des Kranken, dass es tatsächlich so schlimm um den Bauer stand wie dessen Frau es ihm gesagt hatte.

Mit gelblich blasser Haut und Augen die ihn ängstlich aus tiefen Höhlen anblickten, lag er kraftlos da.

Mit einer matten Handbewegung hiess er Peter Karsten auf einen Stuhl neben dem Bett Platz zu nehmen. „Ich will sie nicht als Arzt sprechen, sagte er mit gebrochener Stimme. Doch bevor ich sterbe muss ich ihnen noch etwas anvertrauen, das mich in Schuld und Reue gestürzt hat und mein halbes Leben zerstört hat. Aber nicht nur das meine. Es betrifft auch ihr Leben."

Der Kranke schien noch tiefer ins Kissen zu sinken und Peter Karsten wartete verständnislos auf das, was ihn so stark bedrückte. Was sollte ihm dieser Bauer schon zu sagen haben?

„Damals, hauchte der Kranke, haben sie ihrer Frau schweres Unrecht zugefügt. Sie konnte für all das, was in der Scheune passiert war, nichts." Er sah den Arzt um Verzeihung bittend an. "Schon als ich ihre Frau zum ersten mal auf der Dorfstrasse entlang gehen sah, fuhr er fort, verliebte ich mich in sie. Noch nie war mir eine so schöne, zarte Frau begegnet..."

Peter Karsten schüttelte ungläubig den Kopf. Mit so einem derben Bauer sollte sich..? „Sie waren das?"

„Ja, aber sie verstehen die Sachlage falsch."

Der Bauer versuchte sich aufzurichten aber es gelang ihm nicht. Schweratmend sprach er weiter: "Ihre Frau hat meine Annäherungsversuche nicht ernst genommen.

Eines Tages als sie mit ihrer kleinen Tochter an meiner Scheune vorbei ging, habe ich getan als wäre mein Knöchel verstaucht."

Wieder legte er eine Pause ein und Peter Karsten fürchtete, dass der Bauer, das was er ihm sagen wollte, nicht zu Ende bringen konnte. Doch dann sprach er röchelnd weiter: "Als ihre Frau näher kam, fragte sie mich ob sie ihren Mann zu Hilfe holen sollte. Ich habe verneint und sie gebeten mich bis zur Tür zu stützen. Sie half mir sofort. Ich hatte vorher ein paar Bier getrunken und alle meine Hemmungen ihr gegenüber abgelegt. Ich hab sie, ehe sie richtig begriff wie ihr geschah, in die Scheune gezerrt, ihr die Kleider vom Leib herunter gerissen und sie mit Gewalt genommen."

Schweisstropfen bildeten sich auf der Stirne des Kranken und seine Hände krampften sich in die Zudecke.

„Sie hatte keine Chance gegen mich, keuchte er weiter.

Als ich ihre Frau losliess stand ihre kleine Tochter an der Tür. Ich bin aufgestanden und auf sie zugegangen und sie blieb starr vor Schreck stehen, hatte ihren Mund weit geöffnet, konnte aber nicht schreien. Doch als ich nach ihr griff, duckte sie sich und lief davon. Ich konnte ihr nicht nachrennen, denn sie bogen in dem Moment in die Einfahrt..."

Peter Karsten sass starr da, hatte das Bild von damals vor dem Augen und es wurde ihm übel. Am liebsten wäre er aufgesprungen und davon gerannt. Aber er blieb ohne einen Ton zu sagen sitzen.
„Ich habe mich versteckt und ihren Streit mit angehört," fuhr Bauer Gruber fort. Sie liessen ihrer Frau keine Chance zu sagen was passiert war. Sie wollten unbedingt an einen Liebhaber glauben und so gab sie es auf, sich zu rechtferigen. Als sie ihr zu allem Übel in ihrer Rage noch eine Ohrfeige gaben, hat ihr Kind das gesehen, denn es war, als es sie kommen sah zurückgerannt und ist ihnen hilfesuchend gefolgt. Das Mädchen hat sich weinend in eine Ecke verkrochen. Sie wissen ja was dann geschah." Das Reden fiel dem Bauer immer schwerer.
"Nachdem sie ihrer Frau alle erdenklichen Beschimpfungen an den Kopf geworfen hatten, hetzten sie aus der Scheune und fuhren alleine davon. Jetzt wurde mir bewusst welch grosse Schuld ich auf mich genommen hatte. Ich habe mich nicht mehr um die Frau und das Kind gekümmert und bin zum Haus gelaufen. Aber viele Jahre lebte ich in Angst dass alles heraus kam. Doch ihre Frau hat die Schmach mit ins Grab genommen."
Der Bauer ächzte und legte sich zur Seite. Es war alles gesagt.
Peter Karsten sah den Mann, der sein Leben zerstört hatte mit geballten Fäusten an. Doch was sollte er mit dem vom Tode gezeichneten Mann noch tun? Er hatte

seine Schuld von sich geredet aber es kam zu spät und was tat er jetzt mit diesem schrecklichen Wissen? Mit schweren Schritten verlies er das Haus und ging wie im Trance zu seinem Wagen. Auf der Fahrt zur Mühle fragte er sich entsetzt. „Weshalb habe ich meiner Frau so misstraut? Warum habe ich sie nicht zu Wort kommen lassen? Ich bin schuld an ihrem Tod und Vanessa weiss das. Als er bei der Mühle ausstieg klapperten ihm die Zähne. Er schlürfte in die Küche, setzte sich auf einen der harten Stühle und stütze den Kopf in seine Hände. Es war zu spät! Er konnte nichts mehr ungeschehen, nichts mehr gutmachen. Nun wusste er, warum Vanessa ihm lange ängstlich ausgewichen und sich meistens so verschlossen, ja hasserfüllt ihm gegenüber benahm. Nur einmal hatte sie ihn angefleht bei ihm bleiben zu dürfen und auch da hatte er versagt und sie weggeschickt. Dabei hätte sie so viel Liebe gebraucht. Jetzt war ihm auch klar, warum sie als junges Mädchen den Männern aus den Weg ging. Er, und dieser Schuft von Bauer, hatten ihre Seele zu tiefst verletzt. Und der Mann, von dem sie fest davon überzeugt war, die einzige gute Ausgabe des männlichen Geschlechts zu sein, musste sie wiederum verletzt haben. Sein Kopf fieberte und sein Mund schien auszutrocknen. Er nahm sich einen Saft aus dem Kühlschrank und jetzt fiel es ihm glühendheiss ein. Alex hatte, als er zum letzten mal in der Mühle war, Bier aus der Flasche getrunken. Aber er wusste, dass er nie Bier in der

Mühle aufbewahrte, denn er selbst trank keinen Alkohol.
..Es war aber auch unwahrscheinlich dass Alex sich, wenn er mit dem Motorrad unterwegs war, Bier in Flaschenform mitgenommen hatte. Er wusste das er öfter Bier in Dosen in der Motorradtasche deponierte aber Flaschen? Viel zu gefährlich! Er dachte daran, wieviel Zeit Vanessa früher beim Imker verbracht hatte. Sollte sie...?
..Es wurde ihm schwarz vor den Augen. Kein Zweifel, Vanessa war, als Alex starb in der Mühle und sie würde auch in Zukunft jeden Mann bestrafen der ihr weh tat oder ihr im Weg stand. Er musste sie stoppen! Aber wie? Sollte er sein eigenes Kind ans Messer liefern? Nie!.

Schwerfällig stand er auf und ging zu seinem Wagen um ihn auszuladen. Die Gedanken an Vanessa ließen ihn nicht mehr los. Er musste zu ihr nach München fahren und mit ihr reden. Hoffentlich war es nicht schon zu spät.

Patrick hatte seine Koffer gepackt und war aufdem Weg nach Berlin.
Er wollte erst mal so ein paar Wochen Urlaub dort machen und sehen ob er sich dort noch wohl fühlte. Noch immer ging ihm Vanessa nicht aus dem Kopf und noch immer hoffte er sie doch noch erobern zu können. Vielleicht würde sie ihn in den Wochen in denen er nicht in München weilte, vermissen. Als er auf die Autobahn einbog, kam ihm ein ganz anderer Gedanke. Er musste ja

nicht gleich nach Berlin fahren. Er konnte doch zuerst einen Abstecher nach Würzburg machen. Vielmehr in das Dorf, das ihm Vanessa als ihren Heimatort angegeben hatte. Als er im Internet nachgeforscht hatte, ob es dort wirklich einen Doktor Karsten gab, wurde ihm das bestätigt. Vielleicht war es gut, einmal mit Vanessas Vater zu sprechen. Er hatte viel über Vanessa nachgegrübelt und war zur Überzeugung gekommen, dass es in ihrem Leben etwas geben musste, das ihr seelisches Gleichgewicht gestört hatte. Manchmal war sie beißend ironisch und kalt abweisend. Dann wieder so verletzlich und Hilfe suchend.

Ihre Blicke konnten ihm das Gefühl geben, dass sie ihn am liebsten in Stücke zerreißen möchte. Sie konnten aber auch liebevoll, verheißend sein. Vielleicht redete er sich auch bloß was ein. Vielleicht war sie nur launisch. Er konnte ihren Charakter eben noch nicht genau ergründen. Dafür kannte er sie zu kurz. Aber er liebte sie, das wusste er genau.

Peter Karsten hatte die Möbel, die Doktor Stein nicht benötigte in die Mühle transportieren lassen. Nun waren sie endlich in den verschiedenen Räumen wieder aufgestellt. Sie verliehen den bisher unbewohnten Zimmern eine behagliche Atmosphäre. Trotzdem fand Sofie den Umzug noch immer degradierend. Dass der Doktor in Pension ging, konnte sie ja noch verstehen. Aber musste er deshalb gleich aus dem schönen großen Haus ausziе-

hen? Hier in der alten Mühle fühlte sie sich gar nicht wohl. Mürrisch ging sie umher und tat ihre Arbeit. Jetzt durfte sie auch noch für den Doktor Koffer packen. Denn er hatte sich in den Kopf gesetzt seine Tochter zu besuchen.
Ein Auto rollte langsam in den Hof. Sofie ging ans Fenster. Der Doktor war doch in die Stadt gefahren und wollte erst am Abend wieder da sein. Neugierig blickte sie hinaus. Sie sah wie ein Herr aus einer schwarzen Limousine stieg und sich umsah. Endlich verirrte sich mal ein Mensch in diese Einsamkeit hier draußen. Sie hastete aus dem Zimmer zur Haustür und riss sie auf.

Im Dorf hatte Patrick erfahren dass Doktor Karsten seine Praxis aufgegeben hat und in die Mühle gezogen sei. Er folgte der Wegebeschreibung eines Mannes und kurz darauf stand er fasziniert im Hof der Mühle und atmete die frische Landluft ein. Für ihn, als Städter wirkte hier alles so verwunschen ruhig. Er kam sich vor wie in einer längst vergangenen Zeit. Aber er war nicht hier um diese Idylle zu bestaunen. Er wollte Vanessas Vater sprechen.
Doch jetzt wurde es ihm etwas mulmig zu Mute. Welchen Grund sollte er ihm für seinen unangemeldeten Besuch nennen? Über die ganze Fahrt hinweg hatte er sich immer neue Fragen ausgedacht, die er ihm stellen wollte.
Doch war Herr Karsten auch bereit ihn zu empfangen und diese Fragen zu beantworten? Die Haustür wurde

geöffnet und eine ältere Frau sah ihm abschätzend entgegen.
„Guten Tag", sagte er. „Mein Name ist Patrick Neufeld. Ich würde gerne Herrn Doktor Karsten sprechen."
„Der Doktor ist nicht hier", verkündete ihm die Frau. Er kommt etwa in zwei Stunden wieder."
„Schade", bedauerte Patrick. „Aber gut, dann warte ich im Wagen auf ihn. Danke für die Auskunft."
Ein höflicher Mensch, dachte Sofie und lachte ihn an: „Sie können auch hier im Haus auf den Doktor warten. Ich habe gerade Kaffee gekocht. Mögen Sie eine Tasse mit mir trinken?"
„Gerne", freute sich Patrick. „Wie ist ihr Name?"
„Ach sagen Sie einfach Sofie zu mir. Das bin ich so gewöhnt."
Sofie führte ihn in ein rustikal eingerichtetes Wohnzimmer, das zu dem Ambiente der Mühle passte. „Nehmen Sie Platz", bat sie ihn. „Ich hole den Kaffee".
Patrick setzte sich in einen der wuchtigen Sessel und überlegte wieso diese Frau ihn so freundlich empfangen hatte. Er war ihr doch völlig fremd. Ein paar Minuten später wusste er es.
„Sie kommen aus München?" fragte ihn Sofie, als sie ihm den Kaffee einschenkte.
„Ja", bestätigte er
„Dann kennen Sie Vanessa?"
„Ja, ich bin ihr Anlageberater."

Sofie lachte: „Anlageberater? Na ja, so kann man das wohl auch nennen. Greifen Sie nur zu." Sie schob den Kuchen, den sie mit hereingebracht hatte, näher zu ihm.
„Wie soll ich das verstehen?" fragte Patrick verwundert.
Sofies Lachen war jetzt einem verschlagenem Grinsen gewichen.
„Der letzte Mann, der nach Vanessa gefragt hat, war ein Fotograf. Der hat mich ganz offen nach dem Vermögen der Familie gefragt. Ein paar Wochen danach hat er Vanessa geheiratet."
„Was möchten Sie damit sagen?"
„Nichts! Sie sind ein ganz anderer Typ wie Alex. Sie scheinen selbst genug Kohle zu haben. Sie kommen mit einem pickfeinen Schlitten. Alex kam mit dem Motorrad oder sind Sie schon mit Vanessa verheiratet? Vielleicht wollte der Doktor deshalb nach München fahren. Dann dürfen Sie sich warm anziehen!"
„Stopp!" Ich weiß überhaupt nicht worauf Sie hinaus wollen!"
„Nicht?" Sofie starrte Patrick ungläubig an: „Vanessa wohnt seit einiger Zeit in München. Sie kommen aus München und möchten den Doktor wegen Vanessa sprechen. Ich packe gerade den Koffer für den Doktor weil er nach München fahren will. Ein bisschen viel München auf einmal. Genauso war es damals mit Würzburg."
„Was habe ich mit Würzburg zu tun?" fragte Parick neugierig geworden.

„Sie haben mit Würzburg wahrscheinlich gar nichts zu tun." Ereiferte sich Sofie. Aber ich hätte nie im Leben gedacht, dass es so eine Wiederholung gibt."

„Welche Wiederholung?"

„Na also." Schnaufte Sofie. Vor ein paar Jahren ist Vanessa nach Würzburg gezogen. Ihr Vater hat ihr eine Wohnung im besten Viertel der Stadt gekauft. Ihre Oma bezahlte die Möbel. Alles vom Feinsten. Vom Doktor gab's einen schicken Wagen und für jeden Monat einen dicken Scheck dazu. Mit soviel Geld im Rücken hätte ich auch studieren können. Aber Schwamm drüber. Offiziell weiß ich ja nichts."

„Aber?""

Sofie tat besorgt: „Ich rede ja sonst nicht über das, was in der Familie vorkommt aber ich warne sie lieber schon mal vor. Wenn Sie es auf Vanessas Geld abgesehen haben, lassen Sie lieber die Finger davon. Es kann bös ausgehen."

Patricks Ohren begannen zu glühen. Sie machen mich jetzt aber wirklich neugierig."

„Allzu viel weiß ich ja nicht", versuchte Sofie sich nun herauszuwinden. Aber sie war schon zu tief ins Fahrwasser geraten, als dass sie schweigen konnte. „Vanessa hat Alex in Würzburg kennen gelernt. Der hat gemerkt dass sie gut bei Kasse ist. Eines Tages ist er hier aufgekreuzt, hat sich über Vanessa erkundigt und hat auch mit dem Doktor gesprochen. Der hat ihn als Schwiegersohn abgelehnt. Er ist sogar nach Würzburg gefahren und wollte Vanessa vor einer Verbindung mit Alex warnen. Aber Vanessa hat Alex doch geheiratet. Glauben Sie mir: Dieser Herr Winter war ein böses Früchtchen. Der Doktor weiß es bis heute nicht, aber ich habe es von Verwandten aus Würzburg erfahren, dass Alex alles verspielt und versoffen hat. Na ja, zum Glück ist er bevor es noch schlimmer werden konnte an einem Bienenstich erstickt."

Patrick starrte Sofie betroffen an und sagte:

„Aber Vanessas Mann hat sie doch mit einer hohen Lebensversicherung abgesichert."

Sofie begann zu lachen: „Glauben Sie das wirklich? Der Doktor hat die Beerdigung von Alex bezahlt und Vanessa Geld gegeben dass sie nach München ziehen kann. Alles was sie besitzt hat sie von ihm oder von ihrer Großmutter aus Frankfurt."

„Frankfurt? Sagen sie?"

„Ja, Vanessa besucht ihre Großmutter oft. Sie ist glaube ich der einzige Mensch auf der Welt den sie wirklich mag."

„Und ihren Vater?"

„Den mag sie nicht. Ich glaube fast, dass sie ihn hasst."

„Wieso soll Vanessa ihn hassen?"

„Darüber möchte ich nicht reden", sagte Sofie hart. Vanessa und ich mögen uns nicht. Ihr Vater hat ihr nach dem Tod ihrer Mutter alles ermöglicht. Er hat sich ständig um sie bemüht aber es war alles umsonst. Allein das teure Internat…"

Patrick horchte auf: „Das teure Internat sagten Sie? Besuchte Vanessa nicht verschiedene Schulen?"

„Nein, sie ging hier in die Grundschule und dann kam sie ins Internat. Dort hat sie ihr Abitur gemacht und dann in Würzburg studiert. Auch da hatte sie wieder Glück. Sie bekam sofort nach dem Studium eine Anstellung im Finanzamt."

Patrick zog seine Stirn in Falten: „Sie betonen das so. Beneiden Sie Vanessa etwa?"

Sofie gab offen zu: „Ja, das mache ich. Sie ist so ein unzufriedener Bolzen und so egoistisch. Der Doktor hat ihr, als sie nach München gezogen ist sofort Geld für ihr Apartment gegeben. Sie hat auch gleich wieder eine Stellung bekommen. Diesmal in einer Steuerkanzlei aber das war ihr nicht gut genug. Nach ein paar Wochen hat sie dort wieder gekündigt. Nun will sie sich selbständig machen und ein Haus in München kaufen. Der Doktor ist ihr gegenüber einfach zu nachgiebig. Er hat ihr schon wieder Hunderttausend Euro für die Anzahlung für das Haus überwiesen und ihr versprochen ihr jeden Monat einen Scheck zu schicken."

Patrick verschlug es fast die Sprache: „Und woher wissen Sie das alles?"

Sofie schürzte die Lippen: „Woher wohl? Der Doktor hat nicht viele Gesprächspartner. Er ist froh, wenn er mit mir sprechen kann. Ich arbeite schon dreißig Jahre für ihn. Da kriegt man genug mit. Außerdem lässt er seine Papiere meistens offen herum liegen."

Patrick hakte nach: „Vanessa wohnt tatsächlich in einem Apartment in München?"

„Ja. Am Olympiapark. Aber warten Sie, da fällt mir ein. Das hat sie ja vor kurzem aufgegeben. Sie wohnt jetzt in einem Hotel." Sofie griff sich an den Kopf: „Moment mal. Ich glaube sie nehmen mich auf den Arm. Sie müssten doch wissen in welchem Hotel sie wohnt. Sie horchen mich aus und…" "Nein, nein", unterbrach Patrick Sofie schnell. „So ist es nicht! Ich weiß zwar in welchem Hotel Vanessa wohnt aber ich wusste nichts von ihrem Apartment. Deshalb habe ich nachgefragt."

„Du lieber Gott", sagte Sofie erschrocken. „Dann kennen Sie Vanessa ja erst seit ein paar Wochen. Nehmen Sie sich in Acht vor ihr."

Patrick nickte ergeben: „Ich werde es mir merken. Hat Vanessa Ihnen jemals von ihren Freundinnen aus dem Internat erzählt? Insbesondere von Bettina Hattinger?"

Sofie sah Patrick nachdenklich an, dann schüttelte sie den Kopf.

„Von einer Bettina Hattinger war hier nie die Rede. Es wurde überhaupt nie eine Freundin von Vanessa erwähnt. Ich habe sie auch nie Briefe schreiben sehen. Naja, dafür hat man heute ja sein Handy. Aber auch das hat sie wenig benutzt. Ich habe mich oft gefragt wie ein Kind so leben kann. Aber sie war eben von klein auf verschlossener wie die anderen Kinder. Sie war halt eine Einzelgängerin. Möchten Sie noch einen Kaffee?"

„Nein danke."

Sofie stellte das Kaffeegeschirr auf das Tablett und ging damit in die Küche. „Wo der Doktor nur so lange bleibt?" dachte sie beunruhigt. Sie öffnete das Fenster und spähte hinaus. Ein kühler Wind rauschte durch die Bäume und trieb das Laub davon. Sonst war nichts zu hören und zu sehen. Sie ging wieder zurück ins Wohnzimmer.

„Sie sehen ja ganz blass aus", sagte sie zu Patrick. „Möchten Sie vielleicht einen Obstler?"

Fast hätte Patrick nach einem Whisky gefragt, war aber dann auch mit dem angebotenen Schnaps zufrieden. „Ja bitte", sagte er. Und kurz darauf ließ er sich den Alkohol durch die Kehle rinnen. Das beruhigte seine angespannte Stimmung. Trotzdem sehnte er sich nur noch danach, hinaus zu eilen, in den Wagen zu steigen und davon zu fahren. Die alte Standuhr erfüllte den Raum mit ihrem Ticken. Patrick sah auf das Ziffernblatt und sagte:

"Es ist schon spät geworden. Ich glaube, ich mache mich wieder auf den Weg."

Sofie sah ihn erstaunt an: „Ich dachte, sie möchten auf den Doktor warten! Habe ich Ihnen vielleicht zuviel erzählt?"

„Nein," beruhigte Patrick Sofie. „Aber ich habe auch noch einen anderen Termin."

„So, so", sagte Sofie gedehnt: „Und was soll ich dem Doktor von Ihnen bestellen?"

„Ach, nichts Besonderes. Ich bin nur auf der Durchreise und hätte mit Doktor Karsten über den Hauskauf von Vanessa und deren Geldanlage sprechen wollen." Er stand auf und gab Sofie die Hand: Danke für die gute Bewirtung. Vielleicht kann ich mich mal revanchieren."

„Schon gut", lachte Sofie. „Sie haben ein wenig Abwechslung in diese Einöde gebracht."

Als Patrick zur Tür ging, wandte er sich noch einmal um: „Ach da hätte ich noch eine Frage an Sie", sagte er zu Sofie. „Wissen sie zufällig wie die Kanzlei hieß in der Vanessa gearbeitet hat?"

Sofie schüttelte mit dem Kopf. „Vanessa hat Ihnen anscheinend sehr wenig über sich erzählt. Na ja, so ist sie eben mal. Moment! Wie hieß die Kanzlei noch?" Sofie überlegte kurz: „Ach ja, Schmitt! Kanzlei Schmitt."

Patrick bereitete es sichtlich Mühe Sofie sein Erschrecken nicht anmerken zu lassen. Er verabschiedete sich schnell und lief eilig hinunter in den Hof zu seinem Wagen. Erregt fuhr er los, blieb aber, als er außer Sichtweite der Mühle war, wieder stehen. Konnte das, was Sofie gesagt hatte alles wahr sein? Wenn ja, setzte es Vanessa in ein total anderes Licht, als in dem er sie bisher gesehen hatte. Aber er musste Sofie wohl glauben.

Diejenige, die gelogen und Geschichten erfunden hatte, war Vanessa. Sie war nach München gezogen, hatte in der Kanzlei Schmitt gearbeitet. Dann musste sie von diesem Robert Braun von der Geldverschiebung gehört und sich das zu Nutzen gemacht haben. So wie es aussah war sie sogar die Drahtzieherin der Erpressung gewesen.

Wie musste sie sich amüsiert haben, als er und die Brüder Brückner ihr auf den Leim gingen. Jetzt war sie gerade dabei Mark vollends ins Netz zu ziehen. Patrick begann schadenfroh zu grinsen. „Vielleicht geschieht es Mark sogar recht." Doch dann fragte er sich was Vanessa noch vorhatte. Er konnte nicht so tun als ob er von nichts wusste oder doch? Sein Kopf begann zu glühen. Ein Flachmann musste her. Als er ihn ausgetrunken hatte, fuhr er nach Würzburg und mietete sich in einem Hotel ein Zimmer. Ehe er sich entscheiden wollte was jetzt zu tun war, musste er erst eine Nacht darüber schlafen.

Als Peter Karsten nach Hause kam, richtete Sofie schon das Abendessen her. „Ich habe schon gedacht sie kommen gar nicht mehr nach Hause", murrte sie.

„War was?" fragte er ahnungsvoll.

Sofie schnitt den Salat zurecht: „Was soll schon gewesen sein?"

„Wenn Sie so mürrisch herum hantieren, versuchen Sie meistens etwas vor mir zu verbergen." Sagte er.

„Was soll ich schon verbergen? Ich mache nichts unrechtes. Wenn bei uns etwas durcheinander kommt, dann nur wegen Vanessa."

Peter Karsten erschrak: „Was ist mit Vanessa?"

Sofie drehte sich zu ihm um und sah ihn an: „Ich glaub, sie hat wieder einen an der Angel. Aber diesmal ist es ein pickfeiner. Er hat zwar gesagt er wäre ihr Anlageberater..."

„Anlageberater?" unterbrach er Sofie barsch. „Es war also ein Mann hier, der sich als Vanessas Anlageberater ausgegeben hat und sie haben mich nicht angerufen?"

„Er wollte doch auf Sie warten!" sagte Sofie schnippisch.

„Und warum hat er es nicht getan?"

„Es ist ihm zu spät geworden. Patrick Neufeld heißt er. ..Er lässt Ihnen ausrichten, dass er mit Ihnen über das Haus, das Vanessa in München kaufen will und über die Anlage ihres Vermögens sprechen wollte."

„Deswegen kommt er extra aus München hier her? Da ist doch etwas faul daran. Wie kann ich Herrn Neufeld erreichen?"

Sofie sah an ihm vorüber: „Das weiß ich nicht. Aber Sie fahren doch sowieso morgen nach München."

„Typisch Sofie!" ärgerte er sich. Dann setzte er sich an den Tisch. „Jetzt habe ich Hunger."

Sofie stellte ihm das Essen hin und sagte: „Der Koffer ist schon gepackt.

„Das ist wohl das Mindeste was ich von Ihnen erwarten kann", knurrte er und aß, ohne Sofie weiter zu beachten sein Abendbrot.

Vanessa hatte sich viel zu früh für das Abendessen mit Mark umgezogen. Jetzt ging sie unruhig in ihrem Zimmer auf und ab, blieb kurz am Fenster stehen und beobachtete die dunklen Wolken, die vom Wind getrieben schnell vorüber zogen. Sie kündeten schlechtes Wetter an und vermiesten ein wenig ihre gute Laune. Vor einem Jahr waren die ersten Herbsttage noch so freundlich und warm wie im Sommer gewesen. Sie warf einen Blick auf den Kalender und erschrak. Diesen Tag hatte sie eigentlich aus ihrem Gedächtnis streichen wollen. Aber so leicht würde ihr das nicht gelingen. Genau heute jährte sich der Tag an dem Alex sie bat seine Frau zu werden Und gerade heute hatte ihr Mark seine Liebe gestanden? War das ein schlechtes Omen? „Auch noch abergläubisch sein", lachte sie. Doch dann wurde sie wieder ernster. Was war das für ein Jahr gewesen? So viele Hochs und Tiefs wie in dieser Zeit hatte sie während ihres ganzen vorherigen Lebens nicht gehabt. „Aber jetzt habe ich alles im Griff", dachte sie. „Patrick, der Feigling hat vor der Konfrontation mit Mark gekniffen und die Flucht nach Berlin angetreten.

Alle anderen die mir gefährlich werden könnten gibt es nicht mehr. Und Vater? Er wird von meinem zukünftigen Mann beeindruckt sein." Es klopfte. „Herein", rief sie und schritt auf die sich öffnende Tür zu. Mark stand mit einem Strauß Orchideen vor ihr.

Als Patrick erwachte, sah er sich benommen um. Warum lag er nicht zu Hause in Berlin in seinem Zimmer? Er schlurfte ins Bad und hielt seinen brummenden Schädel unter das kalte Wasser. Es waren wohl wieder ein paar Whiskys zuviel gewesen, die er sich am Abend zuvor genehmigt hatte. Aber so hatte er zumindest gut schlafen können. Als er den Kopf hob und seine Haare mit einem Frotteetuch trocken rubbelte, sah er sich im Spiegel und erschrak. Das war er also, Patrick Neufeld. Ein Jahr vor seinem vierzigsten Geburtstag und dem gefühlten Alter eines sechzig Jährigen. Mit dicken Tränensäcken und grauer Haut. Es war höchste Zeit sein Leben zu ändern.

Aber wie? Noch vor ein paar Tagen hatte er geglaubt seinen Alkohol und Zigarettenkonsum in den Griff zu kriegen. Doch dann hatte ihn die Enttäuschung über Vanessas Zurückweisung wieder in den Sumpf gezogen. Wieso hatte er sich auch so schnell in diese Frau verliebt? Die Erinnerung an das Gespräch mit Sofie rüttelte ihn vollends wach. Wut stieg in ihm hoch und seine alte Kaltblütigkeit kehrte zurück.

Eine Stunde, später saß Patrick hinter seinem Steuer und raste München entgegen.

Sofie schielte zum Koffer, der noch immer voll gepackt in der Ecke stand. Der Doktor schien es wahrlich nicht eilig zu haben nach München zu kommen. Jetzt hatte er seine Reise auf den Nachmittag verschoben. Es gab noch einiges bei Doktor Stein zu erledigen. Sofie fand dass der Doktor heute so seltsam ruhig war. Er hatte sie nicht ein einziges Mal an diesem Morgen angeknurrt. Sollte sie froh darüber sein, oder sollte sie sich Sorgen machen? Er saß noch mit der Tageszeitung am Frühstückstisch. Sie schob den Servierwagen zu ihm und begann das Geschirr abzuräumen. Langsam ließ er die Zeitung sinken und sah sie an. „Es war wohl nicht immer leicht mit mir auszukommen." Sagte er seltsam gedrückt.

„Nein, das war es nicht", gab ihm Sofie Recht. „Aber man gewöhnt sich an alles. Geht es Ihnen nicht gut?"

Doch, doch. Es geht mir gut. Aber heute ist so ein Tag, an dem man ins grübeln kommt. Heute eröffnet Doktor Stein die Praxis. Meine Ära als Landarzt ist endgültig vorbei. Ich werde jetzt jede Menge Zeit haben."

„Ja, das werden sie", seufzte Sofie nicht gerade begeistert. „Hoffentlich fangen Sie nicht wie ein pensionierter Ehemann an, den Haushalt selbst organisieren zu wollen.

Das soll schon Mord und Totschlag zur Folge gehabt haben."

Peter Karsten lachte, „das werden Sie von mir nicht zu befürchten haben. Der Garten ist mir wichtiger. Heute fahre ich für ein paar Tage nach München. Wenn ich dann mit Vanessa alles geregelt habe, bringe ich hier noch einiges in Schuss. Dann werde ich mir die Welt ansehen."

Sofie erschrak: „Und was mache ich?"

„Sie halten während meiner Abwesenheit das Haus in Ordnung. Im oberen Stockwerk sind ein paar Zimmer, die lange Jahre nicht mehr benutzt wurden. Sie sind hell und freundlich. Die können Sie für sich gestalten wie sie gerne möchten. Ich werde Ihnen dafür eine angemessene Summe auf ihr Konto überweisen."
Sofie errötete: „Danke Herr Doktor. Das hört sich ja alles gut an. Aber wenn Sie dann so oft unterwegs sind, wird es hier ziemlich einsam für mich."
Peter Karsten nickte: „Das stimmt allerdings. Aber Sie können gerne ihre Verwandten oder Freunde einladen oder selbst mal ein paar Tage verreisen. So lange Sie meine Blumen nicht vergessen…"
„Das werde ich ganz bestimmt nicht tun", versprach Sofie. Dann schob sie den Servierwagen in die Küche.
Peter Karsten stand auf. Er zog seine Jacke an und rief in die Küche zu Sofie: „Ich bin dann mal bei Doktor Stein."
Sofie sah ihn durch das Küchenfenster nach. „Der Doktor steckt mich schon mit seiner seltsamen Abschiedslaune an", dachte sie und wischte sich eine Träne aus den Augen. Die nächsten paar Stunden verbrachte sie mit Hausarbeit und langsam wurde sie wieder froher. So schlecht war das neue Leben gar nicht.

Vanessa saß an ihrem Schreibtisch und studierte die Pläne des Reihenhauses. Sie hatte sich jetzt entschieden es zu kaufen. Bis zum Frühjahr würde sie sicher darin wohnen. Mark durfte nicht zu schnell nach Bettinas Tod mit einer neuen Frau an seiner Seite auftauchen. Trotz aller Verliebtheit blieb er ein kühler Rechner. Jemand klopfte heftig an die Tür ihres Hotelzimmers. Erstaunt erhob sich Vanessa. Der Zimmerkellner konnte es nicht sein. Sie hatte heute ihr Frühstück unten eingenommen.

Vielleicht wollte Mark sie überraschen? Lächelnd ging sie zur Tür, drehte den Schlüssel um, sah hinaus und erstarrte. Patrick stand mit einem bösen Grinsen vor ihr.

„Mich hast du wohl nicht erwartet." Sagte er zynisch und schob sich ins Zimmer.

Vanessa hatte sich schnell wieder gefasst. „Nein", erwiderte sie. „Dich habe ich nicht erwartet. Ich habe auch keine Lust mit dir zu sprechen. Also bitte geh." Sie hielt noch immer die Türklinke in der Hand und glaubte Patrick gleich wieder los zu werden. „Was ist? Ich habe keine Zeit für dich!" fuhr sie ihn an.

Patrick nahm ihre Hand von der Klinke, zog die Tür blitzschnell zu und drehte den Schlüssel herum. „Du wirst dir solange Zeit für mich nehmen wie ich es will", fauchte er sie an und gab ihr einen Stoß.

„Bist du verrückt geworden?" schrie Vanessa. Sie drehte sich um und gab ihm eine Ohrfeige. Patricks Zorn, der sich bei der langen Fahrt immer mehr gesteigert hatte, entlud sich jetzt voll an ihr. Er packte Vanessa, die sich vergeblich wehrte, schleppte sie zum Bett und vergewaltigte sie. Vanessa spie ihm hasserfüllt ins Gesicht. „Ich werde dich umbringen!"

Patrick lies von ihr ab und grinste hämisch. „Im Umbringen bist du ja schon geübt. Ich hab allerhand in deinem Dorf erfahren."

Vanessa zischte ihm angewidert entgegen: „Du warst bei mir zu Hause? Na und? Was kannst du da schon erfahren haben? Mein Mann ist in der Mühle erstickt. Es war ein Unfall. Das ist alles."

„Von deinem Mann ist hier nicht die Rede. Ich weiß nicht woher eure Haushälterin so viel über dein Leben in München weiß. Aber das spielt keine Rolle für mich. Was ich über dich erfahren habe genügt um zu wissen dass du unsere Erpresserin bist."

„Du bist total verrückt!" zischte Vanessa und sprang vom Bett. „Raus hier, oder ich rufe die Polizei."

„Die Polizei?" Patrick schüttelte sich vor Lachen. „Das ist gut! Was glaubst du wie Mark das ganze finden wird? Seine neue Favoritin eine Gangsterbraut, die ihm eine Million abgeluchst hat. Das war gut ausgedacht, das muss ich dir lassen."

Vanessa starrte in Patricks feistes Gesicht. Sofie konnte das alles nicht wissen. Er hatte sich das nur zusammen gereimt.

„Du bluffst", sagte sie kalt. „Kein Wort von dem was du gesagt hast stimmt. Du willst Mark und mich wieder auseinander bringen und da ist dir jedes Mittel recht."

Patrick fasste Vanessa bei den Schultern und sah sie hart an. „Glaubst du wirklich, dass ich ohne Beweise so eine These aufstelle?

Du wirst ab jetzt alles tun, was ich von dir verlange. Anderen Falls schrecke ich vor einer Selbstanzeige bei der Steuerbehörde nicht zurück. Mein Anteil ist geringer als der von Mark und Stefan. Man wird mir für mein Geständnis mildernde Umstände einräumen. Vielleicht bekomme ich sogar Bewährung. Dann gehe ich nach Berlin. Aber die Brüder Brückner wandern mit Sicherheit in den Knast und du dazu. Sicher kann ich die Polizei auch auf die mysteriösen Unfälle von deinen Freunden Werner und Robby hinweisen. Du ahnst ja gar nicht was sonst noch alles möglich ist. Ich denke meine Freunde bei der Kripo werden dann auch den Tod von Bettina näher betrachten.

„Du lieber Himmel! Du solltest dich im Spiegel sehen! Blass wie eine Leiche."

Vanessa riss sich von Patrick los. „Lass mich in Ruhe!"

Ihre Gedanken arbeiteten fieberhaft. Es war klar. Patrick wusste alles. Woher war im Moment egal. Aber wie konnte sie ihn aufs erste besänftigen?" „Was willst du eigentlich von mir?"

„Ich will dich!" grinste Patrick unverschämt. Du wirst Deinen Vater anrufen und ihm erklären dass du mich heiraten willst."

„Du bist ja krank. Das kann nicht gut gehen mit uns Beiden."

357

„Ja, vielleicht bin ich krank, genauso krank wie du", spie Patrick ihr entgegen. Dann holte er sein Handy aus der Tasche. „Ich gebe dir jetzt fünf Minuten Zeit zum Nachzudenken. Wenn du dich dann nicht für mich entscheiden kannst, rufe ich Mark an und erkläre ihm die Sachlage.
Dann rufe ich das Finanzamt und die Polizei an."
Vanessa starrte ihn hasserfüllt an gab sich aber geschlagen:
„Gut, bevor du ganz ausrastest heirate ich dich lieber.
Aber verspreche mir in Zukunft auf deine Drohungen zu verzichten."
Patrick grinste: „Solange du bei mir bleibst lege ich mein Wissen auf Eis. Und jetzt rufst du deinen Vater an."
Vanessa war im Moment alles egal. Sie musste erst eine Lösung für diesen speziellen Fall finden. Sie ging ans Telefon und wählte die Nummer ihres Vaters.
Als Sofie sich meldete musste Vanessa sich zurückhalten um sie nicht sofort zur Rede zu stellen. Doch
Patricks drohender Blick hielt sie davon ab: „Ich möchte gerne mit meinem Vater sprechen", sagte sie im barschen Ton.
Sofie schimpfte: „Der Doktor ist zur Zeit nicht da. Er ist bei Doktor Stein. Aber er will doch sowieso am Nachmittag nach München zu dir fahren. Als ob du das nicht wüsstest!"
„Was?" rief Vanessa überrascht in den Hörer. ..
„Woher sollte ich das wissen. Was will er denn bei mir?

Sagen Sie ihm. Er kann sich die Fahrt sparen. Ich komme noch heute heim."

Sofie fragte: „Hängt das mit Herrn Neufeld zusammen?"

„Ja", antwortete Vanessa. „Ich werde Herrn Neufeld heiraten." Dann hängte sie den Hörer auf. „Bist du jetzt zufrieden?" fragte sie Patrick brüsk.

„Ja, aber was soll das? Du fährst heute noch heim?"

„Ganz einfach", sagte Vanessa. „Ich will das alles so schnell wie möglich hinter mich bringen."

Patrick überraschte diese schnelle Entscheidung von Vanessa, aber er schrieb es dann seiner Taktik zu. Er hatte ihr genügend Furcht eingeflößt. „Dann werde ich gleich mit dir mit fahren", sagte er.

„Das wirst du nicht tun", lehnte Vanessa ab. „Ich will mit meinem Vater erst mal alleine sprechen."

„Warum?"

„Das ist meine Sache."

„Also gut", knurrte Patrick. „Fahr schon mal los. Ich gebe dir zwei Stunden Vorsprung. Dann tauche ich auf. Oder glaubst du, ich lasse es zu, dass du dir eine neue Geschichte ausdenkst oder vor der Heirat einen Rückzieher machst?"

„Dann kommst du eben. Aber wenn du meinen Vater kennen lernst, wirst du merken warum ich zuerst alleine mit ihm sprechen wollte."

„Schon gut", winkte Patrick ab. „Ich warte hier bis du deinen Koffer gepackt hast. Dann fahre ich bis zur Autobahnauffahrt hinter dir her und warte dort zwei Stunden. Dann fahre ich dir nach. Aber ich warne dich, vergesse nicht, mich, wenn du zu Hause angekommen bist anzurufen. Ich möchte dann auch kurz mit Sofie sprechen. Denk dir keine Mätzchen aus…"

„Leg jetzt endlich wieder einen freundlicheren Ton auf, sonst überlege ich es mir wirklich noch. Wenn eine Heirat mit dir schlimmer wie ein Gefängnis ist; kann ich mich gleich dort anmelden."

"Schon gut", renkte Patrick ein, „fang endlich an zu packen."

„Es gibt noch eine Bedingung", sagte Vanessa." Mark darf nie die Wahrheit erfahren."

„Das wird er nicht." Versprach ihr Patrick. Wir ziehen nach der Hochzeit nach Berlin. Mark findet sicher bald einen Ersatz für dich."

„Sehr beruhigend", zischte Vanessa. Dann holte sie ihren Koffer und begann zu packen.

Patrick fuhr wie versprochen hinter Vanessa bis zur Auffahrt der Autobahn hinterher. Er folgte ihr noch bis zur nächsten Ausfahrt. Dort bog er ab und fuhr wieder zurück in die Stadt. Bis zu dieser Minute war er noch gewillt gewesen Mark aus der Sache herauszulassen. Das was er mit Vanessa vorhatte ging nur ihm und ihr etwas an. Aber jetzt fragte er sich weshalb Vanessa doch so verhältnismäßig schnell auf seine Wünsche eingegangen war. Sicher brütete sie schon wieder einen neuen Plan aus. Das konnte er auch.

Mit diabolischem Grinsen steuerte Patrick auf die Tiefgarage der Firma Brückner zu. Der Pförtner grüßte Patrick wie immer freundlich. Frau Kiesel beachtete ihn nicht sonderlich interessiert. Sie war an sein Kommen und Gehen gewohnt. Aber Mark starrte ihn, als er dessen Tür öffnete an, als sei er ein Geist. Er hob seine Augenbraue streng nach oben und knurrte:

„Ich dachte du wärst schon in Berlin?"

„Ja, gab Patrick zu, „das wollte ich auch schon längst sein aber es gab noch alles Mögliche in der Firma zu tun.

Außerdem hat sich eine sehr interessante neue Variaton des Erpressers aufgetan. Wirklich interessant!

Aber für dich ist das ja Schnee von gestern. Jetzt, da du mir Vanessa vor der Nase weggeschnappt hast, bist du ja anderweitig beschäftigt. Leider benötigt Vanessa trotzdem noch meine Hilfe."

Mark ärgerte sich über Patricks überhebliche Art. Wie kam er überhaupt noch dazu, sich zwischen Vanessa und ihm zu stellen? „Deine Hilfe?" fuhr er ihn wütend an.

„Wenn Vanessa Hilfe braucht wendet sie sich sicher an mich."

„Gut, dann wirst du auch wissen, wohin sie gerade unterwegs ist."

Patrick blähte sich vor Mark auf wie ein Pfau und beide standen sich streitlustig gegenüber. Marks Gesicht glühte: „Sage mir was du zu sagen hast oder geh und lasse mich mit deinem unsinnigen Geschwätz in Ruh!"

Patrick grinste unverschämt: „Ich wollte es ein wenig spannend machen. Aber gut, Vanessa fährt gerade nach Würzburg zu ihrem Vater."

„Na und?" fragte Mark barsch. „Was ist daran so ungewöhnlich?"

„Sie wird ihm noch heute erzählen wer ihr nächster Mann wird."

„Und da braucht sie deine Hilfe?" Mark begann prustend zu lachen. Dann klopfte er sich auf den Schenkel: „Wenn du wüsstest wie belämmert du im Moment aussiehst."

Patrick ging an den Barschrank, schenkte sich einen Whisky ein und lies ihn genüsslich die Kehle runterrinnen.

Mark fasste sich wieder.

„Was soll eigentlich das Gefasel vom Erpresser? Hast du etwas Neues erfahren?"

Patrick goss sich noch einmal nach. Mit dem Whisky in der Hand fühlte er sich Mark noch überlegener: „Du hattest recht", grinste er. Es gab einen dritten in der Runde der Erpresser. Er war der Drahtzieher und macht sich gerade sehr lustig über uns. Vor allem über dich. Denn du warst von Anfang an sein erwähltes Opfer."

Mark ging ein paar Schritte auf Patrick zu. Er musste an sich halten um ihn nicht gleich an die Kehle zu gehen.

„Das glaubst du doch selbst nicht!" schrie er ihn an. „Du willst dich an mir rächen und denkst dir irgendwelche Geschichten aus."

Zum ersten Mal seit langer Zeit blieb Patrick fest, mit unerschütterlicher Ruhe vor Mark stehen. "Gut, sagte er ohne Erregung. Wenn du nicht wissen willst, wo sich diese Person aufhält, gehe ich wieder." Er trank sein Glas leer, stellte es achtlos ab und wandte sich zur Tür.

„Moment mal", hielt ihn Mark auf. „So kommst du mir nicht davon. Ich will jetzt die Wahrheit von dir wissen."

„Also doch", grinste Patrick gedehnt. Du glaubst mir. Ich treffe mich in Kürze mit dem Erpresser."

Mark wurde blass: „Es gibt ihn tatsächlich? Und du weißt wo er ist. Wann gehst du zu ihm?"

Patrick sah auf seine Uhr. „Ich fahre jetzt zu der besagten Person. Sie erwartet mich schon. Es wird höchste Zeit für mich."

„Warte, ich fahre mit!" Mark informierte Frau Kiesel, dass er ab jetzt außer Hause sei. Dann lief er erregt neben Patrick zum Aufzug, der sie in die Tiefgarage brachte. Sie setzten sich in den Wagen und fuhren schweigsam los.

Vanessa raste auf der Autobahn dahin als wäre die
Mafia hinter ihr her. Das was ihr Patrick angetan hatte schrie nach Rache. Was bildete sich dieser aufgeblasene Fettsack bloß ein? Sie wunderte sich selber wie sie noch so ruhig mit ihm hatte reden können. Wie war er nur auf

die Idee gekommen zu ihrem Vater zu fahren? Sie hätte es wissen müssen, dass Patrick in seiner Eifersucht auf Mark nicht davor zurückschreckte ihr nachzuspionieren.

Und woher wusste Sofie so genau über ihr Leben in München Bescheid? Schon damals, als sie noch ein Kind war, setzte diese Frau ihr übel zu. Aber wieso nur? Sie sah die kalten Augen Sofies vor sich und steigerte sich in einen unermesslichen Hass auf diese Frau. Jetzt näherte sie sich der Ausfahrt nach Würzburg. Sie drosselte ihr Tempo. Bald darauf hatte sie die Landstraße die zu ihrem Heimatort führte erreicht. Das Beben in ihrem Inneren nahm zu. Die Mühle kam näher. Sie lag so friedlich und romantisch vor ihr. Wie ein Bild aus einem Märchen. Aber der Dornröschenschlaf war zu Ende. Sie rollte mit ihrem Wagen in den Hof, nahm eine kleine Tüte aus dem Handschuhfach, steckte sie ein, stieg aus und schlug die Tür hart zu. Ein paar Vögel schreckten aus den Bäumen. Sonst regte sich nichts. Die Zeit schien still zu stehen.

Sie ging auf das Haus zu, sah mit bösem Blick zur Terrasse, sah Alex vor sich und stellte nervös fest, dass sich mit seinem Tod nichts für sie geändert hatte. Alex gab es nicht mehr, dafür rückte ihr Patrick auf den Laib. Sollte dies ihr ganzes Leben so weiter gehen? Nervös öffnete sie die Haustür und trat ein. Im Flur regte sich nichts und die Küche war leer. Sofie saß im Wohnzimmer vor dem Fernseher. Die hohe Lautstärke erklärte es, dass sie

Vanessa nicht kommen gehört hatte. Als sie jetzt so plötzlich vor Sofie stand, sprang diese erschrocken hoch.

„Vanessa, du bist schon hier?"

„Das sehen sie doch!" herrschte Vanessa sie an. „Wo ist mein Vater?"

Sofie fasste sich wieder und sagte abweisend: „Dein Vater ist noch bei Doktor Stein. Er kommt erst in zwei drei Stunden zurück."

„Das trifft sich gut!" zischte Vanessa böse. „Ich möchte sowieso erst mit Ihnen sprechen. Setzen Sie sich. Oder warten Sie. Wir gehen am besten in die Küche."

Sofie ahnte schon dass Herr Neufeld mit Vanessa über seinen Besuch hier in der Mühle gesprochen hatte. Aber deshalb war sie Vanessa noch lange keine Rechenschaft schuldig. „Jetzt sehe ich mir die Sendung erst noch zu Ende an", sagte sie verärgert.

Vanessa ging zum Fernseher und schaltete ihn aus. „Die Sendung ist zu Ende", sagte sie, ging auf Sofie zu, packte sie am Arm und zog sie hoch. „Wir gehen jetzt in die Küche."

„Was soll das?" schimpfte Sofie erregt. Ich werde mich bei deinem Vater über dein Benehmen beschweren."

„Tun Sie das", sagte Vanessa unberührt. „Das war doch schon immer ihre Stärke."

In der Küche fragte Sofie: „Was willst du eigentlich von mir?"

„Setzen Sie sich!" befahl Vanessa.

Sofie setzte sich tatsächlich auf einen der harten Stühle. Vanessa nahm aus der Tüte, die sie mitgebracht hatte eine Schnur und ehe sich's Sofie versah, schlang Vanessa sie um sie herum und zog sie fest. Sofie begann sich zu wehren aber Vanessa wandte die Schnur immer und immer wieder um deren Laib und um die Lehne. Sofie spürte den erregten Atem von Vanessa. Dann war deren Gesicht ganz nah bei ihr. Die maskenhafte Schönheit war einer hässlichen Fratze gewichen. Der blanke Hass strahlte ihr entgegen. Ein eisiger Schauer lief ihr den Rücken hinunter. Hoffentlich kommt der Doktor eher wie geplant zurück. „Vanessa ist verrückt geworden" dachte sie. In diesem Moment klatschte Vanessas Hand auf ihre Wangen. Sofie schrie auf.

„Gut so", lachte Vanessa schrill. „Ihre Stimme funktioniert noch. Also beichten Sie. Was haben Sie Herrn Neufeld über mich erzählt?"

Sofie schlotterte: „Ich habe ihm nur gesagt dass du jetzt in München wohnst."

Vanessa sah Sofie kopfschüttelnd an: „Sie sehen doch, dass es keinen Ausweg mehr für Sie gibt. Erleichtern Sie ihr Gewissen!"

Sofie bettelte: „Lasse mich bitte in Ruhe. Ich habe nichts Schlechtes über dich gesagt."

„Ich gebe Ihnen so lange Zeit wie ich benötige um den Medizinschrank von Vater zu knacken."

Sofie erstarrte: „Den Medizinschrank? Was hast du vor?"

Vanessa grinste: „Das ist doch ganz einfach. Ich werde Sie vergiften." Sie drehte sich um und ging aus der Küche. Sofie rief verzweifelt hinter ihr her. Dann rief sie um Hilfe bis ihre Kehle wehtat.

Vanessa freute sich über die Ordnungsliebe ihres Vaters. Bei ihm lag immer alles an seinem angestammten Platz. Somit fand sie auch den Schlüssel für den Medizinschrank gleich. Sie schloss ihn auf, holte sich das Gift heraus, nahm ein paar Einweghandschuhe mit und ging zurück zu Sofie. Dort zog sie die Handschuhe über. Dann holte sie ein Glas aus der Vitrine und füllte es Viertel voll mit Wasser.

Sofie quollen fast die Augen aus den Höhlen. Sie sah wie Vanessa das Wasser mit Gift auffüllte und es auf den Tisch stellte.

„Also", sagte Vanessa, „jetzt möchte ich hören woher Sie über mein Leben in München so genau Bescheid wissen."

„Dein Vater hat vor etwa zwei Wochen einen Detektiv in München beauftragt herauszufinden wozu du das von ihm geforderte Geld wirklich brauchst", stammelte sie. Dann schwieg sie wieder.

„Weiter, ich möchte mehr hören."

„Der Detektiv hat herausgefunden, dass du in einem Steuerbüro gearbeitet hast aber dort schon wieder aufgehört hast. Dein Apartment sollst du auch schon wieder aufgegeben haben und in einem Hotel wohnen. Das war alles."

„Das war alles!" äffte Vanessa Sofie nach. Vater hat mir nachspioniert und Sie haben es nicht lassen können in seinen Papieren herum zu stöbern. Neugier kann tödlich sein. Mein Cocktail wirkt bombensicher gegen dieses Übel. Sie nahm das Glas, ging zu Sofie und versuchte es an deren Mund zu setzen. Sofie kniff ihre Lippen zusammen und warf ihren Kopf hin und her. Vanessa stellte das Glas ab, gab Sofie einen Kinnhaken und flößte ihr das Getränk ein. Als sie das Glas wieder abstellte, fühlte sie ein ähnliches Gefühl der Befreiung in sich wie damals als sie Alex die Flasche mit den Bienen gereicht hatte. Sofie begann qualvoll zu stöhnen. Vanessa blieb eine Weile am Küchenfenster stehen und sah hinaus in die Natur. Sie war das einzig Wahre. Das Laub der Bäume und die Gräser säuselten leise, gaben aber nie Geheimnisse preis.

Langsam löste sie sich von dem Bild, ging zu Sofie, erlöste sie von ihren Fesseln, warf den Strick in die Tüte zurück, nahm diese und verließ das Haus.

Anschließend fuhr sie vom Hof der Mühle weg, holperte über die Landstraße in die Richtung aus der Patrick kommen musste. An einer kleinen Waldschneise stellte sie ihren Wagen ab und stieg aus. Was wollte sie eigentlich hier? Auf Patrick warten? Vor ein paar Stunden hatte sie die Absicht gehabt dies in der Mühle zu tun. Aber da lag ja jetzt Sofie. In München gab es noch einen ganz anderen Plan. Sie wollte Sofie zwar zur Rede stellen aber töten? Dieser Gedanke hatte sich erst auf der Fahrt zur

Mühle in ihr festgesetzt. Oder doch nicht? Sie hatte sich doch den Strick mit dem sie Sofie fesseln wollte schon zu Recht gelegt gehabt. Aber doch nur um sie am Weglaufen zu hindern. Um sie ungestört ausfragen zu können. Egal, Patrick wird jetzt gleich kommen. Er muss mir versprechen Vater nichts von der Erpressung zu erzählen. Ich muss Patrick auf die Fragen die Vater ihm stellen wird vorbereiten. Aber er wird gar kein Ohr für Patrick und mich haben. Er wird Sofie finden und seine ganze Aufmerksamkeit auf sie richten. Sie sah die Polizisten vor sich wie sie um Sofie herum alles genau untersuchen und seltsame Fragen stellen würden. Nein, zur Mühle konnte sie heute nicht mehr fahren. Aber wohin mit Patrick? Es war eine dumme Idee gewesen ihn hie her zu lotsen. Ihre Schritte waren ihren Gedanken voraus und plötzlich stand sie in der Nähe einer alten Scheune. Seit ihrer Kindheit war sie nie mehr in diese Richtung gegangen. Dunkel und drohend stand der verwitterte Holzbau da. Sie setzte sich auf einen morschen Baumstumpf und starrte hinüber. Gleich musste dieser grobschlächtige Mann hervor kommen und Mutter in die Scheune zerren. Mutter! Wo war sie? Hatte er sie schon in seiner Gewalt? Tat er ihr weh? Sie musste Vater suchen. Vater…! Er ist böse. Genau so böse wie der fremde Mann. Mutter weint. Sie geht zu ihr, kuschelt sich an sie. Sie sitzen ewig lange hier. Es wird dunkel und es regnet in Strömen. Irgendwann gehen sie nach Hause. Ihre Kleider sind nass bis auf die Haut.

Mutter ist krank. Sofie gibt ihr Medizin. Mutter stirbt. Sie hasst Sofie. Sie hasst Vater.

Dicke Tränen rannen über Vanessas Gesicht, brachten sie wieder in die Gegenwart zurück. „Das ist alles vorbei", dachte sie. „Ich muss wieder zum Auto gehen und auf Patrick warten." Sie stand auf und ging langsam auf ihren Wagen zu. Sie setzte sich hinein und wendete ihn zur Fahrtrichtung aus der sie Patrick erwartete. Nervös sah sie auf ihre Uhr. Die zwei Stunden Vorsprung die ihr Patrick gewährt hatte, waren schon überschritten. Wo blieb er nur? Sie holte ihren Feldstecher aus dem Handschuhfach und beobachtete die Gegend. Eine Weile lag noch alles so still da, als ob sich hier her nie ein Mensch verirrte. Doch dann erspähte sie einen dunklen Fleck. Er wurde größer und größer. Vanessa erstarrte. Dann schrie sie: „Verräter!" Mark saß neben Patrick. Sie startete ihren Wagen, steigerte ihr Tempo und schoss ungebremst auf Patrick und Mark zu. Einen winzigen Moment sah sie die angstverzerrten weit aufgerissenen Augen der beiden Männer. Dann gab es nur noch ein Krachen und Bersten und zwei ineinander verkeilte Autos. Der Krach zog weit durch die Gegend, erschütterte die Fenster des nahe gelegenen Bauernhofes. Die Bäuerin rannte hinaus, setzte sich auf ihr Fahrrad und fuhr ein Stück des Weges. Als sie die Autowracks sah, radelte sie so schnell als möglich zurück nach Hause und rief Doktor Stein an.

„Kommen Sie schnell!" stammelte sie. „Auf der Straße zur Mühle ist ein schlimmer Unfall geschehen."

Doktor Stein handelte sofort. Er rief den Notarzt und die Polizei an. Dann sagte er Doktor Karsten was geschehen war, bat seine Patienten um etwas Geduld, packte seine Arzttasche und lief zu seinem Wagen. Peter Karsten holte ihn ein und setzte sich neben ihm.

„Vielleicht benötigen Sie meine Hilfe."

Am Unfallort erschrak Peter Karsten bis ins Mark. Er sah das Münchner Kennzeichen. Dann schrie er auf:

„Vanessa!"

Doktor Stein versuchte vergeblich eine Wagentür zu öffnen. Entsetzt schüttelte er den Kopf.

Für diese Menschen gab es keine Hilfe mehr. Von der Ferne ertönte die Polizeisirene...

Danksagung

Ich danke meiner Tochter, Eva Körmer für die gute Zusammenarbeit bei der Herstellung dieses Buches.

Namen und Schauplätze der Protagonisten sind frei erfunden.